存在與言說

中國當代小說散論

王德領｜著

自序
文學研究與生命的血色

　　我所棲身的西四，老北京的風貌猶存。這些元代的胡同，大體還保持著最初的樣貌，如同跨越古今的幽深的時光長廊。一些老樹枝椏遒勁，已在那裡聳立了二、三百年。有的四合院門口硯臺形的門墩在提醒人們這裡曾是古代一個文官的府邸。有時在胡同裡可以看見滿面皺紋的滄桑老人，站在門口唱上幾句京劇，悠悠的，帶著古韻，卻已是不成調的絲竹，被胡同裡駛過的汽車馬達聲掩蓋了。這裡是懷舊的所在，尤其是月白風清的深夜，我喜歡在胡同裡遊走。被林立的高樓淹沒的月亮，在這裡是如此逼真地存在著，與我默默地對視。我迷戀這樣的對視。在這樣的時刻，我心如止水，感到自己的靈魂被月亮照徹了，心底的憂傷被月亮撫平了。身旁的四合院都睡著了，歷史彷彿就是這一片靜謐，蟄伏在朱門灰牆中的靜謐，我也融化在這片靜謐中。可見，在這個趨同的時代，我們是如此地需要歷史的記憶，需要追尋逝去的時光來確證自我的存在，不然就會產生身分認同的危機，常常會感到自己身如浮萍，兀自飄零，不知身在何處。

　　置身在老北京的胡同中，真讓人感到人生不過是白駒過隙。在這有限的幾十年裡，大約總要做些什麼吧。一個人的一生，其實做不了幾件事。癡迷於文學，又能得到些什麼呢？心靈在文學中浸泡得久了，又會起怎樣的變化？所謂的文學研究，是

否僅是一個追逐名利的道場呢？如果不和自己的生命發生關聯，不和自己內在的人格完善結合起來，還能稱得上是文學研究嗎？可惜，我們目前的文學研究，尤其是中國現當代文學研究，和自己的生命隔得太遠。許多研究者往往是出於功利的目的，常常是出於謀生的需要，或者是出於虛榮心的滿足，寫下一些隔靴搔癢的文字，美其名曰學術論文，令人難以卒讀。絕大多數的文學研究者，在文學面前往往是一個旁觀者。如果沒有自己生命的全身心投入，這樣的研究就是不真誠的，也不會是有生命力的。

偏重於學術的文學研究尚且如此，文學作品的批評更是如此了。為什麼現在的作家這麼輕視批評和研究？這與批評的現狀緊密相關。文學批評日益淪為圈子批評、金錢批評，無原則的頌揚，染上了銅臭的文字滿天飛，批評者喪失了最起碼的道德底線。作品研討會，往往成了表揚會、吹捧會、廣告宣傳會，研討者滔滔不絕，隨意拔高作品以取悅組織者與聽眾，作者聽了也陶陶然，醉心於這種雙贏的遊戲中。誠實缺失、道德缺席的現象，在批評界日趨嚴重。魯迅先生曾說：「批評必須壞處說壞，好處說好，才於作者有益。」我們呼喚獨立的、真誠的、融進批評者生命的文字，呼喚有個性的，才情獨具的鴻文。

也許，我們讀一下民國時期的文學研究文章，會得到有益的啟示。五四文人裡，研究和生命大多是一體的。魯迅的《中國小說史略》，用筆超邁，形神兼備，確乎融進了先生的生命，確是大手筆。周作人平淡沖和的隨筆，李健吾元氣豐沛的文學評論，雖是談論他人的作品，卻是和寫作者個體的生命緊密相連，因此，文和人是合一的。只是到了20世紀50年代以後，文學研究才成了工具，成為八股文，成為傳播意識形態的載體，這不能不說是令人可悲的事情。政治話語對於文學語言的戕害，不僅表現在

作品裡，更體現在批評和研究文字上。改革開放以來，文學研究又受到西學的影響，成為西學術語的跑馬場。所謂的講究學術規範，實際上是在強調以西力的學術規約來要求中國文學研究。在貌似客觀中立的研究文字中，我們看不到中國文學固有的性靈、生命，乃至絢爛的文字魅力，看不到研究者自身的個性和生命的張揚和投射。而文學研究是一種極具個性化的文學活動，和我們每個人的生命相關聯，而不僅僅是生產符合規範的學術論文。當然，文學研究的這種尷尬局面的形成，並不僅僅是西學的影響所致。我們長期形成的非此即彼、二元對立等機械思維習慣，過分的理性介入和意識形態訴求，已經在潛意識深處把我們生命的本能衝動深深地壓抑、掩蓋了。我們所作出的過於明晰的論斷，將研究對象的豐富性與諸種可能性人為地簡化了。這種習焉不察的集體無意識行為，嚴重禁錮了研究者的思維，因此，深刻、尖銳、獨創、甚至振聾發聵開一代文風的雄文的產生就成了奢望。我認為，我們應深入反思當前中國文學的研究，我們要有勇氣和毅力找出弊病、癥結所在，以便進行徹底的變革。

在這樣的文學研究困境面前，也許回歸傳統倒不失為一種便捷的選擇。在此我不能不提到孫郁先生。他的文學研究，從近處說，是繼承了五四傳統的，尤其是和周作人的文風，有相近的地方。從遠處說，和明清筆記散文有著淵源。在今天這個「唯新是從」的時代，我們是多麼需要一些「古意」啊。在孫先生那裡，個體的生命和研究，是交融在一起的。讀他的有關民國人物的隨筆，讓我們驚歎：他對五四、晚清文人的讀解，是屬於源遠流長的中國傳統的。中國傳統的义脈，在孫先生的文字裡，是鮮活的，一脈相承的。文學，在他的筆下，是有性靈的。溫婉的文風，濃烈的書卷氣，考究的文字，雅潔的漢語，濃郁的古風，流

淌在先生的筆下，散發著典型的中國文人的氣味。時光，彷彿在孫先生的身上停滯了，我們在他的文章裡，讀出了晚清、民國時代的氣息，而文章骨子裡所透露出的，又是那麼具有現代氣息。

最近我常常檢視自己，是否自己的研究太過於功利了？是否和自己的生命發生過關聯？是否和自己的人生經驗、內在的人格培養、思想脈絡發生過關聯？令我汗顏的是，迄今為止，我寫下的一些研究文字，是蒼白的，鮮見我自己的血色，沒有和自己的生命發生緊密的關聯。而融入了自己的生命體驗的研究，是多麼飽滿啊！我嚮往這樣的文學研究，這是一種藝術的境界。理想的文學研究本身應該是一種藝術，一種創作，是極具個性化的，而不是目前流行的乾癟的所謂學術論文。日益西化，以理性分析為主的程序化生產論文的方式，在損害著漢語文學研究的根基。將學術研究注入個體生命的血色，讓我們朝著這樣的境界前行吧。

．．．

這本薄薄的集子，是近五年來我從事中國當代文學研究的一個小小的總結。把這些文字輯在一起，確實很不安。所謂的浮文太多，有價值者寥寥。新世紀的中國發生了前所未有的深刻變革，「文變染乎世情」，文學的繁盛亦是空前，這從2012年莫言獲得諾獎可以得到佐證。但是，創作界忙於將自己的想像力兜售給市場，像莫言那樣天馬行空的書寫者又有幾人？我不禁感到難言的悲哀。

創作界如此，批評界更甚。那些所謂的批評家氣象更小，圍著風潮轉，圍著作品轉，圍著金錢轉，沒有獨立性，沒有品格，一點也看不出能夠成為大批評家的跡象。我以為，批評家不妨從時代文學大潮的浪尖上倒退一下，退回民國或者晚清，甚至明清，浸潤於故紙堆，復古一番，然後再痛飲西學甘霖，從自己豐

盈的生命底部，升騰起屬於自己的文字。或者說，批評家不妨謹記：與創作一樣，文學批評和研究屬於少數人的專利，沒有超人的天資、才情，千萬不要弄文學，否則會兩手空空，僅靠學院訓練是遠遠不夠的。這是許多人的誤區，天真地認為功到自然成。這也是當今產生了數以萬計的文學博士，卻鮮有大批評家問世的真正原因之所在。明乎此，我們對於文學，對於批評文字，就有了敬畏之心。

2014年7月於北京平安里寓所

目次

輯三

輯一

以血書者：
余易木論

一、尋找余易木

　　《十月》雜誌在1980年第3期發表了短篇小說《春雪》，1981年第2期發表了中篇小說《初戀的回聲》（同年《中篇小說選刊》創刊號轉載），這是兩篇極為優秀的作品，署名是余易木。

　　無論在當時，還是在30年後的今天，這都是一個讓文學界完全陌生的名字。余易木生前僅發表過三篇小說，除了上面提到的兩篇，還有一篇《也在懸崖上》，發表在1985年七月號的《青海湖》。他最早的作品《也在懸崖上》寫於1957年4月，《春雪》創作於1962年8月，《初戀的回聲》創作於「1963年4月西寧至1965年4月上海」。《春雪》與《初戀的回聲》在「文革」中曾以手抄本的形式流傳。近10萬字的長篇小說《精神病患者或老光棍》1965年4-5月寫於上海，60萬字的長篇小說《荒謬的故事》寫作跨度較長，自「文革」中後期至70年代末。這兩部長篇作者生前不願拿出來示人，直到作者去世之後，《精神病患者或老光棍》才發表在《青海湖》文學月刊2003年第11、12期，2004年第1期。《荒謬的故事》以節選的方式發表在2004年的《青海湖》文學月刊上。

1998年余易木去世以後，經過友人的幫助，2010年青海人民出版社出版了《余易木作品系列》，包括《初戀的回聲》[1]、《荒謬的故事》（上下卷）。有關他的評論資料，僅有寥寥幾篇，大多都是新世紀以來發表的，分別是流舟的《「三角」脫出窠臼──讀〈也在懸崖上〉》（《小說評論》，1986年第1期）、丁東的《想起了余易木》（收入《冬夜長考》，天津教育出版社，1996年版）、張守仁的《文壇英才余易木》（《美文》2005年第4期）、王貴如的《一個不應被文壇淡忘的作家》（《余易木作品系列》序言（二））、辛茜的《時代的殉美者──「余易木作品系列」編後感》（《青海湖》文學月刊2011年第5期）、李建軍的《有如淚珠射來顫抖的光明》（《小說評論》2012年第3期）。另外網路上還有魏心宏的一篇文章《我所知道的余易木》。

　　《十月》老編輯、散文家張守仁先生是80年代初余易木作品的責編之一[2]，從他的文章裡，我們可以大略瞭解到余易木的生平。余易木原名徐福堂，生於1937年上海的一個富商之家，少年時代閱讀了大量的中外文學名著，就學於上海國立高等機械技術學校鍋爐專業，成績優異，畢業後被派到大連俄專學習俄文。以後被分配到北京第一機械工業部機械科學研究院當翻譯，以精湛的專業水平為同行稱道。余易木精通法語、德語、英語、俄語，是難得的優秀翻譯人才。1957年因為對留蘇學生派送辦法有不同看法被打成右派，發配到青海勞動。在西寧，他開過荒，挖過野菜，打過機井，拉過板車，還要應付每次運動一來對右派分子的

---

[1]　包括《春雪》、《初戀的回聲》、《精神病患者或老光棍》，《也在懸崖上》沒有收入。
[2]　《春雪》的責編是侯琪女士，《初戀的回聲》的責編是張守仁先生。

批鬥、遊街。無休止的飢餓、沉重的勞役、非人的折磨，過早地蝕去了他的健康。當被剃了陰陽頭遊街示眾之後，看到自己心愛的書籍被焚毀，他絕望過、自殺過，但是他頑強地活了下來。[3]「文革」後，余易木一直在西寧的青海省物質機械修造廠負責技術工作，直至1998年因病去世。

在西寧，他有兩個好友，一個是畢業於廈大電機系的楊遜，一個是畢業於西安交大電機專業的林哲民，他們三人都是右派，被貶至青海，可謂共患難，產生了深摯的友誼，「文革」初期還被打成青海省物質局的「三家村」。余易木的筆名的由來，就來自「徐」、「楊」、「林」三個姓氏中的右偏旁。[4]

在一位和余易木有過交往的人的記憶裡，余易木的形象更多的和貧窮、飢餓、落魄聯繫在一起。「（七十年代末）有一天，我從海風家回到我所住的西寧賓館的時候，在賓館的大門口看到一個類似乞丐的人半躺在賓館的門口，賓館的服務員告訴我說那人是找我的。我很驚訝我並不認識他，可他開口就說：我叫余易木。」「余易木一直沒有結婚，獨身一人，生活以混為主，吃飯也是有了上頓沒下頓，人的樣子，絲毫也不誇張地說，就如同鬼一般可怕。頭髮很長，很瘦，很高，但說話聲音洪亮，動作誇張，喜歡表現自己，喜怒哀樂溢於言表，很不善於偽裝自己，當了幾十年的右派還是沒有改造過來。也正因為如此，青海當地的很多人似乎還是都有點怕他似的，他的生活就更加顯得與人格格不入。」「我沒有想到他住的房子會是那樣慘，低矮不說，還非常殘破，屋子裡光線昏暗，他睡覺的床上床單幾乎就和在煤灰裡滾過一樣髒。除了床之外，唯一就是還有一張很小的桌子。我們

---

[3]　張守仁《文壇英才余易木》，《美文》，2005年第4期。
[4]　張守仁《文壇英才余易木》，《美文》，2005年第4期。

就在那張小桌子上吃飯。所謂吃飯，其實就是他燒的一隻雞，所有的鍋碗以及油鹽都是向鄰居借的，一個大鍋子裡，一隻雞。那頓飯，讓我吃著心裡也難過。……就在我們吃了飯之後一會，那所房子就塌了。作協的同志都說，好險啊！」[5]這是一個來自上海的人眼中的余易木，對余易木生活的記錄大概是真實的。余易木自1957年被打成右派，1958年4月到青海西寧勞動改造，1979年3月右派才改正，前後長達22年。不知上述的描述是發生在余易木右派改正之前還是改正之後，這一形同乞丐的形象，給人以極深的印象。余易木說：「當我接到改正通知書時，既無喜悅，也無悲哀。我唯覺悵惘。」[6]很難想像，他是在怎樣艱苦的環境下生存的，他又是以怎樣的毅力，在祕密狀態下創作了80多萬字的作品的。

如果按照文學史的歸類，這是一個右派作家。但是，與其他右派作家不同的是，他不是因為發表作品被打成右派，而是在打成右派後創作了重要作品。他的作品，絕大多數創作於60年代初和「文革」中，新時期基本沒有再創作作品。

按照中國當代文學史的敘述，余易木的寫作屬於「地下寫作」或者「潛在寫作」的範疇，相對於那個時代公開發表的作品而言，這些「地下寫作」更有價值。「文革」中有許多這樣的「地下寫作」，可以列出一長串的名單。詩歌有穆旦的《智慧之歌》（1976）、《老年的夢囈》（1976）等，有多多、黃翔等「白洋淀詩派」的創作，有食指的《相信未來》（1968）、《這是四點零八分的北京》（1968）等，有朦朧詩人北島、顧城等人

5　魏心宏《我所知道的余易木》，天涯網站。
6　余易木《余易木自傳》，《青海湖》，1992年第2期。

016　存在與言說——中國當代小說散論

的創作，如北島的《回答》（1973）[7]；小說有老舍的《正紅旗下》（1961-1962）、張揚的《第二次握手》（1970？）、靳凡的《公開的情書》（1972）、趙振開的《波動》（1974）、禮平的《晚霞消失的時候》（1976）等；散文隨筆類有傅雷的《傅雷家書》（1954-1966）、豐子愷的《緣緣堂續筆》（1971-1973）等。可以看到，「地下寫作」主要集中於「文革」期間，尤其是「文革」中後期。1956年雙百方針提出後，文學創作出現了一個小小的高潮，由於反右運動的開展，很快就沉寂了。而就60年代初期的小說創作而言，幾乎是一個空白。如前所述，余易木有三篇作品寫作於1962-1965年，可以說填補了這一創作空白。因此，被丁東先生稱為「20世紀60年代小說寫作第一人」[8]。縱觀他的創作，他完全擔當起這個論斷。這使得那個文學的貧瘠年代，有了些微的亮色。

　　「潛在寫作」的文本在新時期發表時，不可避免會遇到可信度如何的質疑。余易木的小說，禁得起這種質疑。《春雪》、《初戀的回聲》在《十月》發表時，余易木要求一字不易。編輯部答應了作者的請求，最大限度地保持了作品的原貌，只是為了照顧讀者的閱讀習慣，對作品中引用的葉賽寧的俄文詩歌作了技術性的中文翻譯[9]。

　　余易木的小說在文學史上的意義還在於，他的短篇小說《春雪》是第一篇反映反右運動的小說。有的研究者提出了「前傷痕文學」的概念，余易木的小說，屬於「前傷痕文學」，但

---

[7] 據顧彬考證，北島的《回答》不是創作於1976年4月，而是創作於1973年。見〔德〕顧彬著，范勁等譯《二十世紀中國文學史》，華東師範大學出版社，2008年版第301頁。

[8] 丁東《午夜翻書》，青島出版社，2000年6月版，第279頁，。

[9] 張守仁《文壇英才余易木》，《美文》2005年第4期。

是，他的小說的意義，不僅僅屬於「傷痕文學」這個範疇。「傷痕文學」屬於一種「說客文學」[10]，是配合主流敘事的政策文學，有著強烈的意識形態衝動。而余易木的小說，更多的是在提倡人的尊嚴、獨立、主體性，是有著強烈的理想主義的人道主義文學，它屬於五四文學的啟蒙主義傳統，屬於西方批判現實主義文學傳統。

二、1957年的生與死，愛與痛

　　相信看到過余易木的照片的人，都有一個強烈的印象：眼神憂鬱，目光灼灼，神情落寞，似在想要張口向你訴說什麼，而整個又透出落拓不羈的氣質。這是一個內心十分豐富的人，也是將巨大的哀傷藏在心底的人。一個典型的中國知識份子受難者形象。余易木在長篇小說《荒謬的故事》中，通過女主人公鄧菡的眼睛，描述了男主人公牧之的形象：「灰白的長髮，嚴峻而又柔和的臉部輪廓，微敞的衣領，尤其是那眼神！那深沉而又不無憂悒的眼神，恰到好處地體現了鄧菡經常強烈地感受到的牧之桀驁不馴的性格與落拓不羈的風度！」[11]這一描述，實際上是余易木為自己畫的精神肖像。

　　余易木的小說，具有鮮明的自敘傳特色。郁達夫說過：「文學作品，都是作家的自敘傳。」中國現代文學史上有身邊小說、自我小說流派，余易木的創作可以說是屬於這個流派的迴響。余易木的小說主人公，彷彿就是作者的化身。小說中的男性

---

[10] [德]顧彬著，范勁等譯《二十世紀中國文學史》，華東師範大學出版社，2008年版，第311頁。
[11] 余易木《荒謬的故事》，青海人民出版社，2010年版第212頁。

主人公，不僅是人生經歷，情感歷程，甚至是秉性氣質，生活愛好，都與作者十分相似。余易木是高材生，精通四門外語，是研究單位的業務骨幹，有短暫的戀愛經歷，1957年因說真話被打成右派，下放到青海西寧，「文革」中又受到衝擊。頹唐過，自殺過，但始終不忘奮進，22年的右派身分，並未把他的知識份子的獨立思想和自由人格磨滅，他在不停地思考時代和個人的關係。他的這些人生經歷，一再出現在他作品中的主人公身上。

除了《也在懸崖上》，余易木其他的作品都寫到了1957年的反右運動，男主人公無一例外都是右派，敘述了右派身分給主人公帶來的從肉體到靈魂的巨大傷害。1957像一道分水嶺，將許許多多知識份子的人生徹底改變了。這是那個時代給予一個人的罪與罰。1957年，余易木被打成右派時剛滿20歲，在自傳中他寫到被劃成右派後的感受：「我曾經是孩子——一眨眼，我老了。」[12]這一蒼老的感覺，伴隨了他的一生。1982年，余易木和一個癡迷她的小說的姑娘結婚了。余易木說：

> 有一次，我剛剛上小學的女兒問我：「爸爸，人家的爸爸都很年輕，你為什麼這樣老呀？」
>
> 我無以為答。
>
> 假如我告訴她：「爸爸從來沒有年輕過」——她也不會理解。[13]

---

[12] 余易木《余易木自傳》，《青海湖》，1992年第2期。
[13] 余易木《余易木自傳》，《青海湖》，1992年第2期。

余易木在祕密狀態下寫就的作品裡，反覆表達了青春的肉體在政治、意識形態的反覆刻蝕施虐下，所產生的錐心的蒼老的感覺——那慢性粉身碎骨的生與死、愛與痛。[14]

《春雪》以詩意的筆觸書寫了一個傷痛的主題，文筆之輕與話題之重形成了巨大的張力。1962年初春，兩個曾經熱戀的人在北京的一個劇場偶遇了，距他們分手已5年過去了。5年前，他們那麼熾烈地愛過，一場運動把他們拆散了，男的被打成右派，發配到西寧；女的也受到衝擊，因為反對技術鑒定的浮誇，被下放到農場勞動了兩年多。然而，他們已經不可能再結合了，在從餐廳回來的路上，作者寫道：

> 她突然側過身來，朝我絕望地喊道：
> 「囡囡，我們本來是能夠幸福的呀！」
> 我轉過臉去。我不願意看見她那黏著雪花的長長的睫毛和滲透了難以言喻的、深沉的悲哀的絕望的眼神。五年了，相隔五年，我又從她口中聽到了這親暱的稱呼——我們不幸的愛情的忠實的見證。然而，我們再也不可能結合了。橫在我們之間的，不是一般的五年，而是一道深淵，一條不可逾越的鴻溝，一個時代——它的名字是：
> 一九五七。
> 我輕輕地挽起了她的手。
> 「走吧，我的朋友。」我說，「我們不應該見面，

---

[14] 余易木在作品裡說：「我曾經誇下海口：『粉身碎骨，在所不辭！』」——實際上，說的時候，是一種滋味；粉身碎骨，尤其是慢性粉身碎骨的時候，是另一種滋味。」《精神病患者或老光棍》，見《初戀的回聲》，青海人民出版社，2010年版，第323頁。

這太痛苦了。我們即便要見面，也應該在時間給這一切的一切蒙上厚厚的一層塵土的時候。」

「的確，我們不應該見面。」她的聲音輕微得幾乎難以聽清。

在男主人公打成右派的1957年，女友天真地認為他不革命了，於是和他分手。等到自己也因反對謊言而被定為右傾分子，才明白自己的戀人並沒有錯。5年過去了，女友依然單身；男主人公在西寧忍受著飢餓、苦役的折磨，違心地和一個農村姑娘結了婚。經歷過1957，他們清醒了，這一對本來能夠幸福結合的知識份子，進行了深刻的反思：

「……現在，我自己也不會相信這種事情了。但是，當時我是那麼的年輕，幼稚，那——麼——的——年——輕！當時我根本就不懂得，在這時興著真理的時代裡，更多的依然是謊言！當時，我是真誠的！我知道我是真誠的！上帝看見我的心，我——是——真——誠——的——」

……

我說：「我們都是不幸的人。」
「因為我們太真誠。」她說。

「真誠」是余易木小說的一個關鍵字。他小說中的主要人物，基本上都具有這樣的品質。知識份子因為真誠，說了真話，在1957年付出了巨大的代價，這本身就有巨大的悲劇性。作者接著將反思指向自己，指向時代：

「也許，我這個人太懦弱，我們這一代人都太懦弱。如果我足夠堅強的話，我不會喪失信心；如果我不太懦弱的話，我想，我應該有勇氣結束自己的生命……」

「都怪我不好，我傷透了你的心……」

「不，不要這麼說。假如以前你我之間還有誤會，那麼今天這誤會可以說是消釋了。」

「消釋了，可是我們老了。」她慘然地說。

「不幸的是，」我說，「正因為我們老得過於意外而且突然，所以我們的心還太年輕。」

「是的，太年輕……」

「正因為如此，有時候，我也不願意死，不想死。我願意活著，看看世界。我總覺得，任何事情總會有一個盡頭的──這大概是我對生活僅存的最後一點兒信心。」

「當世界變得美好起來的時候，可能我們已經不在了。」

「完全可能。」我說。

雪漸漸大了……

「懦弱」也是余易木小說的一個關鍵字。在小說裡這樣討論一代知識份子的弱點，在60年代初期可謂空谷足音，絕無僅有。在那個時代的作品裡，我們有這樣清醒的文字嗎？尤其是「我們老了」、「可能我們已經不在了」，這樣沉痛的語句，出自一個被打成右派，經歷過政治運動的滄桑、年齡還不到30歲的知識份子之口，足以讓我們震驚了。

《初戀的回聲》是一部中篇小說，在敘述角度上，與《春雪》一樣，反右運動只是作為背景，主要是展現這場運動對一個知識份了人生的影響，特別是對思想、情感生活的影響。這篇小說也有余易木自己的影子。「余易木後來和我說了他的生活，以及寫作《初戀的回聲》的經過，大致是，他年輕的時候，曾經經歷過一次可以說幾乎就沒什麼經過的戀愛，那個故事當中的女性給他持久的印象，甚至可以說給了他即使在那樣艱苦和完全看不到任何希望的情況下生活下去的勇氣和希望。」[15]小說敘述了福州一所大學的教師周冰和中學教師楊芸的戀情，並以插敘的方式，回敘了周冰和梅雁在青海的生死戀。男主人公周冰曾被打成右派，下放到青海勞動了三年多，經受了非人的磨難，正如小說裡所說：

> 我曾經是天真的、幼稚的、單純的、熱情的人。像許許多多年輕人一樣，我也曾沉溺於幻想，對未來懷著孩子般的信念。1957年的風暴使我突然面對現實——我跨入了人生。1957年9月，我作為我們校長所謂的「廢品」，處理到了青海。

　　周冰稟賦過人，精通俄文和英文，在青海當右派期間仍堅持研究物理學，24歲就在蘇聯科學院主辦的《理論物理》上發表了重要論文，25歲在國內《物理學報》發表了論文，引起轟動。沉溺於幻想、浪漫真誠的楊芸，「隨著時間的推移，她的偶像在心目中的地位也發生了動搖。某種懷疑情緒侵蝕了她的信仰。當她談到《簡‧愛》的時候，『不錯』漸漸代替了『偉大』；而當她

---

[15] 魏心宏《我所知道的余易木》，天涯網站。

談到《太陽照在桑乾河上》的時候，她竟然使用起諸如『馬馬虎虎』之類的字眼來了。」楊芸不僅仰慕周冰的才華，還發現周冰閱讀了許多英美文學原著，對文學有著獨到的見解。正當兩人談婚論嫁的時候，周冰卻不辭而別，神祕地消失了。

　　三年以後，他們在上海邂逅。周冰向楊芸詳細回顧了自己在青海的情感經歷。那是一個不堪回首的歲月，飢餓，勞役，遭受白眼，但是由於愛情之光的照耀，也是一段難以忘懷的歲月。在西寧，他的右派身分，成為眾人嘲笑的對象，而他總是想證明自己，寫了一篇自恃甚高的物理學論文，到處投稿卻四處碰壁。大饑荒來了，因為要命的飢餓的驅使，他四處借糧票卻被拒絕。在糧食等於生命的日子裡，女同事梅雁接濟了周冰，幫他度過了可怕的饑荒。在梅雁的鼓勵、幫助下，周冰重又燃起了生活的希望，把論文投到了蘇聯的《理論物理》雜誌發表。梅雁已結婚，但是她不愛自己的丈夫，認為那是一個乾巴巴的人，一個時代造成的樣板人。而後周冰和梅雁相戀了，他們發現，在生活、藝術、人生等方面，兩個人如此接近，相見恨晚。不料，梅雁的調動報告來了，要她調到天津去。然後是生離死別。梅雁走後，周冰痛苦不堪，他在給梅雁的信中寫到：「生活的遭遇已使我失去了對明天的孩子般的信任，從而我懷疑自己能否給你帶來你所期待的幸福。」一年多以後，梅雁在上海的一所醫院生下女兒，卻因產後出血過多而死去。周冰悲痛欲絕，擔起了撫養梅雁女兒和梅雁母親的責任。後來，因為研究成果出色，周冰摘掉了右派帽子，調到了上海一所大學教書。在小說的結尾，周冰講完了他的故事，楊芸早已泣不成聲，緊緊地擁抱住了他。

　　這篇寫於60年代初的小說，我們依然可以看到作者對時代的思考是那麼的不同凡響。反右運動對人生的影響之大，超出了常

人的想像。毋庸置疑的是，在右派當中，小說裡的周冰是一個成功者。他憑藉著研究成就，摘掉了右派的帽子，成為在國際上都小有聲譽的年輕物理學家。但是在表面的風光之下，他內心的哀戚一點兒也沒有減少：

> 現在，人們提起我，往往給我加上「年輕的」這個頭銜。我聽了老是納悶。31歲的人了，又經歷過那樣的生活，我覺得自己早已老了。不是一般的老，而是——借用一句西洋諺語來形容——老得像世紀一樣。

末老先衰的主題一直迴盪在余易木的小說裡。這不僅是肉體的感覺，而且直指靈魂深處。無邊的激情被規訓了，叢生的稜角被磨平了，留下的是無盡的虛空和無力感：

> 生活的遭遇早已使我失去了對未來的孩子般的信任。事實上，即便今天，我坐在這裡，明天，我又將如何——同樣是一個疑問。我總感到，在人類歷史上，也許沒有一個時代，像我們的時代這樣，個人對自己的命運如此無能為力。

讀到這些內心獨白，我總是想到穆旦的詩，穆旦在1976年3月所寫的《智慧之歌》，也鮮明地表達了這種沉痛之情：

> ……
> 另一種歡喜是迷人的理想，
> 它使我在荊棘之途走得夠遠，

為理想而痛苦並不可怕，
可怕的是看它終於成為笑談。

只有痛苦還在，它是日常生活，
每天在懲罰自己過去的傲慢，
那絢爛的天空都受到譴責，
還有什麼彩色留在這片荒原？

但唯有一棵智慧之樹不凋，
我知道它以我的苦汁為營養，
它的碧綠是對我無情的嘲弄，
我咒詛它每一片葉的滋長。[16]

　　如果說，《春雪》、《初戀的回聲》並不直接表現反右，僅
把這場運動當作人物活動的背景，那麼，長篇小說《精神病患者
或老光棍》則是正面描寫一個真誠、正直的知識份子在反右運動
中的具體遭遇，以及右派經歷給一個人造成的傷害，這傷害不僅
僅是肉體的，更多地體現在精神上、情感上。這是一篇以病理學
的角度，敘述一個人在時代面前的遭遇。我們不禁要追問：究竟
是一個人的精神出了問題，還是時代出了問題？答案是不言而喻
的。作者在看似挪揄的敘述裡，隱含著巨大的悲傷。
　　這部小說具有銳利的特質，塑造了江明這樣一個痛苦的靈
魂。江明生在上海，是上海國立交大的高材生，1953年以全系第
一名的成績畢業，被分配到北京的工業設計院工作。在設計院，

---

[16] 《穆旦詩全編》，穆旦著，中國文學出版社，1996年版，第313-314頁。

他以精湛的業務能力，受到俄國專家的稱讚，很快被破格提升為工程師，那年他才21歲。同事小黃愛慕他的才華，悄悄地在追求他。他春風得意，前程似錦。然而，反右運動來了。看到自己的好友馬文豹被打成右派，江明認為絕對是冤枉的，冒著受到牽連的危險，找馬文豹談話，而後他連夜向毛主席寫信，申明馬文豹是清白的。結果，信被退回，江明被批鬥，打成了右派。

在批鬥會上，江明悲哀地發現，昔日的同事和好友，紛紛不惜以最惡毒的謊言攻擊自己。這是那個時代特有的現象，也是極左政治對於「異端分子」所採用的慣常手法。「一個人一旦受到指控，他先前的朋友們便會立即轉變為他的最兇惡的敵人；為了保住自己的性命，他們自願告密，爭先恐後地用莫須有的罪證來指控和譴責他；這明顯的是他們證明自己忠實可靠的唯一辦法……成績是『由你揭發的親密朋友的人數來衡量的』。很明顯，最基本的謹慎態度是盡量避開一切來往——不是為了防止祕密的思想被發覺，而是在考慮到未來可能發生的麻煩時——杜絕所有的人可能不僅出於一種批判別人的普通廉價興趣，而且也出於一種不可抗拒的需要；他們給別人帶來毀滅，只因為他們自己也處於危險之中。」[17]

之後，好友馬文豹不堪折磨，爬上二十七八米的煙囪，跳下來自殺了。經歷過無數次的批鬥，江明撫摸著前額上的皺紋，喃喃自語道：「我還來不及愛，就老了，而且，老得幾乎連我自己都認不出來了。」「是的，他老了，雖然他昨天還是孩子。」江明被下放到了青海西寧的一個機械廠勞動。1957年對江明的精神刺激，在以後的歲月裡一直不停地呈現。江明患上了「精神

---

[17] 漢娜・阿倫特著，林驤華譯，《極權主義的起源》，第420頁，生活・讀書・新知三聯書店，2008年版。

病」。小說這樣寫道：

> 從醫學觀點看問題，江明所患的精神病並不是單純的精
> 神分裂症——對此，讀者不應有所誤解——而是一種比
> 較複雜的綜合性精神病。在其不同的發展階段，有著不
> 同的臨床症狀。我們無法透徹地分析其病理機制，因為
> 我們不是精神病理學家。我們力所能及的，充其量不過
> 是為現在或將來的精神病理學家提供一個罕見的病例。[18]

　　當然，對江明所作的精神病患者的描述，是一種反諷的語
氣。這樣的寫作方法，頗似魯迅的《狂人日記》。瘋癲的江明，
實際上是荒誕世界裡的清醒者。這是一個具有深邃的理性意識的
瘋子，與其說他是瘋癲的，不如說它所置身的世界是不正常的。
當江明在他的日記中自辯道：「我覺得，我患的不是精神病——
我患的是名為『軟弱』的世紀病。」[19]我們誰還會把它當做精神
病看待呢？當江明的弟弟、弟媳嫌棄他的右派身分給他們帶來了
災難，當一個相貌醜陋的初中畢業的工人因為他是右派拒絕了他
的求婚，他的精神病發作了，這些不正常反襯了那個時代的反常
和畸形。

　　小說的後半部，敘述了江明和外號叫「一枝花」的女子珊
玲的戀愛。孤獨、寂寞的江明，多想找一個人傾訴自己的哀傷。
美麗的珊玲被江明的雄辯、詩性的12封情書打動了，和江明相戀
了。最初江明隱瞞了自己的右派經歷，這種隱瞞使他的靈魂備受

---

[18] 余易木《精神病患者或老光棍》，見《初戀的回聲》，青海人民出版社，2010年
　　版第232頁。
[19] 余易木《精神病患者或老光棍》，見《初戀的回聲》，青海人民出版社，2010年
　　版第322頁。

煎熬，最後竟使他變得口吃起來。而珊玲熱烈地愛著江明，坦然接受了他是右派的事實，毅然頂住了世俗的壓力。然而，無休無止的政治運動，一年又一年盼望摘帽卻又未果的苦苦等待，消磨了他們的激情，他們已經失去了愛的勇氣，珊玲退卻了，通過嫁人調離了西寧，正如作品中所言：

> 人們常說：愛情會給人以勇氣。但是，在我們的時代，生活已使人們失去了失去了愛的勇氣。[20]

江明又變成了老光棍，從此他陷入了更深的絕望之中，變得自暴自棄起來，酗酒、不修邊幅，常常暴跳如雷，屢屢想到自殺，精神病症狀更加突出了：

> 追溯江明的精神病史，我們可以清楚地看出：由於1957年的精神性休克，他患了精神分裂症；隨後，經過恐怖症，違拗現象，躁狂與抑鬱狀態等發展階段，又演化為精神分裂症，不過，病情加深了，即：由初步分裂陷入了徹底分裂。[21]

在小說結尾，罔顧四清運動的風險，江明寫了幾則日記，寫下了一個精神病患者的囈語：

---

[20] 余易木《精神病患者或老光棍》，見《初戀的回聲》，青海人民出版社，2010年版第321頁。
[21] 余易木《精神病患者或老光棍》，見《初戀的回聲》，青海人民出版社，2010年版第314-315頁。

在年輕的時候，我曾經堅信：我們的時代是人類的春天。然而，事實證明，我們經歷了，而且還正在經歷著料峭的冬天。

記得赫爾岑在他的回憶錄中痛苦地自問過：未來的人們是否會記得並珍惜我們所遭受的全部苦難呢？而這一切正是為了他們的幸福所付出的代價。今天，我要提出同樣的問題。

我覺得，一百多年來，無數優秀人物為之獻身的事業，假如不是為了為人類爭取一個美好的春天，那將是真正的悲劇。也許，全部問題僅僅在於：

歷史遲緩了一個瞬息。

歷史遲緩了一個瞬息，一代人老了，一代人夭折了，成了無用的廢物。

但是，冬天畢竟會過去的。

我從來不相信一千年的說法。我相信，歷史有自己的步伐。

這是我最後的一線希望，支持著我寂寞的生命；正是這最後的一線希望，使我感到，活著，在更大程度上，是一種幸運。[22]

這是我所讀到的關於那個時代最偉大的語言。要怎樣巨大的力量，才能托舉起這樣沉重的言辭?!要怎樣堅強的心靈，才能不在這樣的言語下流淚?!要怎樣闊大的心靈，才能容得下這樣的言語?!要怎樣沉重的頭顱，才能承載如此沉痛的思想！

---

[22] 余易木《精神病患者或老光棍》，見《初戀的回聲》，青海人民出版社，2010年版，第325頁。

我一直認為，我們缺少反映1957年的偉大的作品。有幸讀到了《精神病患者或老光棍》，看來我是孤陋寡聞的，在60年代中期，已經產生了這樣的作品。

三、當優雅、博學、真誠遇到狡詐、粗鄙、偽善

極「左」政治運動摧殘的不僅是受迫害的個體，由於人是社會關係的總和，因此還牽連著更為廣泛的社會心理、社會道德層面。政治運動的發動者往往是不受法律約束的威權政治，其破壞性超出了常人的想像，我們今天的社會大面積的道德滑坡、誠信的缺失、信仰的危機等，表面上看是由於唯經濟論造成的，深究原因就會發現與建國後一次又一次的極「左」政治運動有著密切的關聯。

而文學對於政治運動的顛覆、解構具有先天的優勢。這也是每一次的社會變革，文學都為其先導的原因。文學是人學，是通過塑造鮮明的人物形象來介入社會生活的方方面面。既然政治運動的最終承受者都是活生生的人，那麼，對政治運動中的人物命運的揭示，就成為文學作品最為便捷的對社會發聲的手段。

以人物為中心而不是以政治事件為中心，敘述個體的人在政治運動中的命運，並不是一種新鮮的寫法。中國現代文學一直有追求史詩的敘事傳統，建國後，這一追求宏大敘事的傳統得到了強化。「傷痕文學」是在徹底否定「文革」的敘事框架下，敘述人物在「文革」中的不幸遭遇。以後的「反思文學」也是通過敘述具體的人在建國後一系列重大政治事件中的遭遇來進行思索的。但是，無論傷痕文學還是反思文學，作家往往注重的只是在作品中提出問題，在思想解放的底線允許的範圍內，對重大歷史

事件進行重新闡釋。作品裡的人物在政治事件中只是一葉扁舟，處於被動飄浮的地位，處於服從地位，而不是獨立思想和行動的主體。缺少主體性，可以說是傷痕文學、反思文學最大的缺點。[23]特別是一些描述知識份子命運的小說，知識份子特有的獨立之思想、自由之人格已經全然退隱，奴性人格佔據了主流地位，不知道這是文學的悲哀，還是時代的錯誤。

　　從這個意義上說，余易木小說的出現，可謂空谷足音。俄國作家赫爾岑是余易木心儀的作家，《往事與隨想》描述過「歷史在偶然走上它的道路的人身上的反映」，而在余易木這裡，著重強調的是「富於浪漫主義的人與荒誕的歷史的相遇」。余易木曾在作品裡這樣表達自己的藝術觀：「作為清醒的浪漫主義者，我從日常生活中尋找創作的題材。……我的出發點是人，歸結點也是人。我自己首先是人，而且只不過是人。正唯如此，我在生活中從來不是冷眼旁觀者，雖然作為藝術家，難免有旁觀的時候。我始終認為：作為人在生活，是終身；作為藝術家在行動，是瞬息。」[24]余易木是在一種人格層面上描述政治運動的影響的，他將一種人格力量灌注進小說裡，他筆下的主人公具有鮮明的主體意識，具有寧折不彎的氣度。余易木在60-70年代，用80餘萬字的四部小說，為經歷過反右運動磨難的中國知識份子畫像，留下內心、留下時代、留下思考，留下豐富性。這是受難者的心靈史，人性的光輝，照亮了那個貧瘠的歲月。

　　余易木生前的好友，張守仁先生曾說：「……余易木從不低頭認罪。即使在思想異常禁錮的時期，當絕大多數被劃為右派的

---

[23] 當然，《晚霞消失的時候》是一個例外。小說裡的李淮平、南珊，都有鮮明的主體意識，都在試圖建立一個獨立的精神世界，對人生觀、世界觀的思考，對普世價值的推崇，與那個時代的主流意識形態格格不入。

[24] 余易木《荒謬的故事》，青海人民出版社，2010年版，第172頁。

知識份子們夾緊了尾巴，用苦役改造自己的時候，易木兄還能在逆境中挺直脊樑，堅持自己的藝術觀，酣暢淋漓地描寫苦難、悲戚的愛情小說，哀歎真善美的毀滅。其稀罕程度，猶如在冰天雪地、朔風凜冽之中的枯枝上，尚有一隻黃鶯兒鳴唱起了淒美、多情的歌。真可謂大音希聲！」[25]這絕非是溢美之詞，而是比較恰切的評價。

余易木小說的主人公都是知識份子，優雅、博學、真誠、浪漫，傲骨錚錚，在反右運動中雖然遭受厄運，但是從不向命運低頭，頑固地堅持著自己內心的真實。

優雅往往和博學、浪漫聯繫在一起，這是知識份子的人生態度，也是知識份子的標籤，是融進血肉的習性。余易木小說的主人公，雖然被打成了右派，並沒有沉淪，仍然固執地堅守自己的內心，拒絕「改造」成庸人。因此，他們都是孤獨的「怪人」，甚至「精神病患者」，為流俗所不容。

《春雪》裡的主人公，因為反對謊言，被打成了右派。但是，這一對昔日的戀人在北京偶遇，除了哀傷的情緒，他們骨子裡的優雅並沒有改變多少。他們去和平餐廳吃西餐，用俄文朗誦葉賽寧的詩歌。余易木的小說裡，凡是引用俄國文學都是原文，並沒有中文譯文，這體現了一種自信，也強化小說主人公的知識份子身分。和平餐廳裡的背景音樂，1962年也變了：

> 剛走到樓梯中央，我就聽到了樓上傳來的「一條大河，波浪寬」的歌聲。從前可不是這樣。從前，每次迎接我們的都是《藍色的多瑙河》的輕快優美的旋律。

---

[25] 張守仁《文壇英才余易木》，《美文》2005年第4期。

「春天來了！春天來了！……」

……

隔了幾秒，「一條大河，波浪寬……」又尖聲尖氣地唱了起來。

「到處是流不盡的一條大河，我膩透了！」她一邊用餐刀割著鯧魚，一邊皺著眉頭說。

吃西餐，聽西洋音樂，讀葉賽寧的俄文詩歌。這些準資產階級的生活方式，在60年代遭到了塗抹。清規戒律無處不在，戰爭文化像巨無霸的螃蟹，佔據了一切角落，優雅幾乎徹底地遭到了放逐。小說帶著淡淡的憂傷，無奈地描寫著這種文化症候的變遷。

在《荒謬的故事》裡，當過右派的牧之骨子裡也是一個優雅的人。他是中央美院的高材生，油畫天才；說法語，讀法蘭西文學原著，以至於戀人鄧菡屢次說他是法國人。小說寫到了上海久負盛名的西餐廳——紅房子，牧之和鄧菡去紅房子吃了一次西餐。但人是物非，浪漫的氣氛已經不再：1970年的紅房子被紅衛兵破了四舊，刷成了乳黃色；服務員不再為顧客服務，顧客要自己去端菜；豬排、牛排啃不動了，奶油湯也變了味道，法式西餐變成了不中不西的粗茶淡飯。「厚厚的窗簾，藍色的壁燈，幽雅的對座，輕鬆的舞曲，還有地道的法式大菜」，[26]這些存在了幾十年的舊有的優雅消失了，有的只是粗糲、平庸、乏味。

余易木小說裡的知識份子，都是滿腹經綸，屬於難得的知識精英。《春雪》裡的男女主人公精通兩門外語。《初戀的回聲》裡的周冰是清華大學高材生，精通英文、俄文，被打成了右

[26] 余易木《荒謬的故事》，青海人民出版社，2010年版，第204頁。

派仍堅持專業研究，發表了具有國際水平的論文。《精神病患者或老光棍》裡的江明，上海國立交大的高材生，懂兩種外文，畢業後成為研究院的臺柱子。他們被打成右派，並沒有荒廢自己的專業，盡可能利用一切可能實現自己的價值。建國後反智主義的大流行，反右運動55萬知識份子被打成右派，「文革」對知識份子的仇視達到了頂點。反智主義源於對知識的恐懼，往深處說是出於統一中國知識份子思想的戰略需要。引蛇出洞也罷，陽謀也罷，都是鉗制思想，迫使知識份子噤聲的策略。「智識的、精神的、藝術的創造力，對於極權主義來說，就像暴民的歹徒自發力一樣危險。兩者都比純粹的政治反對派更危險。新的群眾領袖貫會清除每一種更高形式的知識份子活動，遠遠超過了他們對自己無法理解的一切事物的天然厭惡。絕對的統治並不允許任何一個生活領域中的自有創造力，不容許任何一種無法預見的活動。執政的極權主義無一例外地排斥一切第一流的天才，無論他們是否同情極權主義，使取而代之的是一些騙子和傻瓜，因為他們缺少智慧和創造力，而這正是他們的忠誠的最好保障。」[27]

值得我們關注的是，雖然建國後在廟堂層面反智主義一度流行，知識份子改造運動一直沒有停止過，但是民間對於知識份子的尊重卻一直頑強地保存了下來。余易木的小說為我們著力描繪了民間的這種可貴的聲音。在《初戀的回聲》裡，楊芸向父母介紹戀人周冰時，有一段對話：

> 當楊芸談到周冰1957年犯過錯誤的時候，楊老頭兒的眉頭皺起來了，楊老太婆的臉拉長了。楊芸料到必有此

---

[27] 漢娜・阿倫特著，林驤華譯，《極權主義的起源》，生活・讀書・新知三聯書店，2008年版，第439頁。

著，趕緊拋出了手中的王牌：《理論物理》和《物理學報》上的論文。

「我不相信。」楊老頭兒搖頭說，「蘇聯科學院的理論刊物，非同小可。他又不是留蘇生，即便是留蘇生，能湊上去的又有幾個？《物理學報》？就算《物理學報》，也談何容易！區區助教……」

……

楊芸回房取來了早就準備好的雜誌，翻到論文所在的那一頁，送到父親面前。楊老頭戴上了老花眼鏡。

……他吃力地拼著周冰的的名字，「真的！怎麼會是真的？怎麼可能是真的？……」

「人家又不是騙子！」楊雲在一旁快活地說。

楊老頭兒沒有理會女兒的插話，繼續自言自語道：「……非線性磁場研究……不簡單，真不簡單！……」

……

「不到一年，發表兩篇論文，了不起！真了不起！」楊老頭兒五體投地了。「依芸，你剛才說他幾歲？」

「周歲26歲。」

「才26歲?!有辦法！有前途！大有前途！」楊老頭兒摘下眼鏡，讚不絕口，緊鎖的眉頭也舒展開了。

楊老太婆目睹這一百八十度的大轉彎，心裡直納悶。

「依我看，當過右派的……」她畏蔥地說。

「你懂什麼！」楊老頭兒打斷了她的話，「這可不是一般人吶，這是有國際水平的──國──際──水──平，你懂嗎？」

對知識的尊重，在這裡被強調到了一個突出的位置。周冰的事蹟在楊芸所在的學校引起了轟動，而組織上對這些卻視而不見，只是懾於國際壓力，才給予了周冰相應的待遇。余易木塑造了一系列「落難」的青年才子形象，總會有姑娘置個人安危於不顧，以身相許。知識，在這裡顯示了強大的話語權力，即使《荒謬的故事》中極端守舊、專斷的一家之主鄧老太太，也承認精通一兩門外語就會掙大錢的道理，對牧之另眼看待。一方面是主流意識形態話語對知識的蔑視與貶低，一方面是民間對知識的褒揚與推崇，余易木的小說詳細地展現了這種悖論與衝突。它引出了如何對待知識份子這在那個時代並不輕鬆的話題。余易木十分客觀地將這個話題描述出來，將自《講話》以來知識份子向工農兵學習的命題懸置起來，這在60年代文學中，是絕無僅有的。

　　在謊言盛行的年代，「真誠」是要付出沉痛的代價的。余易木把真誠看作是50年代知識份子最可寶貴的品質。在《精神病患者或老光棍》裡，知識份子真誠的品質令人潸然淚下。江明唯真理馬首是瞻，單純得令人心疼。這裡沒有豪言壯語，有的只是對人類基本良知的堅守。當江明得知自己的同學馬文豹被打成右派，他不顧個人安危，一心要為他申辯：

　　　　……「馬文豹，別人不會為你辯護，我，江明，我要為你辯護！」

　　　　「你瘋了！」馬文豹駭然驚呼！

　　　　「我沒有瘋。」江明冷靜地說，「我讀過你的全部資料。我認為，你有錯誤，但是，把你當做右派，這是不公平的……」

　　　　「江明！」

「……我要給毛主席寫信，申述我的觀點。」江明
自顧自繼續說。……

馬文豹擋住了他的去路。

「江明，我的老朋友，我永遠也不會忘記你對我的友
誼，但你無論如何不能這樣做，我求求你，求求你——」

「問題不在於友誼，而在於真理。」……[28]

在無堅不摧的運動面前，江明向毛主席寫信的行為，頗似堂
吉訶德大戰風車，悲劇在所難免，最終被打成了右派。就像作品
裡的處長所言：「不說像你這樣的娃娃，就算你是一根鋼，組織
上照樣有辦法把你拗彎！」[29]戳穿謊言，付出的代價可想而知。
因堅持獨立思想而被處死的青年思想家王申酉，在1967年的日記
裡寫到：「毛在十年前劃了三十萬右派分子，他們絕大多數是
無權無勢的耿直志士。」[30]一代知識份子的真誠，就這樣成了
罪愆。

優雅、博學、真誠的對立面是狡詐、粗鄙、偽善。余易木在
《荒謬的故事》裡，對一種厭惡的人格進行了細緻的刻畫。裡面
的「郎中」，就是這種人格的代表。郎中的機心之重，手段之卑
劣，為人之偽善、狡猾，讓善良的人們不寒而凜。不知為什麼，
我讀到郎中以卑劣的手段將鄧菡一步步俘獲的時候，常常想起極
「左」的政治運動。在某種程度上，政治也是道德化的。余易

---

[28] 余易木《精神病患者或老光棍》，見《初戀的回聲》，青海人民出版社，2010年
版，第193頁。

[29] 余易木《精神病患者或老光棍》，見《初戀的回聲》，青海人民出版社，2010年
版，第200頁。

[30] 轉引自丁東《不求依附但求真》，《文藝爭鳴》，2003年第2期。現通行的說法是
1957年劃了55萬右派。

木對人性之美、道德之美的推崇，同時也是對人性之惡、道德淪喪的鞭撻。人與歷史的相遇，在余易木這裡是理想的人格在荒謬現實中的不幸，從而折射出歷史的荒誕。正是有了獨立的人格力量，使得余易木的書寫是高度個人化的，融進了個體獨特的生命體驗，是名符其實的「以血書者」，這與傷痕文學的集體書寫有了根本的不同。

四、以血書者：文學史與可能的歷史

縱觀余易木的小說，讓人吃驚的是，他的寫作，好像一開始就沒有染上中國當代文壇的諸多病症。他50年代初進入大學學習，按照常理，50年代的創作觀念，譬如對意識形態病態的崇拜，對國家政策的迎合，不可能不在他的作品中留下痕跡。但是他好像具備超常的免疫力，沒有被流俗所束縛。在中國大地上寫作卻獨立於文藝的清規戒律之外，確實讓人不可思議。需知道，在50-70年代，許多現代文學史上的大家，要麼為新時代寫作頌歌和讚歌，如郭沫若、茅盾、巴金、老舍、曹禺、路翎、廢名、汪曾祺等，要麼噤聲，如沈從文，鮮有例外者。

在革命現實主義的洪流之下，為什麼余易木能夠保持了獨立的思考呢？當60年代絕大多數知識份子放棄了批判意識的時候，為什麼他還那麼清醒？我認為，首先在於他具有足夠強悍的內心，堅守獨立之思想，自由之精神，雖身遭厄運仍能堅信未來[31]。在他身上，可以看到交織著西方啟蒙主義、個性主義的觀念，以及五四時期的啟蒙主義思想傳統。

---

[31] 張守仁先生提供了一個很有意思的參照，他說余易木有著驚人的預測能力，能夠預知將來。「『文革』中正當江青紅得發紫、頤指氣使、飛揚跋扈之際，他對知

其次，余易木精通俄文、法文、德文、英文，直接閱讀原文，使得他深受外國文學的浸潤，深得批判現實主義和浪漫主義文學的精髓。他對獨立人格的追求，對浪漫主義的追隨，都和這些作品聯繫著。俄國文學和歐美文學已經化作了他的血肉。這使他在呈現人的內心的豐富性上，對人性的複雜性的洞察上，具有了一個制高點。余易木少年時代閱讀了大量中外名著，深受文學的薰陶。他一生迷醉於法蘭西文學，「他幾乎熟悉全部的法國作家，不論是古典的，還是當代的，他對巴爾扎克評價並不高，但他喜歡大仲馬，喜歡司湯達。」[32]在余易木的小說中，對外國文學的談論隨處可見。有些人物，譬如《荒謬的故事》裡的鄧茵，一直將《簡‧愛》作為自己的鏡像，由此被周圍的人視為怪人。落難的畫家牧之，醉心於法國文學，以至於鄧茵以為他是個法國人。他的藝術觀是「清醒浪漫主義」：「它有一位嚴峻的父親——現實主義；一位溫柔的母親——浪漫主義。它要求藝術家具備兩種缺一不可的品質：清醒的目光，為了正視現實；年輕的心，為了愛。顯然，它是矛盾的統一體，因而，相應地，它在技巧上同樣追求矛盾的統一，即在矛盾中尋求和諧。……我力圖在我的作品中反映我們所生活的時代的真實風貌，換言之，現代中國的真實風貌，以及它的歡樂與悲哀，幻想與眼淚。」[33]《春雪》裡的主人公對葉賽寧的詩歌的摯愛，無形中強化了對自由精

己的人預言這個女人將有最悲慘的下場。1976年『四五』事件之後，鄧小平被批成『中國的納吉』下臺，他堅信鄧還有機會回到政治舞臺為中國人民做事，時間不會太久，勸好友們耐心等待。他的預言，果然一一應驗：余易木洞察歷史、聰慧過人，他在西寧的朋友，對此莫不佩服。」以上引自張守仁《逆境中的堅守——悼余易木》，見《文壇風景：我與當代作家》，第51頁，中國工人出版社，2002年12月版。這位「睿智的預言家」，是否也提供給了他寫作的信心，激勵他冒險為了未來而寫作呢？

[32] 魏心宏《我所認識的余易木》，天涯網站。

[33] 余易木《荒謬的故事》，青海人民出版社，2010年版，第171-172頁。

神的嚮往。余易木的小說裡反覆出現的赫爾岑的小說、《戰爭與和平》、《巴黎聖母院》、《悲慘世界》、《簡·愛》、《約翰·克利斯朵夫》等外國文學名著，有時候，讓人感到，外國文學作品裡的人物，彷彿就生活在50-60年代中國的現實裡，這些作品所表現的內容和50-60年代的現實生活，形成了巨大的反差，也構成了反諷性的互文性關聯。

余易木最早的小說《也在懸崖上》，寫於1957年4月，反右運動之前。小說是對鄧友梅的《在懸崖上》主旨的解構，試圖從人性的角度探討男女之間的情感，將愛情放到「三角」關係中去拷問，「三個人都懷著自我犧牲的美好願望，結果三個人同樣不幸」。小說展示了人類理性和複雜情感之間的衝突與矛盾，體現了余易木對人性深邃的洞察力。余易木是以「嫉妒」這一關鍵字來審視男女情愛的，兩個女人同時愛上了一個男人，由於「嫉妒」這一情感的作怪，上演了一齣悲劇。[34]悲涼、沉鬱的氛圍，隱隱有命運的影子在籠罩著一切。從人性的本源困境的角度來表現男女戀情，這在50年代的主流文學中絕對是不可思議的。可見，余易木的寫作，一開始就有著不同於其他作家的起點。這個高起點所依據的座標，是西方文學和五四文學，是對人類精神困境的本源性探索。

再次，余易木忠實於自己的內心，懷著強烈的社會良知來寫作。他在文網密佈的環境裡寫作，不僅僅是寫給自己，而且要寫給未來。有研究者認為，「余易木也是帶著幻想寫作的」，他的寫作如佛洛德所言是白日夢的方式，「作家就是做著白日夢的寫作者，將自己在特殊處境下難以實現也難以示人的希望化作故事

---

[34] 流舟《「三角」脫出窠臼——讀〈也在懸崖上〉》，《小說評論》，1986年第1期。

中另一種形式的展露」，從而進行「精神救贖」[35]。誠然，余易木的寫作有精神救贖的成分，但是僅僅指出這一點還遠遠不夠。1991年，余易木談到自己的創作動機時說：「我不是一個堅強的人。但是，聊以自慰的是，我也不是我們這一代人中最軟弱的一個。正唯如此，1962-1965年間，我像做賊一樣——有時，似乎比做賊更艱難——寫了一組小說，以期為歷史留下一個比較真實的記錄。我希望向未來的人們表明：即便在那樣的日子裡，中國的藝術家沒有沉默，也不會沉默。」[36]這一表白，可以看做是余易木對自己創作動力的最好詮釋。

還有，余易木的寫作是無功利的，只是基於內心的需求，這使他的寫作十分純粹。他說：「藝術，對我來說，不是職業，也不是謀生的手段。我無意通過藝術得到什麼，無論是名，抑或是利。事實上，我至今還在當我的工程匠。」[37]這種超然態度，置身文壇的人很難做到，尤其是在與名利場無異的中國文壇，更是如此。80年代初，因為他的文學成就，友人曾邀請他去省文聯工作，被他婉拒，他認為「當了專業作家未必就能寫出東西」，[38]一旦進入了體制，就不能隨心所欲地寫作了。可見，余易木十分珍視心靈的自由，視遵命寫作為畏途。這使我想起了偉大的卡夫卡。卡夫卡是法學博士，在工傷事故保險局從事著與寫作無關的工作，他的寫作完全是聽從於內心的召喚，服從於生命本身內在的激情，而不是為了名和利。在他留給好友馬克斯・布羅德的遺

---

[35] 劉曉林　趙成孝《青海新文學史論》，青海人民出版社，2006年版，第103頁。

[36] 余易木《余易木自傳》，《青海湖》，1992年第2期。

[37] 余易木《余易木自傳》，《青海湖》，1992年第2期。

[38] 王貴如《一個不應被文壇淡忘的作家》，《余易木作品系列・序言（二）》，青海人民出版社，2010年。

囑裡，竟要求把他留下的文字統統銷毀。這樣的無功利狀態，會產生偉大的文字。

余易木在他僅有的一篇簡短的自傳中說：

在同行中，我大概屬於作品最少者之列。王國維先生曾云：「尼采謂：一切文學，余愛以血書者。」我願意補充說：血有限，書也有限。[39]

以血書者，大概是對余易木的小說最好的概括。

余易木還說：「回顧既往，我已做的畢竟太少；展望未來，我能做的，畢竟也不會太多。嗚呼，生於斯，奈何？」[40]語氣之淒涼，令人扼腕。可是，我要說，相比那些謊話連篇的作家，余易木是真正的勇士。以血書者的文學，遠比蒼白的文字更有價值。

中國當代文學史是一部不斷變動的文學史。余易木被文學史遺忘，確實是中國當代文學的悲哀。他的文學史地位，相信會得到公正的評價。作為60年代中國小說的第一人，余易木可以說是中國當代最為傑出的作家之一。對余易木小說的研究和評價，才剛剛開始，我們期待著。

---

[39] 余易木《余易木自傳》，《青海湖》，1992年第2期。
[40] 余易木《余易木自傳》，《青海湖》，1992年第2期。

對正統的偏離：反思歷史與重建個人精神維度
——重評《晚霞消失的時候》

　　一個毋庸置疑的文學事實是，絕大多數在80年代引起爭議的作品，今大都已經失效了，因文本的粗糙或者是內容的陳舊，變得讓人不忍卒讀。一些作品雖然因為在文學史上有地位而暴得大名，但是可以肯定的是，隨著歷史的長河逐步拉長，文學史是一直在刷新的，那些現在所謂具有文學史意義的作品，因為文本死掉了，言之無文，行之不遠，最終也會被歷史遺忘。倒是那些經得起重讀的作品，會進入經典之列，為一代又一代的人傳誦，因而會在文學史上留下來。我認為《晚霞消失的時候》就具備進入經典的品質。儘管它有瑕疵，但是每一次閱讀，都給我以新的感動。在寫作有關它的評論時，我感到把握的困難，因為，它是很難被說盡的。

一、將顛倒的現實正過來：一個紅衛兵的懺悔

　　在中國這樣一個缺少宗教意識、信奉實用主義的國度，國民的懺悔意識是缺乏的。惟其缺乏，所以真誠的不帶偽飾的懺悔，發自個體靈魂深處的懺悔，才為我們珍視和推崇，它體現的是公民社會裡獨立的個體良知的覺醒。

2010年11月4日和10日，《南方週末》與《中國青年報》均大篇幅報導了當年的紅衛兵申小珂、胡濱，在時隔44年之後，向當年自己間接傷害過的北京外國語學校黨總支書記程璧投書致歉一事，並引發了一場沸沸揚揚的熱議。[1]由此可見懺悔意識的稀缺，以及國民對懺悔意識的重視程度。巴金在80年代寫了《隨想錄》，敞開自己的心靈，對自己在「文革」中的表現進行了無情的剖析，可謂是勇於面對自己心靈的奴性和心靈的弱點。這樣的懺悔意識，同樣也表現在個別黨性很強的作家身上，譬如劉白羽，他是主持批鬥丁、陳反黨集團的具體執行的作協領導，徐光耀在《昨夜西風凋碧樹——記一段頭朝下腳朝上的歷史》一文中（《長城》2000年第1期），詳細敘述了自己受批鬥的經過。劉白羽讀後即給他寫來一封「悔過信」，表達自己的懺悔之情。[2]

　　懺悔不僅是一個社會學話題，在文學中更為重要，因為文學往往是一個民族精神薪火的傳承者。俄羅斯文學中，托爾斯泰、陀思妥耶夫斯基都在自己的作品中，由己推人，探討了人性的弱點。「每個人身上都潛藏著野獸」（《卡拉馬佐夫兄弟》），

---

[1] 《紅衛兵懺悔的可行性路徑：一場公民良心自救運動》，《中國青年報》，2010年11月16日。在對於此事的熱議中，有人這樣認為：「沒有每個公民自己的良心自救運動，就不可能真正推進政治體制改革」、「體制就是你、我、他，就是我們自己」。並這樣追問道：「誰在『文革』中沒有錯誤？在那個『全民皆兵』也『草木皆兵』的年代，在那個『人人過關』和『人人表忠心』的環境下，有幾個人能不『披掛上陣』？有幾個人敢『撫叛徒的屍身痛哭』？有幾個人敢與『偉大領袖』或『革命群眾』唱對臺戲？當年的我們就是柏拉圖《理想國》『洞穴之喻』裡的囚徒，把牆上假人和假歐的影子看成真的，互相揭發、告密、陷害。」

[2] 見《長城》，2001年第4期。劉白羽在信中說「你在那歷程中所承受的痛苦，都是我的罪孽所造。光耀同志，我羞慚，我慚心，我無顏求你原諒，但我要說出我永恆的遺憾，包括在那失去理智的時代，我對你不禮貌的行動，我只有在遠處向你深深地謝罪、謝罪……」但是據石灣撰文稱，非常遺憾的是，這個道歉劉白羽後來似又反悔了，可見真正的懺悔，確實很難做到。詳見《劉白羽的懺悔與反悔》，《文學報》，2012年1月12日12版。

「劊子手的特性存在於現代人的胚胎之中」（《死屋手記》）。而魯迅、郁達夫等人作品中的懺悔意識，特別是魯迅對於人性、國民性的洞察，尤為深切。而50-70年代文學的懺悔意識，則打上了鮮明的意識形態色彩，主要集中在資產階級、小資產階級、以及地主富農向工農大眾的懺悔上，而這種懺悔，通過知識份子來實現，因為知識份子「擁有」話語權。知識份子的原罪就此形成。張賢亮在《綠化樹》的開篇引用阿・托爾斯泰在《苦難的歷程》第二部《一九一八年》的題記「在清水裡泡三次，在血水裡浴三次，在鹼水裡煮三次」，來說明知識份子改造的艱辛。而這種原罪，是階級鬥爭的產物，具有強制性、脅迫性，有著強烈的反智主義色彩。懺悔在這裡帶有階級性，或者說是一種意識形態懺悔。這是一個偽命題，卻被強制推行了近三十年。新時期文學中，我們在作品中依然可以看到知識份子的懺悔，卻沒有讀到紅衛兵的懺悔，直到軍隊作家、昔日的紅衛兵運動的弄潮兒禮平寫出了小說《晚霞消失的時候》。

閱讀《晚霞消失的時候》，我覺得裡面充滿可貴的懺悔意識和救贖衝動。以我的閱讀經歷，參加過紅衛兵運動的作家，「文革」尚未結束就在小說中表達自己的懺悔意識的，大概禮平是第一人。可惜，許多研究文章都沒有指出這一點，或者意識到了卻並不以為然。禮平在1982年寫的文章中，一再提示我們，他所寫的是一個紅衛兵的反思：「這部小說直接起因於我在『文化大革命』中的經歷。作為一個紅衛兵，我抄過別人的家……由我們之手，造成了許多悲劇。後來隨著那股盲目熱情的消滅，內疚之心，慚愧之心，反省之心和自我批評之心，使我在1969年前後首先想到了一個簡單的故事，就是一個紅衛兵在抄家時碰到了一個熟識的女孩子的巧遇……所以，這部小說的最初的出發點，是為

了檢討紅衛兵的過失而寫的。」[3]「如果說我寫《晚霞消失的時候》，寄託了某種思考的話，那便是集中在對於『文化大革命』及其『紅衛兵』運動的反省。」[4]也許，我們在80年代過分將注意力集中到小說宣揚的宗教意識、將歷史道德化等一些與主流意識形態相衝突的內容，而將紅衛兵的懺悔意識忽略掉了。

禮平在後來的一篇對話中，又詳細提到了自己曾經是紅衛兵的經歷。當對話者問禮平是否是在用作品表達「懺悔」時，禮平作了肯定的回答：「懺悔？可以吧。但我想說的是我們不配。我們曾經為那樣的東西而癲狂，我們為此感到害臊。」[5]小說中的許多場景，包括抄家的經歷，都來自於禮平的紅衛兵經歷。楚軒吾、李淮平、南珊這些人物，生活中都有原型可依。小說中的李淮平出身軍官家庭，從紅衛兵闖將到海軍軍官，和禮平的人生經歷有著高度的一致性。[6]這部小說，可以說是作家的自敘傳，不僅是在個人經歷層面，更是在精神意識層面。小說自70年代初即已構思，1976年初動筆，修改過五次，是一篇對自己的思想行為進行總結的作品。在本質上，這是一部反思性的懺悔小說，而不僅僅是「文革」後流行的傷痕小說，至少是傷痕退居到了次要地位。這一點，已有學者作了深入的剖析：「與當時大多數流行的『傷痕』題材不同，《晚霞》的表面敘事是『傷痕』，它的深層敘事則是『寬容』、『懺悔』和『愛』。它不滿足於那種就『傷

---

[3]　禮平《我寫〈晚霞消失的時候〉所思所想》，《青年文學》，1982年第3期。

[4]　禮平《我寫〈晚霞消失的時候〉所思所想》，《青年文學》，1982年第3期。

[5]　禮平、王斌《只是當時已惘然──〈晚霞消失的時候〉與王衛兵往事》，《上海文化》，2009年第3期。

[6]　香港的一位研究者曾經將《晚霞消失的時候》給夏志清閱讀，夏志清看後認為「讀來很有意思」，但對於這位橫空出世的作家並不瞭解，他感興趣的是作者的生平，於是向這位研究者索要禮平的生平資料。見璧華《中國新寫實主義文藝論稿》，第120頁，（香港）當代文學研究社，1984年4月版。

痕』而寫『傷痕』的創作範式，而試圖透過當事人的『身世之謎』去直接追問『歷史之謎』。」[7]

重讀《晚霞》，裡面處處可以讀到紅衛兵的懺悔：出身革命家庭的紅衛兵失去了精神優越感，並為自己的過錯進行懺悔。在第一章《春》中，小說主人公李淮平做了一個優雅、靜謐、綺麗的夢，這是一個人間仙境式的夢境，卻被父母催促上學的聲音所打斷。接著，我們可以看到的是一個物質條件優越的軍人家庭，有寬敞明亮的居所，考究的盥洗室，父母都留學過蘇聯，精通俄文，父親擔任軍隊的領導職務，配有專車。李淮平在上學的途中抽暇去公園裡溫習俄文，一個叫南珊的女中學生也在那裡在朗讀英文，讀的是莎士比亞的《李爾王》。「我」的蹩腳的俄文和南珊嫻熟的英文形成了鮮明對照。兩個天真無邪的中學生所受的教養卻不同，一個粗魯莽撞，一個溫文爾雅。他們討論了莎士比亞，「我」認為南珊所激賞的莎士比亞戲劇中的人物「即便可愛，也該受到批判。畢竟，莎士比亞作為資產階級的作家，他那些情調或多或少總是反映了他那個階級的沒落情緒。所以他的故事儘管動人——確實動人，但我們作為無產階級的後代卻不能過於欣賞他，而應該分析他，認識他，批判他！」而南珊出乎意料地捍衛起莎士比亞來，由此引起了對文明和野蠻的爭論。少男為野蠻、強權辯護，少女堅持文明、優雅。而「我」對野蠻的辯護卻使這個學識淵博的女孩子沉默良久，經過艱難的思索，然後說：「從前我一直認為，野蠻是人間一切壞事的根源。而今天，你卻向我證明了它可能是好的……」少男少女在這裡表現出的早熟，他們對社會人生、對文藝的看法的辯論，確實是在其他作品

---

[7] 程光煒《文學「成規」的建立——對〈班主任〉和〈晚霞消失的時候〉的「再評論」》，《當代作家評論》，2006年第2期。

中很少見到的。根正苗紅、代表無產階級的「我」，在這個清晨，為一個精通俄文英文、學識淵博、見解不凡、優雅、美麗的少女折服了。而這個少女，由於她借給「我」的一本莎士比亞的原版書洩露了身分，書的扉頁上的題字說明，她的媽媽在法國西部布勒斯特。短暫的相見，少男對少女萌生了愛意。

在接下來的第二章《夏》中，紅衛兵運動開始了。「我」成為運動的弄潮兒，領著一群紅衛兵開著卡車去抄家。戲劇性的一幕發生了，被「我」抄家的前國民黨軍長楚軒吾，竟然是父親的好友，起因是在淮海戰役中楚軒吾戰敗，父親接待他投誠。楚軒吾的外孫女，竟然就是那個清晨在公園裡見到的少女。隨著楚軒吾對當年淮海戰役的描述，震撼的廝殺、漫山遍野的屍體、失敗者的悲情、無奈的投降，使「我」在主持審問者的位置上再也坐不穩了，被審問者一下子變得「這樣的慈祥，威武，親切！」位置發生了戲劇性的顛倒，一貫正確的紅衛兵成了受教誨者，有歷史問題的人成了教育的主角。話語權的顛倒，意味著原有價值體系的坍塌和崩潰。這是對原有的革命現實主義文學成規的顛覆。因此，懺悔意識就漸漸萌生了。當「我」直面南珊時，我突然感到：「對於自己的過去，誰可以沒有自尊？對於自己的將來，誰可以沒有自信？然而我們這疾風暴雨般的呵責和斥罵卻把這個女孩子的過去和將來掃蕩得乾乾淨淨。」「……直到今天，我都無法理解，我怎麼竟能對她說出那麼一套冷酷無情的話，更無法理解，為什麼在她受到了那樣猛烈的打擊以後，我還能對她心中那道已經傾頹欲墜的防線作了最後的一擊，竟然把那一連串大加撻伐的字眼兒與南珊這樣一個女孩子聯繫在一起。當我的朋友把那些骯髒和醜惡的字眼兒接連向她打去的時候，我清清楚楚地記得，我的心怎樣被絞得生疼！」抄家行動，對「我」的人

生產生了巨大的影響，「我」在思考「革命行動」的意義，對自己的行為產生了懷疑，並由此進行了反思。這一章刺耳的喧囂：抄家、訓斥、命令、謾罵，和第一章裡推崇的文明、優雅形成了鮮明的對照。

在接下來的第三章《冬》裡，兩年後，我在車站送別去內蒙落戶的朋友，在列車上偶然聽到了楚軒吾和即將下放農村的南珊姐弟的談話。這使我對楚軒吾和南珊的瞭解又進了一步。楚軒吾在南珊面前，更像一個人生的導師，在引導著南珊：「我真擔心你會因為缺少幸福就對他人心地冷漠……如果你對千千萬萬不同於你的人還懷著眷戀之情，爺爺就放心了。但是如果你由於書看得太多，而學得只會以理性的眼光來看待人類生活的一切，那你無疑已經成為一個心地冷酷的人。這種人往往會把自己的理念看得高於一切，他把自己的理念堆稱老百姓的上帝，其他人都不過是他對世界秩序進行邏輯推演的籌碼而已。」而南珊認真審視了自己的靈魂，她告訴爺爺，自己雖然從小缺少母愛，因為出身不好，成為孩子們笑罵的對象，但是她並沒有以仇恨的心態對待別人，而是以爺爺的「沉著、淵博、深思、寬厚和樂觀等美德為準繩」，「樂得寬容」，並堅信「我的人格並不因為我無力抗衡屈辱就有了虧欠。不，人的品格不是任何強權所能樹立，也不是任何強權所能詆毀的。」「我讀書，是為了是自己的思想和行為更合理，我永遠不會因為自己堅信了什麼理想就把他強加到別人的意志和心願上。」從這裡，我們看到了《簡‧愛》的影子，處在社會底層，而又自尊自愛自強自我精神完善，勇敢地追求自己想要的生活。

「我」此時陷入了深思，為楚軒吾淳厚正直的個人品格所打動，在內心追問道：「難道一個人犯了可怕的錯誤，他就必然有

一個邪惡的心嗎？」「現在，面對楚軒吾那些痛苦的表白，我感到說不盡的慚愧。我開始意識到，那次抄家，早已使紅衛兵丟盡了臉，而我們投身的這場『文化大革命』，也必將因此而在歷史面前無法交代。」由最初的動搖、思索，到這一章對血統論的否定，以及對「文革」、紅衛兵運動的否定，在這裡，「我」的懺悔意識是一步步加深的。

隨著談話的深入，「我」卻越來越羞愧難當。早前紅衛兵的優越感，早已變成了贖罪感，抄家的一幕，成為自己心中永遠的疼：「在那個無情的夜晚，我傷害了她的尊嚴，那對於她來說是一種無比寶貴的尊嚴。但後果卻是雙方的：她的心被刺傷了，我也因此而永遠失去了對自己的尊重，一種沉重的壓力堵在我胸中，使我痛苦得垂下了頭。我的臉上，好像有一團烈火在燃燒！我記不得那時我想過些什麼，但我記得在那難言的痛苦感覺中，我想到了兩個字：懲罰。」在此後的歲月裡，雖然「我」當上了海軍軍官，這贖罪的心態，卻一直伴隨著。

在小說的最後一章《秋》中，當李淮平和南珊在泰山頂上巧遇，已是十二年過去，物是人非，我們依然讀到了「我」對南珊那椎心的懺悔：「一種痛悔與慚愧交加的心情殘酷地折磨著我。」「從那天以後，我的心再沒有一天平靜過，真的，沒有一天……」在和南珊的對話中，我們可以看到李淮平在一直一遍又一遍地表達懺悔之情。李淮平心中珍藏的愛的火焰在南珊的平靜面前熄滅了，在晚霞消失的時候，他們分手了。對於李淮平來說，他終於完成了懺悔與救贖，將過去葬在遺忘中，從此可以自信地面對生活，平靜地面對像南珊一樣自己曾經傷害過的人們。

通過以上大段大段的引用，我想要說明的是，濃烈的懺悔意識，一直貫穿於這篇小說的始終。那次抄家，對紅衛兵闖將的

「我」來說，真是一場夢魘，像一面鏡子，照出了自己靈魂的不潔。懺悔是使別人原諒自己的手段，也是救贖自己的機會，通過懺悔，消除罪惡感，使自己的靈魂得到淨化和提升。隨著小說的進展，「我」的懺悔意識由先前的對楚軒吾一家的同情，發展到深深的自責。楚軒吾的形象愈高大，淳厚正直的人格愈完善，愈能使「我」看出自己的魯莽和盲從。尤其是南珊，抄家使他們剛剛萌發的愛情永遠地失去了，「我」的內心痛苦，一直進行了15年。這是一種真誠的道歉和自責，它源自人類真誠的天性，是人類最美好的情感之一。當然，具有重要意義的是，作者禮平借這個小說，對自己的紅衛兵經歷進行了救贖。經過這一書寫，他緩解了自己紅衛兵經歷的焦慮感，撫慰了自己的靈魂。尤其是當他在「文革」尚未結束時就已經在這樣做了，今天看來是多麼可賞啊！

當然，這種懺悔，並不是簡單的是非判斷，而是建立在信念交流的基礎上。「我」作為無產階級的心理優勢，一步步失去，「我」對「野蠻」的辯護，愈來愈蒼白，直至放棄了自己的信念，對南珊所代表的人生觀、世界觀的包容、推崇，使「我」得以擺脫了紅衛兵經歷的「罪惡」感，變得自信起來。因此，對於「我」來說，南珊一家人，實際上扮演了一個啟蒙者，將「我」的靈魂從「墮落」的深淵救起，並提升到了一個新的高度。所以，「我」在小說結尾這樣寫道：「南珊，她在我心中已經不再是一個名字和一個人，而是一種信念，一種對於我的人生正在開始發生無比巨大的影響力的嶄新的信念。」

我們現代文學中不是有可貴的懺悔傳統嗎？為什麼到當代文學反而不見了呢？尤其是到了新世紀，我們還有觸及靈魂的文學嗎？所謂的懺悔，並不僅是我們要對現實中的行為進行懺悔，

還要我們對靈魂中的無意識行為進行懺悔。魯迅的偉大就在於，他一直在剖析自己的靈魂，由此對國民性進行深刻反思。在今天，還可以看到，當年的紅衛兵首領之一、曾經為「紅衛兵」命名的著名作家張承志，不是說自己從不反悔嗎？許多當年的紅衛兵，不是一直在為自己的行為辯護嗎？當然，他們也是受害者，但首先是紅衛兵運動的執行者，理應站在懺悔者的一邊。繼80年代大規模地揭批「四人幫」之後，現在是對「文革」的有意識的遺忘，甚至是有組織地遺忘。但是往事並不如煙，並不是一句青春無悔能夠一筆勾銷的。如果沒有全民族的深刻反思，沒有對歷史真相的徹底洞察，沒有對曾經中毒的靈魂加以徹底淨化，「文革」的悲劇還會重演！這決不是危言聳聽，看看現在網路上那些來勢洶洶的極「左」言論，你就會感到，如果沒有徹底的全民反思阻斷這一切，「文革」離我們並不遙遠。

二、誰的傷痕：80年代思想場域中的《晚霞消失的時候》

《晚霞消失的時候》發表以後，有人把它歸為「傷痕文學」，90年代以來又把它歸為「前傷痕文學」。在禮平看來，70年代末他偶然讀到的傷痕小說很不好看，藝術水準還不如十七年時期，他認為自己的作品並非「傷痕小說」，並由此追問道：「為什麼『文化革命』過去了，當人們終於可以寫小說的時候，寫出來的東西反而不如以前好看了？」[8]「我很不喜歡傷痕文學，就藝術傳統來說它與當年的憶苦文學如出一轍，它是風潮的

---

[8] 禮平《寫給我的年代——追憶〈晚霞消失的時候〉》，《青年文學》，2002年第1期。

產物，形勢與思潮的產物，它的理念很短視，因而也就沒有藝術生命。我很不願意將《晚霞消失的時候》也歸入此類。」[9]

不可否認的是，禮平還是著重寫到了「傷痕」，只要寫到了「文革」，就不可避免地涉及到心靈創傷。但是，這部作品卻沒有當時走紅的傷痕文學幸運，儘管它的寫作就在「文革」尚未結束之時即已開始，但是發表時已是1981年初，此時，傷痕文學已近尾聲，改革文學也已興起，並且，自1978年底，「全國範圍內大規模的揭批『四人幫』群眾運動已經基本上勝利完成，全黨工作的重點應該從1979年轉移到社會主義現代化建設上來。」[10]小說發表以後，雖然受到了熱烈關注，自1981年至1985年，引起了長達五年的爭論，但在當時全國小說的評獎活動中，卻受到了冷遇。在80-90年代的文學史敘述中，這部作品從文學史撰寫者的視野中消失了。譬如，《新時期文學六年》，就沒有介紹這部小說。就是洪子誠先生所著的《中國當代文學史》（1999年版），也沒有提及這部作品。它的出現，僅僅侷限在幾種爭鳴作品的選本中，處於「有爭議作品」的位置。

為什麼《晚霞消失的時候》受到了研究者的冷遇？這和它的敘述脫離了傷痕小說的既定成規有著直接的關係。

傷痕文學配合的是深入揭批「四人幫」的宏大敘事，是文學界為落實黨的撥亂反正政策的結果。特別是對於一些在「文革」中發表作品的中青年作家來說，寫作傷痕文學正是證明自己與過去劃清界限的「立功」機會。通過揭示十年內亂的現實，揭示國家粉碎「四人幫」英勇決定的正確性，是以悲歌的形式為新時期

---

[9] 禮平、王斌《只是當時已惘然——〈晚霞消失的時候〉與紅衛兵往事》，《上海文化》，2009年第3期。

[10] 《中國共產黨第十一屆中央委員會第三次全體會議公報》，見《十一屆三中全會以來》，人民出版社，1982年版，第1頁。

的大好局面所唱的讚歌。主流意識形態對揭批的限度和底線，早已做了戰略性的部署。[11]

在《晚霞》發表的時候，傷痕文學已經形成了自己的成規。傷痕小說的作者，大多數都是「文革」中受過迫害的，譬如右派作家，或者是在鄉村底層待過的知青作家。他們筆下的傷痕，融進了個人的遭際。傷痕小說的主人公，是遭政治放逐的知識份子、落難的官員、被極「左」路線蒙蔽的普通人，等等，一言以蔽之，是善良、正直的一方。而傷痕小說的反面人物，往往在道德上是站不住腳的。通過具體的敘事，描寫主人公被批鬥、侮辱、勞改、妻離子散等悲慘場面，來控訴「四人幫」的罪行，歌頌結束「文革」的正當性，歌頌黨的決策的英明和正確。

而《晚霞》則打破了這個成規。小說的主要人物，是李淮平、南珊和楚軒吾。傷痕的主角，則落在了有嚴重歷史問題的南珊和楚軒吾兩個人身上。楚軒吾是投誠的國民黨高級將領，並且是在淮海戰役中陷入解放軍重圍的絕境下被迫投誠的。南珊是楚軒吾的外孫女，她的父親是國民黨軍官，建國後父母流亡海外。在講究「血統論」的年代，南珊的出身，已經預示了她在建國後的命運。傷痕文學的受害者主人公，第一次變成了出身不好、有著嚴重歷史問題的人，這不能不說是一個顛覆性的表達。這樣的人物形象，可以說是和「描寫和培養社會主義新人」的文藝政

---

[11] 新時期的命名也頗有意思。它所暗含的邏輯思維，和「新社會」沒有什麼兩樣。建國之初，為了論證新政權的合法性，將1949年10月以前稱作舊社會，對舊社會黑暗、混亂、落後、乃至反動的描述，正是為了反證新社會的光明、秩序、先進、革命。傷痕文學也是屬於這樣的主流意識形態掌控下的文學寫作運動。

而新與舊，都是以舊來論證新的合法性，急於斬斷二者的關聯，但是，這種人為的斷裂，在話語形態上包含著濃烈的意識形態衝動。

策背道而馳的[12]。尤其是知識青年南珊篤信基督教，宣揚階級調和，將人類社會的歷史歸結為文明和野蠻的衝突。楚軒吾宣揚淳厚正直的儒教傳統，強調年輕人不宜盲從政治。當時的評論認為，「楚軒吾不應是被肯定的人物……他的家族傳統、家風家教，同樣被作品肯定為道德風範。這確實在一定程度上模糊了善與惡的界線。」[13]南珊和楚軒吾的人生觀和價值觀，顯然也打破了傷痕文學的價值成規，已經背離了主流意識形態的規約，因此，「小說的價值，顯然已不能為傷痕文學的問題所能概括和包容，它與在傷痕文學基礎上摸索、誕生的『新時期文學』的成規，處在一個非常尖銳的關係之上。」[14]

　　1980年開始的人生觀大討論，是討論80年代許多社會問題小說的大背景。當時發表的許多小說，不可避免地和這場討論構成了潛在的對話關係。這起肇始於《中國青年》開闢的討論潘曉的來信的專欄，實際上是一場主流意識形態對「文革」後處在價值真空，迷茫不知所措的年輕人的約束和指引。這場討論的實際意義，已經超出了討論本身，充分顯示了主流意識形態對當時社會帶有異端色彩的思潮的警惕、排斥，以期在解放思想的大背景下，引領陷入迷途的青年人重建社會主義的人生觀、價值觀。我們看到，80年代一系列有爭議的小說，如《在同一地平線上》、《波動》、《公開的情書》、《近的雲》、《晚霞消失的時候》等，都在小說裡以大量的篇幅討論經歷過「文革」的一代青年的人生觀、世界觀問題，並有著相對獨立的立場。

---

[12] 鄧小平《在中國文學藝術工作者第四次代表大會上的祝辭（1979年10月30日）》，見《十一屆三中全會以來》，人民出版社，1982年版，第262頁。

[13] 《文學的新時期》，《十月》，1983年第2期。

[14] 程光煒《文學講稿：「八十年代」作為方法》，北京大學出版社，2009年版，第302頁。

當然，轟轟烈烈人生觀討論的背後，是哲學思潮的較量。在「文革」後重建中國思想資源的過程中，掀起了五四後又一次大規模的西學東漸熱潮。在哲學界是重印、新譯西方哲學名著，尤其是現代西方人本主義哲學名著；在文學界，是西方文學名著重印以及西方現代派文學的大量譯介。如前分析，在80年代的思想場域中，存在著三種話語形態。一種是馬克思主義主流話語形態，當然，這個話語形態在建國後隨著社會的變化、執政者思想的改變，處於不斷的修正之中，「文革」後逐步確立了實事求是，解放思想的路線，1978年8月的北戴河會議拋棄了階級鬥爭路線，改革開放逐步成為共識。一種是啟蒙主義話語形態，接續的是五四時期的啟蒙思想，推崇人道主義、人性、自由、平等價值觀。另一種是非理性主義話語形態。精神分析學說、存在主義等西方現代哲學在國內流行，尼采熱、薩特熱、佛洛德熱就是這股思潮的體現。與這股思潮相對應的是西方現代派作品的大量譯介和流行。這些被定位為資產階級危機時代的哲學和文學，在80年代處於批判接受的地位，在反精神污染的運動中往往成為受批判的靶子。以上這三種話語形態，共同組成了80年代的思想場域。

　　而禮平在《晚霞》中所表達的人生觀，顯然和主流意識形態所要求的人生觀相左。在小說中他寫到了兩種人生觀：一種是李淮平所代表的一代紅衛兵的人生觀，一種是南珊的哲學。革命軍人的後代李淮平所代表的人生觀，基本上是和主流意識形態相近的，認同馬克思主義價值觀，對啟蒙主義也抱著寬容、理解的心態，譬如對血統論的反思，對人道主義的提倡，對宗教信仰的理解和寬容，對和平主義的嚮往。這可以說是主流意識形態裡面的開明派別。南珊作為極「左」路線的受害者，對現實人生、宗

教、歷史都形成了自己的看法，和馬克思主義的價值觀形成了緊張的衝突關係。對南珊的這些看法，當時的主流意識形態的理論權威之一干若水稱之為「南珊的哲學」。

南珊的哲學，實質上是對一種普世價值觀的推崇。這體現在以下幾個方面：1、對歷史動力的看法。2、信仰基督教，把宗教作為完善自我的手段，自己苦難生活的支撐。3、受到不公正的冤屈而不心生怨恨，寬容所有的人。4、堅守傳統道德的自我完善，尋找至美至善至真。

南珊將歷史歸結為文明與野蠻的衝突，並一再追問究竟是什麼力量在推動著歷史的這種循環。在主流意識形態看來，歷史唯物主義已經提供了完美的答案，因此這些追問是徒勞無益的。「歷史對南珊是不可知的。」「道德不能解釋歷史。」[15]用階級鬥爭的觀點來解釋歷史，是唯物史觀的基本內容。而小說的叛逆性在於，「離開了馬克思主義的階級觀點，用抽象的善惡觀念代替了階級觀念。」[16]因此，小說對歷史動力的思考，挑戰了主流意識形態的底線。

南珊的人生觀裡面，和主流價值觀存在著激烈的衝突。對宗教的容納，超越了階級藩籬的愛和寬容，向傳統道德而不是向馬克思主義尋求處世之道，這些都顛覆了建國以來對青年人的人生觀設計，因此受到了廣大知識青年的熱捧：「經過調查，『四人幫』覆滅後的文藝作品中，最受北大學生歡迎的是中篇小說《晚霞消失的時候》，但是這篇作品，既未得中篇小說獎，在八一年的《中篇小說選》[17]中也不占一席之地，據說胡喬木對裡

---

[15] 若水《南珊的哲學》，《文匯報》，1983年9月27-28日。
[16] 郭志剛《讓光明升起來》，《中國青年報》，1982年4月15日。
[17] 《中篇小說選》，人民文學出版社1981年版。

面所表現的思想大大不以為然，於是一篇篇批評文章在報章志上出現，一時成為眾矢之的。目前人們以高價收購該作品的單行本。」[18]

50-70年代，雖然文學的意識形態化一直在加強，對青年人的人生觀世界觀這樣的話題，向來是諱莫如深的。傷痕文學在譴責「文革」的同時，並沒有主動承擔起重建一代人的世界觀的責任。顧彬說過很有見地的話：「傷痕文學是一種說客文學（lobby literature）。」「一方面為自己說話，另一方面為黨說話，企圖藉此表達自己的政治觀點，又不受特別的政治壓力。」[19]說客文學是沒有見地的文學，是放棄了個體精神維度的文學。難怪禮平這樣以不屑的語氣談論傷痕文學：「傷痕文學之所以沒有歷史價值，就是因為它將這些複雜的歷史簡單化了，簡單到了幼稚的程度……鄧小平曾經用很不屑的語氣談到那時的傷痕文學，說它『哭哭啼啼，沒有出息』。謝天謝地，我的主人公在整個小說中只掉了一滴眼淚。我筆下的人物追求著一種內在的堅韌與遒勁，無論男女，都沒有娘娘腔。」[20]

可以看到，南珊所秉持的是一種啟蒙主義和新傳統主義相混雜的話語立場。既有對文明、自由、平等的嚮往，也有對傳統道德風範的堅守。談到《晚霞》的思想資源，如果和另一篇也是創作於「文革」中的小說——趙振開的《波動》作一對比，則會看得更清楚一些。

---

[18] 壁華《中國新寫實主義文藝論稿》，（香港）當代文學研究社，1984年4月版，第120頁。

[19] 顧彬著，范勁等譯《二十世紀中國文學史》，第311頁，華東師範大學出版社，2008年版。

[20] 禮平、王斌《只是當時已惘然——〈晚霞消失的時候〉與紅衛兵往事》，《上海文化》，2009年第3期。

禮平寫完《晚霞》之後，曾拿給北島看。北島看後覺得「各方面都很不成熟」，很不以為然。[21]北島的不以為然，反映了兩人的創作確實有著很大的不同。同樣是有爭議作品，兩篇作品的精神氣質差異很大。北島往往把自己定位為一個掌握了現代意識的純粹啟蒙者，一個站在體制對面、真理在握的「英雄」。[22]而禮平的小說，只是一個現役軍人的體制內思考。

　　《波動》中的肖凌，與南珊有著相近的經歷，但是兩人的世界觀判然有別。南珊自信、優雅、堅定、雍容大方，肖凌更多的是一種孤憤和反抗意識，並且參雜著西方現代主義的精神因素，譬如懷疑意識、頹廢意識等。《波動》的思想來源比較混雜，裡面的人物也很不單純。小說人物行為的誇張、乖戾、生澀、古怪、不自然，大概就是因為被這些觀念驅使、扭曲所造成的。而《晚霞》更加昂揚一些，雖然偏離了主流意識形態，可是裡面有著很濃厚的重建人生觀和世界觀的自信，充滿了激情的自我辯論。而《波動》裡面異端的成分較多，充滿了懷疑、顛覆、批判色彩，調子比較灰暗。

　　《波動》具有一定的存在主義色彩。小說中的女主角肖凌，父親被整死，母親憤而自殺，她的心靈滿是傷痕，她問楊訊：「在你的生活中，有什麼是值得相信的呢？」楊訊回答：「比如：祖國。」肖凌則回應道：「哼，過了時的小調」；「謝

---

[21] 禮平《寫給我的年代——追憶〈晚霞消失的時候〉》，《青年文學》，2002年第1期。

[22] 北島在後來的回憶中把自己當初辦《今天》雜誌的行為，描述成捨我其誰的英雄主義行徑，一種眾人皆醉我獨醒的姿態，接近於魯迅的鐵屋中的吶喊姿態。（可參見《沉淪的聖殿》，廖亦武主編，新疆青少年出版社1999年4月版。）顧彬曾言：「北島自述，社會的壓力迫使他寫作，而且這種壓力始終存在。從這一點看來，北島的寫作有時已可歸之為神經質。」（顧彬著，范勁等譯《二十世紀中國文學史》，華東師範大學出版社，2008年版，第303頁。）

謝，這個祖國不是我的！我沒有祖國，沒有……」小說這樣敘述信仰崩潰的感覺：「一種情緒，一種由微小的觸動所引起的無止境的崩潰。這崩潰卻不同於往常，異樣地寧靜，寧靜得有點悲哀，彷彿一座大山由於地下河的流動而慢慢地陷落……」小說這樣對時代進行哲理性點評：「偉大的20世紀，瘋狂、混亂，毫無理性的世紀，沒有信仰的世紀……」當然，《波動》雖然認為現實是荒謬的、人生是虛無的，具有存在主義傾向，但在本質上還是一篇反思「文革」給青年人的社會觀、人生觀、價值觀帶來顛覆性影響的作品，裡面除了存在主義，更多的是啟蒙主義、個性主義。對肖凌這個人物，作者賦予了民族苦難化身的「先知」色彩，比如，她朗誦的一首詩：「天空是美好的，／海水是寧靜的，／而我只看到黑暗和血泊……」這種先知先覺、我不下地獄誰下地獄的「英雄主義」，顯然屬於啟蒙主義範疇。也就是說，對於「文革」後文學來說，其思想資源是混雜的，一定程度上和西方現代主義文學呈現出互文性。就《波動》來說，裡面可以看到凱魯亞克《在路上》的流浪意識和放蕩不羈的影子，也可以看到《麥田裡的守望者》中對現實充滿了嘲弄的滿口「他媽的」霍爾頓式人物——白華，[23]還可以看到艾倫堡《人・歲月・生活》中的俄羅斯式的憂鬱、冷峻和深刻。[24]

---

[23] 《波動》中的白華是一個值得我們重視的人物，這個類型的人物在當代文學史上可能是第一次出現。白華由於在大饑餓時期反對交公糧而被作為政治犯投入監獄，出獄後成為盲流，放蕩不羈，整日買醉，和同夥爭流裡流氣的女人，靠偷盜維生，藐視嘲弄一切，玩世不恭，但是又愛恨分明，講究義氣，譬如：救助被後母遺棄的小女孩，幫助落難的肖凌，等等。墮落者和英雄主義，在他身上竟然奇特地結合在一起。80年代的評論常常把它指認為「流氓」，這是偏頗的，實際上他是一個撒旦式的反抗者，以看似墮落的方式來反抗「文革」混亂的現實。而在許多作品裡，這樣的人物常常被描繪成一個敢於反抗荒謬體制、救民於水火的正面英雄形象，而《波動》沒有簡單化。

[24] 《波動》最初創作於1974年。《在路上》、《麥田裡的守望者》、《人・歲月・生活》在60年代初即已作為「內部讀物」譯介到國內，這些地下讀物，成了「白

可見，從思想資源上說，這兩篇小說的思想譜系是有很大的不同的。相對於《波動》思想的駁雜，《晚霞》相對單純一些，主要是理性主義話語，具體來說，是啟蒙主義、中國傳統文化以及馬克思主義的混合，裡面有對人性、人道主義、自由的推崇，也有中國傳統文化的修身、隱忍、淳厚正直、追求內在人格的完善，還有對馬克思主義唯物論的提倡，當然，啟蒙主義是主要的內容。這從《晚霞》裡的一份書單可以得到佐證。小說這樣詳細寫南嶽長老的藏書：「我看到史學全套的《資治通鑒》和《清史稿》，哲學方面有《莊子》、《淮南子》和《呂氏春秋》，評論著作方面有《章氏叢書》和《胡適文存》，外國著作有從洛克、盧梭、黑格爾、馬克思，一直到羅素、杜威等人的著述，還有本普魯塔克的《希臘羅馬名人傳》。甚至有些書還是外文版。當然，最多的還是佛著和佛經。」就這份書單，再聯繫到南珊所讀的莎士比亞戲劇，可以看到，作者的文化立場，既有西方的啟蒙主義，有五四新文化的浸潤，像胡適的自由主義和章士釗的回歸傳統文化，還有中國深厚的傳統文化的滋養，也有馬克思主義的影響。可以說，這是一份務實的文化建設清單。

由此我們可以看出，《晚霞》是一個立足於西方和中國傳統，具有高度自信的文化建設文本。小說具有清醒的獨立意識和文化自信，話語形態上是理性主義的。小說裡，那個反覆出現的英文版《莎士比亞戲劇選》——這來自南珊的母親1964年自法國的饋贈——在一定程度上構成了一個文化隱喻：即使在「文革」

洋淀詩歌群落」以及許多北京知青在那個精神荒蕪的年代的精神食糧。這些文學類「地下讀物」，有批判現實主義，也有現代主義、後現代主義，北島的詩歌和小說，很明顯受到了這一批「禁書」的影響，在裡面留下的痕跡很重，與同時代人的作品相比，顯得早熟而「深刻」。呈現出啟蒙主義、個性主義、存在主義等混雜的狀態。

時期，人本主義的光芒仍閃耀在一些青年的心中。正是借助這些微弱的啟蒙光亮，南珊、楚軒吾們才得以走過一段最不堪的歲月，而李淮平的內心懺悔才得以萌生。

三、「缺席」的「教父」？

正如一位研究者所言：「能否給出答案，曾經是當代文學史固執而熱烈追求的目標之一。」[25]問題小說在80年代，達到了空前繁榮的程度，有學者對此作過精闢的總括性分析：「反思『文革』和表現社會改革的小說，從小說的藝術形態看，大多屬於在20世紀中國小說中頗為發達的『問題小說』類型。關於『文革』發生的責任，和社會現實問題的性質、根源，是這些作品的創作動機，並成為它們的形態特徵。一種圍繞所提出的問題而展開分析、證明的『觀念性結構』，為許多小說所使用。而且，借助人物或敘述者的議論，來表達對當代社會政治和人生問題見解的敘述方法，也很常見……他們相當普遍地以中心人物的生活道路，來連接『新中國』（甚至更長的歷史時間）各個時期的重要社會政治事件（如四五十年代之交政權更替的轉折，50年代的反右運動和『大躍進』，60年代初的經濟危機等），通過對人物命運的表現，對歷史反思所提出的問題給予回答。」[26]作家在作品中提出了許多問題，當然，一般都是一些十分具體的問題。當時引起關注的優秀作品，都是提問的高手。譬如《綠化樹》提出的知識份子改造的問題，《男人的一般是女人》揭示了知識份子的性功

---

[25] 程光煒《文學「成規」的建立——對〈班主任〉和〈晚霞消失的時候〉的「再評論」》，《當代作家評論》，2006年第2期。
[26] 洪子誠《中國當代文學史》，北京大學出版社，1999年版，第260頁。

能和極「左」政治之間的隱喻性關聯問題，《在同一地平線上》提出了女性和男性的社會競爭，以及社會達爾文主義的問題，《愛，是不能忘記的》提出了愛情與婚姻的矛盾的問題，《李順大造屋》提出了「左」的農村政策實施過程中農民的麻木和盲從問題，《人到中年》則討論了中年知識份子在事業和家庭之間疲於奔命的人生困境。一般地說，這些小說圍繞現實生活寫起，通過具體的故事情節來討論問題，而這些問題，基本上沒有超出50-70年代政治思想範疇。但是，問題總歸是問題，一旦問題得到了解決，或者問題所依附的社會條件發生了變化，小說文本就會黯然失色，甚至問題越是具體越容易速朽，這是那些所謂的問題小說儘管轟動一時，卻經不起時間考驗的原因之所在。

《晚霞》的獨特性就在於，它雖然也是從當下的現實發問的，具有清晰的問題意識，正如作者所說，「南珊和南琛，是寫出身問題；楚軒吾和南嶽長老是寫政策問題；李聚興和李淮平是寫怎麼進行革命的問題。」[27]但是《晚霞》並不僅僅拘泥於描摹生活細節，而是在此基礎上提出了一系列宏大的命題，並固執地尋求答案。由於這些命題具有宏闊的時間長度和空間跨度，而不是僅僅針對當時的社會現實，因此在今天看來依然具有鮮活的生命力。

這些宏大的命題主要有以下幾種：

一是如何看待推動歷史前進的驅動力。唯物史觀講的是階級鬥爭是歷史發展的基本動力，而小說認為文明和野蠻的衝突構成了人類的文明史。這一個問題，從南珊和李淮平上中學時初次相見就已鄭重提出並開始討論，南珊對於野蠻的力量在歷史上的

---

[27] 禮平《我寫〈晚霞消失的時候〉所思所想》，《青年文學》，1982年第3期。

作用一直迷惑不解，在心頭思考了15年，到小說結束，兩人又在討論這個問題。可以說，這是籠罩在這個小說之上的最宏大的命題。對它的探究，也是對整個人類文明的審視與反思。南珊這樣質疑野蠻在人類文明史上的作用：「幾千年來，人類為了建立起一個理想的文明而艱苦奮鬥，然而，野蠻的事業卻與文明齊頭並進。人們在各種各樣無窮無盡的鬥爭和衝突中，為了民族，為了國家，為了宗教，為了階級，為了部族，為了黨派，甚至僅僅為了村社而互相殘殺。他們毫不痛惜地摧毀古老的大廈，似乎只是為了給新建的屋宇開闢一塊地基。這一切，是好還是壞？是是還是非？這樣反反覆覆的動力究竟是什麼？這個過程的意義又究竟何在？」這種擲地有聲、讓人震驚的追問，出自一個極「左」路線的受害者的口，超越了當時流行的對「文革」暴行的控訴式寫法，它迫使我們對從「文革」、十七年、現代史一直上訴到中國整個文明史乃至世界文明史進行思索，對那種真理式的歷史唯物主義進行了鬆動和質疑。這個追問是無解的。南珊說：「遠不是一切問題都能最後講清楚。尤其是我們試圖用好和壞這樣的觀念去解釋歷史的時候，我們可能永遠也找不到答案。」李淮平認為，「它再也不會有比南珊說的更好的答案」。將問題懸置起來，而不是從經典的馬列著作裡尋找答案，這就是《晚霞》的探索精神。拒絕給出答案，這使它在80年代的問題小說裡面是特立獨行的。研究界執著於純文學的觀念，一直對80年代小說藝術的變化津津樂道，對於類似這樣宏大的問題卻鮮有論及。而這部小說，使我們看到，表達真誠的思索，往往比模仿西方現代派式的炫技更為重要。值得注意的是，後來出現的一些反思性較強的作品的思考力度，如張煒的《古船》對封建的社會主義的反思，以及90年代曾獲得茅盾文學獎的《白鹿原》對國共兩黨鬥爭的那

種「翻鏊子」的比喻，大體上沒有超越《晚霞》思考的深度和廣度。

南珊對歷史的追問，使我想起了穆旦的詩歌《隱現》中的句子：

> 一世代的人們過去了，另一個世代來臨，是在他們被毀的地方一個新的迴轉，
>
> 在日光下我們築屋，築路，築橋：我們所有的勞役不過是祖業的重複。
>
> 或者我們使用大理石塑像，崇拜我們的英雄與美人，看他終竟歸於模糊，
>
> ……
>
> 一切皆虛有，一切令人厭倦。
>
> 那曾經有過的將會再有，那曾經失去的將再被失去。
>
> 我們的心不斷地擴張，我們的心不斷地退縮，
>
> 我們將終止於我們的起始……

這首詩寫於1947年。這樣的追問，與南珊的感慨何其相似！不過穆旦的追問，有著更加濃厚的命定的悲劇色彩，這是知識份子對歷史的叩問，帶有宗教性的叩問。而南珊的追問，不可避免地打上了「文革」後一代青年特有的強烈的懷疑意識。

二是為宗教信仰留出思想地盤。這篇小說，是新時期第一篇涉及宗教信仰問題的小說。如前所述，青年人的人生觀和世界觀在80年代是一個需要引導的敏感話題。南珊對歷史有追問的激情，她在人們的鄙棄和侮辱中長大，以寬容對待別人的仇恨，並把宗教作為自己人生觀的支撐。

「宗教的世界被叩問」[28]。這種對歷史對人生的追問，是越界的，異端的。難怪當時的中國作協黨組書記馮牧說這部作品「才華橫溢，思想混亂」。有的文章認為：「小說把一種精緻的宗教唯心主義灌注到南珊、住持和尚與李淮平這三個不同形象的塑造中，試圖通過他們藝術化地虛構出一種新的信仰模式。」[29] 對這種信仰模式的有害性，有的文章評論說：「（小說）一步步地走到神祕的玄虛的境地，走向宗教信仰主義……這對正在進行人生探索或由於某種挫折而產生迷惘的青年心靈的侵蝕更加嚴重……（南珊）是以僧尼主義的方式表現的個人主義者。」[30]有資料證明，「文革」後一代青年的信仰危機開始顯現：「八二年秋天，據外電報導，僅北京一地，就有四千個十八歲上下的青少年想出家當和尚。」[31]當然，並不能將青年一代的思想狀況歸罪於一篇小說。但是，禮平還是對由於自己描寫了宗教而導致青年的思想混亂作了檢討[32]。繼禮平之後，「表現了潛在於青年一代中的精神危機」[33]的小說，還有1982年發表的張笑天的《公開的『內參』》，小說寫的是一個叫康五四的插隊知青在肉體和靈魂都受到摧殘，走投無路之際，《聖經》把她引入了基督的世界，拯救了她，她說：「我只管約束我自己做個好人，做個善良的人，一點一滴地洗滌我心靈的罪惡，求得寬恕。」

---

[28] 李澤厚《中國現代思想史論》，生活·讀書·新知三聯書店，2008年6月版，第276頁。

[29] 劉燕光《戰鬥的唯物主義還是宗教信仰主義》，《光明日報》，1982年6月3日。

[30] 盧之超《一個不可忽視的戰鬥任務》，《光明日報》，1982年6月13日。

[31] 璧華《中國新寫實主義文藝論稿》，（香港）當代文學研究社，1984年4月版，第124-125頁。

[32] 詳見禮平《我寫〈晚霞消失的時候〉所思所想》，《青年文學》，1982年第3期。

[33] 璧華《中國新寫實主義文藝論稿》，（香港）當代文學研究社，1984年4月版，第125頁。

禮平引入了宗教，但對於「教父」的蒞臨卻持矛盾態度。一方面懷著激動的口吻承認宗教的神聖，一方面又認為上帝並不存在，有自相矛盾之處。南珊對上帝充滿了深情：「這力量是偉大而神祕的」，「我相信他高踞在宇宙之上，知道人間的一切，也知道我的一切。我並不懷疑我的生命和命運都受過他仁慈的扶助。」李淮平對南珊發出了這樣的讚美：「她的心靈越往深處就越廣大得不可思議。在那冰清玉潔的心中，蘊藏著多少豐富的知識，在這些知識的底層，又貫穿著多麼深沉的哲理。而在這一切的中心，還有著這樣一座整個人間，乃至整個宇宙都不能容納的金碧輝煌的世界。」但是小說裡也同時指出，在唯物主義的世界裡，上帝是不存在的。這種矛盾心理，當時的干若水看得很清楚：「從小說裡既可以找出有濃重宗教色彩的話，也可以找出似乎是懷疑或否定宗教的話。怎樣解釋這個矛盾呢？我認為，作者自己顯然也覺得有些關於宗教的話說得太過分了，於是加上另外一些話來沖淡它，但是作者在正面說到宗教時所用的語言是美麗的，輝煌的，充滿感情的，而在否定宗教時所用的語言是蒼白無力的。」[34]

　　三是小說對戰爭的描寫，隱約在提倡泯滅階級的人類大愛，倡導和平主義。李淮平這樣評價他的身為解放軍將領的父親：「父親是個和國民黨廝殺了半輩子的人。他的許多親人和戰友都在鬥爭中倒下了。但他從歷史中總結出來的，卻並不是仇恨。」南珊說她的自尊與自信「並不是建築在仇視他人或鄙視他人的基礎之上」。有批評者認為，南珊在泰山頂上發表的一番對戰爭的看法是有問題的，「不分辨正義和非正義性……把作為解

---

[34] 若水《再談南珊的哲學》，《文匯報》，1985年6月24日。

放軍的軍官和那個外國軍官看作同樣的人，在這裡人民的軍隊和資本主義國家的軍隊的界限沒有了，似乎作為軍人都是沒有人性的，都是缺乏人道主義的。」[35]批評者並沒有看到，南珊對戰爭的看法，是站在了人類的高度，所以她才說：「你們的存在就是為了準備在戰場上打死那些和你們一模一樣的人。」南珊所秉持的，是一種和平主義的理念。小說第一章對淮海戰役的慘烈景象的描寫，那滿山遍野的屍體，引發了一個難以超脫的沉重話題。無論是勝利者的代表李聚興，還是作為戰爭失敗方的楚軒吾，在此後的人生歷程中都無法輕鬆起來。而他們選擇和解而不是仇恨，確實是一種理智的體現。尤其是對楚軒吾戰敗的悲情描繪，也隱含了對戰爭的反思乃至反省，這構成了小說的一個潛文本。這個潛文本，實際上是文明和野蠻的衝突。現實中的紅衛兵抄家，歷史上的戰爭，都可以歸結到野蠻之列。由此我們可以體會到南珊那一番關於文明和野蠻衝突的議論的深刻之處。她是在質疑人類借各種冠冕堂皇的名義進行相互殘殺。從這個意義上說，她所主張的「寬容」、「忍耐」、道德自我完善、和平、推崇人類大愛等「南珊的哲學」，則具有了超越一切意識形態之上的人性高度。

小說的結尾，無疑在濃墨重彩地表現這種和平主義的普世價值觀。在晚霞消失的時候，南珊、長老、外國上尉站在泰山上討論太陽崇拜，討論河流崇拜，討論文明的起源。「他們屬於不同的民族，有著不同的語言，不同的傳統，不同的年齡，不同的性格，不同的身分和不同的經歷，而且他們的信仰也是多麼的不同。」然而讓他們熱烈地聚合的力量是什麼？「對於真理的共同

---

[35] 何立智《對宗教意識和抽象人性的膜拜——評〈晚霞消失的時候〉及作者的〈所思所想〉》，《咸寧學院學報》，1984年第1期。

追求，對於正義的共同熱愛，對於人類文明的共同景願，以及對於世界未來的共同責任感，使他們在心底深處感到彼此是同樣的人。」由此，李准平認為，南珊並不孤獨，她心靈深處的紐帶，「使她與這樣一些人緊密地聯接在一起。這種人廣泛而眾多。雖然他們分散在這個廣大的世界上，但是同樣一種風尚，一種人類所固有的正直、理智、善良和剛毅的崇高風尚卻在他們的身上形成了一種永遠也不可戰勝的力量。正是由於他們的存在，才使得這個世界充滿了希望。」人類、真理、文明、正義、大同，這都是一些超越了意識形態之爭的巨大的字眼。可見，《晚霞》在討論問題的時候，試圖給出自己的答案。而在當時的主流批評看來，《人啊，人！》、《晚霞》、《公開的情書》三篇小說「雖然它們各自偏重的側面不同，都在竭力地要想探討一個『怎麼辦』的問題」，但是「儘管它們對社會的弊端有著較為深切的體會，但只要一接觸到『怎麼辦』，就在不同程度上表現出自己的幼稚和不成熟。」[36]這樣的指責，顯然將小說給出的答案否定掉了。

外國上尉的一段話，彷彿就是對著我們今天發言的：「你們相信階級鬥爭的學說，而我們相信倫理與道德的力量。但不同的意識形態不應妨礙我們互相諒解與合作。那麼，讓我們在和平的事業中為保衛人類文明而攜起手來吧，上帝和馬克思大概都會同意我們這一代不發生衝突。」「和而不同」，不同意識形態的文化和諧相處，這與我們今天所提倡的理念高度一致。因此，《晚霞》具有很強的前瞻性和預言性，它不是寫給70年代末的，似乎是寫給今天、寫給未來的。難怪它一發表引起了那麼多的質疑，

---

[36] 莊臨安、徐海鷹、夏志厚《評〈晚霞消失的時候〉——兼評〈公開的情書〉、〈人啊，人！〉》，《文藝理論研究》，1982年第1期。

因為，它所辯論的問題，不在80年代的框架內，自然和主流意識形態發生了尖銳的衝突。它對普世價值觀的推崇，在今天看來還有些超前。

因此，《晚霞》並非「拒絕」給出答案，在不停的追問之下，《晚霞》也在嘗試著給出答案。如果說，關於戰爭、關於歷史、關於宗教信仰，這些都是巨大的問題的話，那麼，關於人生觀的答案，就顯得貼近現實，更為具體了。小說中南珊的爺爺楚軒吾就扮演著一種「教父」的角色，來指導她的人生走向。在50-70年代文學中，這種教父的角色是普遍存在的，有時是作品中的一個人物，有時是那個高高在上的掌控人物命運和事件發展方向的敘述者。思想「教父」往往是真理的擁有者，隨時向猶疑、迷惘的革命群眾灌輸革命道理，指引前進的方向。教父的指導是明確的，堅定不移的，他有時是向作品中的人物，更多的時候是向作品潛在的讀者昭示社會人生的革命真諦。面對孫女偏離了時代軌道的不可預知的人生信念，楚軒吾也試圖扮演這樣一種角色。可是他的國民黨投誠將領的身分，使得他在扮演這個角色時與正統的「教父」角色判然有別。正像一位論者所說：「把國民黨高級將領描寫得如此崇高，如此光彩奪目，閃耀著人性的光輝，在中共文藝史上是空前的。」[37]在《晚霞》中，正統的「教父」是缺席的，正是這種有意味的缺席，才給另一種話語的言說提供了空間。楚軒吾不是代表主流敘事的「班主任」，而是思想「教父」的另一種「在場」。在列車分別的時候，他不停的給南珊闡釋人生道理，來啟發她如何看待人生，對現實怎麼處理。楚軒吾對南珊說：「在國家利益與社會責任面前，你不可能沒有自

---

[37] 璧華《中國新寫實主義文藝論稿》，（香港）當代文學研究社，1984年4月版，第125頁，。

己的政治見解的。現在有許多不知天高地厚的年輕人，動輒以改革社會為己任，自命可以操縱他人。假如你也抱定了某種理想或信念，而這將涉及許許多多人的命運，那麼你會不會在一旦掌握了力量的時候，就把它強加到並不信服它的人頭上呢？」楚認為年輕人不應該受別人的鼓動，為了一個所謂的信仰去參加到鬥爭中去，那麼結果往往是一場災難。南珊回答：「我完全知道，我看的那些書並不全是濟世的良藥。這個世界的希望，更多的是在人類自己的心靈中，而不是在那些形形色色立說者的頭腦中……」「人的品格不是任何強權所能樹立，也不是任何強權所能詆毀的。」

楚軒吾不停地追問南珊，要她給自己一個答案，到底是什麼促使她學會了隱忍、寬容，而不是仇恨和睚眥必報，南珊最後給出一個宗教信仰的答案──基督教。這超越了是非紛爭的宗教信仰，支配了這個歷經滄桑、早慧早熟的女孩的人生。「教父」的角色在這裡是尷尬的，他只是部分地完成了佈道的角色。原先那種具有強烈的政治意識形態的規訓轟然瓦解了，一元化分裂了，出現了不同的有關歷史、人生的答案，「教父」的在場實際上意味著真正的「缺席」。於是，《晚霞》發表後，各種批評蜂擁而至，目的只有一個，強行讓宣講主流意識形態的缺席的「教父」在場。

性與政治的複雜纏繞
——重評張賢亮80年代的小說

　　在張賢亮80年代的小說中，政治與性愛是引人注目的兩大主題，二者在文本中是以一種奇特的方式糾纏在一起的。《男人的一半是女人》中性愛描寫的大膽和越軌，曾經引發了熱烈的討論，以至今天還屢屢有人提及。許多人關注到張賢亮小說中的性愛描寫，卻沒有注意到這種性愛描寫，其實是從屬於二三十年代流行的革命加戀愛這類革命文學傳統的，是革命文學在新時期的另一種表現形態。在張賢亮反映右派分子勞改生活的小說中，他用愛情、性愛因素來對革命文學進行改寫，使革命文學演變為感官文學，從而暢銷一時。本文以《綠化樹》、《男人的一半是女人》為例，具體分析情愛與極「左」政治之間的複雜糾葛。而這種複雜的糾葛，實際上是與當時的政治氛圍、文化語境緊密相關的。

對革命加戀愛模式的再敘述

　　對於革命文學，目前一個頗為流行的觀點是，在新時期，它逐漸耗盡了自己的生命，退出了歷史舞臺，尤其是80年代在西方現代主義影響下的「朦朧詩」、先鋒實驗小說興起後，革命文學幾近銷聲匿跡了。但是，果真如此嗎？如果我們重回歷史發生

的現場，我們會發現新時期文學和十七年文學、文革文學以及二三十年代的左翼文學其實有著十分明顯的承繼關係，二者並非發生了巨大的斷裂。革命文學在新時期並未真正式微，反而因為王蒙、張賢亮等一批實力派作家的大力推動，重新煥發出蓬勃的活力。

在由來已久的革命文學中，革命加戀愛是一種重要的敘事模式。張賢亮的小說，通過對革命加戀愛模式的繼承和改寫，有效地吸引了讀者，其受歡迎的程度，堪與當年奉行革命加戀愛模式的左翼文學流行盛況相媲美。

革命加戀愛模式可謂由來已久。早在1928年至1930年之間，以蔣光慈為代表的革命加戀愛小說曾經風行一時。革命和愛情在一些左翼作家那裡是互為因果的，表現為革命的浪漫諦克傾向。一方面是革命的事業轟轟烈烈，一方面是追求感官刺激的愛情場景，革命與愛情以一種奇特的方式扭結在一起，獻身革命與獻身愛情都是一種時髦的舉動：「外面在暴動了，我們的男英雄，正在亭子間，擁抱著女志士熱烈的親嘴呢。革命的青年，一面到遊戲場去玩弄茶女，一面是不斷的詛咒資本主義社會要求革命呢。至於那些因戀愛的失敗而投身革命，照例的把四分之三的地位專寫戀愛，最後的四分之一把革命硬插進去。」[1]這種敘事模式不僅在一般左翼作家那裡存在，在左翼主將茅盾等作家那裡也存在，他的愛情三部曲《動搖》、《幻滅》、《追求》，都有愛情和革命相互纏繞的場景，感官快樂的釋放和革命的幻滅感、靈的下降與慾的上升結合在一起。革命加戀愛模式受到左翼文學主將茅盾、瞿秋白等人的清算後，30年代初漸成頹勢，但是

---

[1] 錢杏邨：《〈地泉〉序》，見《地泉》，上海：湖風書局，1932年。

始終作為一種革命小說創作的可能性，或顯或隱的出現在以後的革命小說中。即使在十七年文學和文革文學中，在革命成為壓倒一切的敘事的大語境中，依然為愛情留下了一定的敘述空間。[2]

　　張賢亮的小說延續了革命加戀愛的敘事模式。從1980年的《靈與肉》描寫勞改生涯中的帶有古典的愛情美、患難夫妻的相濡以沫開始，到《土牢情話》中描寫監牢裡的愛，以及在《綠化樹》中敘述在大飢餓年代溫情的愛，以上作品，愛情只是作為點綴，以描寫「右派」主人公的磨難和揭露極左政治為主，政治生活內容是第一位，因為無論勞改或監禁都是當時政治對小說主人公的錯誤對待。無論多麼險惡的環境，多麼荒唐的政治年代，都會有一個美麗的女人傾心受難的主人公，撫慰他那一顆受傷的心靈。例如《土牢情話》中的美麗的女看守，她在跳忠字舞時都要故意對著落難男主人公所在的監牢的鐵窗，孔雀開屏一般將自己優美的舞姿和婀娜的身材展示給心上人，以博得他的傾心。1985年，《男人的一半是女人》問世，張賢亮的小說由表現政治為主、愛情為輔，過渡到了表現性與政治同等重要這個主題。張賢亮的小說內容，隨著政治氣候的變化，發生了巨大變化。

　　總的來說，張賢亮對革命文學的改寫具體表現在以下幾個方面：一、小說發生的場所，由敵我雙方激烈廝殺的戰場或進行社會主義建設的田間、工廠，變為改造右派分子的陰鬱恐怖的監牢、條件惡劣的勞改農場；二、小說的主人公不是大無畏的革命

---

[2] 60年代圍繞小說《紅豆》、《青春之歌》、《三家巷》、《苦鬥》裡有關愛情描寫的爭論，對其中的資產階級人性觀的批評，顯示了披著革命外衣的言情小說的生命力的頑強。

者，不是社會主義新人，而是出身於資產階級兼地主家庭、被錯劃為右派的知識份子。小說主人公的出身、經歷和作者十分相似，這使小說帶上了較強的自敘傳色彩。十分有趣的是，作者似乎在有意強調這種「關聯」，似乎對苦難的一次次回憶，對自己的受冤屈而言，是個博得同情以塑造自己「歸來的英雄身分」過程，特別是文革後主流敘事認為揭示這種苦難即是對荒謬的極左路線的否定的時候。三、小說的內容，不是表現革命戰爭或者歌頌社會主義建設，而是寫右派勞改所經受的苦難，寫極「左」政治給人們靈魂和肉體帶來的戕害，寫長期的政治壓抑造成了男人性功能的喪失，寫右派男女因性壓抑所造成的性饑渴。

政治性是衡量革命文學的重要尺規。無論張賢亮怎樣進行激烈的改寫，但是他的作品中革命文學的基本元素並沒有發生多大的變化。他的小說，許多都是主題先行的產物，小說中經常有大段大段馬列原著的引用（如《龍種》、《綠化樹》），即使在《男人的一半是女人》中，在主人公章永璘遇到妻子與別人偷情的沮喪時刻，也沒有忘記向馬克思的亡靈求救，並極有耐心地和馬克思詳細討論一番歷史唯物主義。這正如張賢亮在《男人的一半是女人》中所宣稱的：「政治的激情和情慾的衝動很相似，都是體內的內分泌。它刺激起人投身進去：勇敢、堅定、進取、佔有，在獻身中獲得滿足與愉快。」性與政治在《男人的一半是女人》中緊密地纏繞在一起，張賢亮將情慾的政治性強調到一個前所未有的高度。

值得關注的是，張賢亮小說中的政治敘述，明顯游離於敘述主線，給人以生硬地嵌入的感覺，只是一種政治拼貼，是為了追求小說思想正確保險係數而特意製作的。這也區別於以往革命小說中那種「真誠」的政治因素，在那裡政治與敘述處於一種水乳

交融的狀態，而在張賢亮的作品中，二者出現了明顯的裂隙，政治只是一種裝飾罷了。

這種裂隙的出現，也不難理解。對一個當過右派的作家來說，在80年代初期思想逐步解放，乍暖還寒的政治氣氛中，如何保證自己的作品既能因為突破創作禁區而獲得轟動效應，又能在文本中加入當時一貫正確的政治因素，從而抵消這種「冒險」給自己所帶來的政治「麻煩」，這不僅僅是一個寫作技巧問題，更是一個作家如何有效保護自己以便規避政治風險的生存策略問題。但是，也正是這種帶有「機巧」的寫作，損害了藝術應有的真誠。

《綠化樹》：抵消文本冒險的政治拼貼

1981年對《苦戀》的批判可謂頗有聲勢，中宣部召開了全國思想戰線問題座談會，接著，文藝界開始了克服和檢查軟弱渙散狀態和反對資產階級自由化。1983年開始了反對精神污染運動。張賢亮在1981、1982、1983這三年間發表的小說，除了《土牢情話》還是反映傷痕的以外，[3]其餘的如《龍種》、《河的子孫》、《肖爾布拉克》、《男人的風格》，都是步蔣子龍的後塵，反映當時的改革現實生活的。由此可見，當時文藝政策對作家創作的影響，是壓倒性的。

考察七十年代末八十年代初這些歸來的右派作家，我們會發現一個有趣的現象，他們對文學與政治的關係處理得非常好。王蒙的作品始終不忘「革命」，行文每表忠誠，雖然經受了磨

---

[3] 《土牢情話》的篇末小注說明此文寫於1980年8月至9月，幾乎與《靈與肉》同時寫就。

難，受到不公平待遇，對黨對祖國依然癡心不改，不可否認，這裡面或許有作者對革命的信仰始終如一的成分，但從另一個角度也可看出這是一種高度保險化的寫作——敘述對革命的忠誠不會擦槍走火。王蒙「文革」後寫下的這些文本已經沒有了當年寫作《組織部新來的年輕人》時的銳氣，沒有了那種特別較真的對於社會現實的敏銳發現和猛烈、準確乃至致命的一擊，有的只是一個歷經滄桑的改正右派對過去的疲倦回顧和絮絮叨叨，儘管用了意識流等新花樣來敘述，但節奏鬆弛、疲軟，失去了內在的飽滿的激情。同樣的問題也發生在其他當過右派的作家身上，這些受過政治迫害的作家由於往往結合自己的經歷，在作品中對「文革」、對極「左」路線進行了深入的批判，往往產生轟動效應，引起爭議，受到文學界的高度關注，值得注意的是，這些文本除《苦戀》外，基本沒有遭到《晚霞》、《飛天》、《在社會檔案裡》、《女賊》等被官方批判的命運，其中的原因，主要由於這些作家經過了那個噤若寒蟬的「文字獄」時代，深知因言獲罪的厲害，政治敏感度異常地高，正如張賢亮所說：「在文藝界討論作品的社會效果時，我總認為，一些好心人可完全不必擔心我們這些逢春的枯木會『離經叛道』，搞出什麼有損於社會主義的作品來。」[4]這使得他們所寫的作品是新時期特有的革命文學，這些作品更多的帶有一種政治裝飾性效果，實際上配合了中央的「深入揭批四人幫」、「撥亂反正」的政策，這與「文革」前的遵命寫作，在某種程度上不是驚人的一致嗎？

張賢亮是一位政治敏感度非常高的作家，他往往根據政治風向，確定自己的作品揭露和批駁極「左」路線的「深度」和「限

---

[4]　《滿紙荒唐言》，載《飛天》，1981年3月號。

度」，「火候」掌握得恰到好處，使得他的作品既會獲獎、引起轟動，激起爭議，又可以不會受到主流意識形態的批判。1980年初，中央針對《在社會的檔案裡》、《女賊》等揭露社會陰暗面的作品召開了劇本創作座談會，本來是希望「讓全國文藝界，不要把目光只集中在揭露黑暗面上，要注意文藝創作的社會效果，不要給那些『左』的勢力提供把柄起而攻擊大好形勢的可乘之機，但客觀上卻沒有收到預期的效果。」於是，當時文藝界出現了憂慮重重的局面，作家有意避開了寫傷痕，寫社會陰暗面。「磨平矛盾衝突」，「以求保險」成了許多作家的為文策略。[5]而此時已獲得平反，走上了文壇的張賢亮不可能不受到這股思潮影響。他的《靈與肉》當時曾有批評者指認為內容虛假和有意美化，因為作者顯然將勞改生活中的非人的一面遮蔽掉了。作者在寫於1981年1月的一篇創作談中說：「三中全會之後，痛定思痛，我們是可以從那些慘痛的經歷中提煉出美的元素的」，作家應該「有意識地把這種種傷痕中能使人振奮，使人前進的那一面表現出來」。[6]1981年3月，他又在《滿紙荒唐言》中說：「黨的三中全會制訂的政治路線和思想路線，用『四人幫』時風行的語言來說，就是我的生命線！所以，從《霜重色愈濃》以後的各篇，都是緊緊地圍繞著三中全會這個重大的主題展開的。」[7]張賢亮的這句話是對他創作的政治態度的一個自供狀，在他的作品中，文學與政治是緊密結合在一起的。1980年初，中央召開了劇本創作座談會，當時文藝界憂慮重重，作家有意避開了寫傷

---

[5] 劉錫誠《在文壇邊緣上——編輯手記》，第432頁，河南大學出版社2004年9月出版。

[6] 《從庫圖佐夫的獨眼和納爾遜的斷臂談起——〈靈與肉〉之外的話》，《小說選刊》，1981年1月號。

[7] 《滿紙荒唐言》，載《飛天》，1981年3月號。

痕，寫社會陰暗面。「磨平矛盾衝突」，「以求保險」很少有作家在創作談中大發這樣的政治議論：「我們這一代身受過極『左』路線迫害的中年作家，大概比某些好心人對社會主義新的歷史時期有更清晰的歷史感……我們決不會偏離黨的三中全會的路線。」[8]這種夫子自道並不僅僅是一種政治姿態，而是在從週邊解釋著自己的作品，為了給作品罩上一層政治保險的外衣，以防不測。

有關張賢亮的政治敏感度，也許，具體對比一下《靈與肉》和《綠化樹》，我們就會更清楚地感知到。同樣是反映勞改生活，二者卻大不相同。在《靈與肉》裡，我讀到了另一個張賢亮：對祖國的眷戀和愛戀，對勞改歲月充滿溫情的回顧，對牧馬生涯的詩意而深情的回憶。小說主人公右派許靈均對勞動的崇敬、對大自然的親近發自內心，甚至對近20年的勞改生涯沒有一點牢騷和埋怨，對勞動人民沒有優越感，反而有一種感激之情，因為放牧員沒有因他是個右派以及出身不好而嫌棄他，甚至在「文革」中，人們還常常忘記他的右派身分，將他作為一個知識者來加以尊敬。勞改農場的董副主任也是那麼富有人情味，毫無專政者的架子可言，非常支持許靈均和從四川逃難而來的姑娘秀枝在困難中的結合。撮合他們婚姻的放牧員郭蹁子心直口快，心地是那麼善良。許靈均在小說裡不僅發出了這樣的感歎：「人，畢竟是美好的，即使在那黑暗的日月裡！」他和妻子過起了豐衣足食的生活，家是溫暖的，以至於他拒絕了富有的父親為他安排的出國的錦繡前程。在勞動人民中間漫長的勞動改造，確乎已經把這個資本家的後代改造成了一個自食其力的社會主義新人了。

---

[8] 《滿紙荒唐言》，載《飛天》，1981年3月號。

這種牧歌式的筆調，使人們想起了史鐵生的知青小說《我的遙遠的清平灣》。

可是，到了《綠化樹》、《男人的一半是女人》，短短的三、五年時間，他的態度起了180度大轉彎，強烈的憤懣、不滿、揭露之情佔據了文本，充滿了劍拔弩張的色彩。溫情變成了嚴酷，詩意變成了失意乃至落魄，變成了抱怨、牢騷、悲憤，對苦難歷程的詳盡展示，對壓抑性慾望的畸形的書寫成了主調。《綠化樹》寫60年代大饑荒年代「食」的饑渴，《男人的一半是女人》則寫70年代填飽肚子之後「性」的饑渴，真是應了一句古語：飽暖思淫慾。右派勞改生涯被描繪成了一個具有煉獄般的似乎永遠也難以改造完的漫長歷程，而右派主人公身上的資產階級烙印如同原罪一般，無論如何也難以去除，這正如小說在開頭所引用的阿·托爾斯泰描述舊知識份子思想改造的一句話：「在清水裡泡三次，在血水裡浴三次，在鹼水裡煮三次。」小說中的勞改農場的頭頭那麼不近人情；難友之間互相提防，互相揭發，人人自危，在膽戰心驚、如履薄冰中過活；每次運動一來，右派成了過街老鼠，牛鬼蛇神，連流氓盜竊犯這些「內矛」都會隨意欺侮這些「敵矛」；家不再是一個溫馨的港灣，主人公千方百計要走出圍城，等等。作者之所以這樣寫，很大程度上是因為政治環境發生了大的變化，作品的內容和當時的政治氣候是基本吻合的。在80年代初「反思文學」潮流的推動下，較為真實的「歷史記憶」不可避免地得到了復活。這使人不能不懷疑原先的牧歌調子到底有多少真誠的成分。

《綠化樹》發表在1984年3月的《十月》第2期。《綠化樹》的寫作時間，文末注明的是「1983年9月至11月於銀川西橋。」他在一篇創作談中說：「我寫這部中篇的時候，正是消除和抵制

精神污染被一些同志理解和執行得最高譜的時候。謠言不斷傳到我的耳中，先是說中央要點名批判《牧馬人》，後又說自治區宣傳部召集了一些人研究我的全部作品，『專門尋找精神污染』。根據過去的經驗，要『尋找』總是能『尋找』的出來的。」作者頂著風頭，在文本中寫了有許多帶有突破性的興奮點：「我寫了愛情，寫了陰暗面，寫了1960年普遍的飢餓，寫了在某些人看來是『黃色』的東西；主人公也不是什麼『社會主義新人』，卻是個出身於資產階級兼地主家庭的青年知識份子。」[9]正如作者所說，與前幾部作品相比，《綠化樹》確實有了大突破。小說發表後引起了激烈爭議，雖也遭到一些人的抨擊，但多數是肯定意見。[10]但是，我們在文本中還是看到了許多作者規避政治風險的策略，清污運動還是在他的作品中留下了痕跡。清污運動中主要反對的是人性、人道主義和異化，以防止資產階級自由化思潮的氾濫，而他在這部作品中，恰恰是在這個方面設置了相應的政治保險係數。[11]小說主人公章永璘「曾經生吞活剝地接受過封建文化和資產階級文化」，因此認為自己有「原罪」，理應接受改造，每當章永璘頭腦中的自私自利、狡猾等觀念抬頭時，比如他要知識份子的「小聰明」多騙取了憨厚的老鄉的黃蘿蔔之後，自己自譴自責，聯想到自己的小資產階級血統，「意識到我雖然沒

9　見《必須進入自由狀態——寫在專業創作的第三年》，《文學家》，1984年4月創刊號。

10　相關的質疑性批評，主要有湖畔的《〈綠化樹〉的嚴重缺陷》（《文藝報》1984年第9期）、高爾泰《只有一片落葉——不知多少秋聲》（《當代作家評論》1985年第5期）、魯德的《〈綠化樹〉質疑》（《當代文壇》1984年第9期）、黃子平的《我讀〈綠化樹〉》（《文藝報》1984年第9期）等。

11　據《綠化樹》當時的責任編輯侯琪女士講，當時雖然是政治風聲比較緊，但是因為《十月》的主編蘇予非常有魄力，拍板決定發表在重要位置。小說基本上沒有作修改。因為張賢亮是一個特別聰明的人，一點就透。當時張賢亮比較紅火，約他的稿子特別苦，需要緊盯才能拿到手。

有資產，血液中卻已經溶入資產階級的種種習性」，「確實是個『資產階級右派分子』」，由此推理出「我不下地獄誰下地獄？」這種陳舊的「血統論」，[12]甯「左」勿「右」的邏輯，難道不可以看作是一種過分保險的政治策略？小說一提到資產階級，則大加撻罰，從靈魂深處深挖痛批，而對馬纓花、海喜喜等勞動人民則大加讚美，抬到如魯迅所說「須仰視才見」的高度，這裡面具有階級論的影子。1983年曾大張旗鼓地反對資產階級「人性論」，無產階級的人性高於資產階級的人性，小說中不是也暗含了這樣一種邏輯嗎？小說通過對無產階級的偉大與資產階級的卑下的對比，不也從另一個角度反證了資產階級自由化的行不通？當時的許多評論都大力推崇馬纓花幾近完美的個性魅力，可見是符合了當時的審美趣味的。但是一味「誇大馬纓花們幫助的力量和意義，誇大自己的『墮落』程度，……其間很難說沒有嘩眾取寵的成分」。[13]這樣的批評可謂一針見血！當章永璘在馬纓花家裡控制不住自己的小資產階級情慾，忘情地擁抱了馬纓花時，勞動人民馬纓花及時地制止了他，接著，他用了整整一節4000多字的篇幅來表達自己的懺悔之情。這種對於小資產階級情慾湧動的「大批判」，也是對當時主流意識形態的曲意迎合。

《綠化樹》寫了1960年的大饑荒、愛情、知識份子的受難，這在當時的政治氣氛重是相當敏感的，寫這些是冒風險的。為了規避政治風險，張賢亮在小說中不惜犯藝術的大忌，鋌而走險，

---

[12] 當時持這種觀點的文章不在少數，主要有湖畔的《〈綠化樹〉的嚴重缺陷》（《文藝報》1984年第9期）、魯德的《〈綠化樹〉質疑》、高爾泰的《只有一枝梧葉，不知多少秋聲——讀〈綠化樹〉有感》（《當代作家評論》1985年第5期）等。
[13] 湖畔《〈綠化樹〉的嚴重缺陷》，《文藝報》1984年第9期。

將《資本論》大段大段的引用，以增加小說的革命色彩，讓章永璘手捧《資本論》，懷著「虔敬的心情」，把它當成《聖經》來讀，作為自己靈魂的導師來對待，以期望在「靈」上超越自己的階級，成為無產階級新人。《資本論》是一個政治符號，它在文本中一再出現，縫合了小說因寫飢餓、愛情、苦難而產生的文本裂隙，照亮了文本中的陰暗面。當時許多批評者指出小說「生硬地插入了一大段一大段的對《資本論》的論述，大大敗了讀者的胃口。有關《資本論》的引證和論述，在作者的構思中，無論是對他主觀意圖的表達，對章永璘形象的刻劃，還是小說情節結構的組織，都不占舉足輕重的位置。一段段枯燥的論述，是作者從主題需要出發人為地添加進去的，在小說中顯得相當生硬、勉強」，[14]「顯得矯情，給人以生硬、外加的感覺」，[15]「不僅讀起來吃力，索然寡味，而且流露出很明顯的強迫讀者就範的意味」，是「作者為了表現自己的主觀意圖的硬性湊合」。[16]大段空泛的議論，是小說的大忌，作為一個嫻熟的寫作者不會是連這點藝術常識也沒有的，之所以要外加這些，很明顯是一種政治裝飾效果。這和作者一貫的追求有關，他在一篇創作談中說：「我確信，我筆下的主人公的行動儘管和某些具體文件規定的條文不盡相同，他還是和黨中央在政治上保持了高度的一致的……他的議論雖然獨特，卻全部可在馬克思的著作中找到根據」。[17]

---

[14] 魯德《〈綠化樹〉質疑》。

[15] 《本刊召開〈綠化樹〉討論會》，《文藝報》1984年第10期。

[16] 魯德《〈綠化樹〉質疑》。

[17] 《必須進入自由狀態──寫在專業創作的第三年》，《文學家》，1984年4月創刊號。

另外，當時的論者指出的《綠化樹》主題先行的創作方法，也未嘗不是一種政治先行、方向正確的保證，它使一場看似冒險的敘述，在政治理念的稀釋中化為烏有，社會陰暗面、情愛描寫、小資產階級的自私本性，在真理的照耀下得到了淨化。這種高度保險化的寫作，儘管給藝術帶來了傷害，但是卻得到了官方的肯定和批評界的認可，《綠化樹》順利地獲得了全國中篇小說獎。

《男人的一半是女人》：性與政治的複雜纏繞

在《綠化樹》中，張賢亮強調的是愛情對勞改生活的照耀，對落難主人公的心靈撫慰，愛情和極「左」政治之間的關係相對簡單。但是到了《男人的一半是女人》，情愛演化成性愛，性與政治則呈現出複雜的纏繞，具有內在對應關係。這種變化，和當時的思想文化環境息息相關。1985年，隨著「創作自由」的提出，文學與政治的關係出現了前所未有的鬆動。性描寫的禁區也在「創作自由」的形勢下被突破了。張賢亮在這一年發表了《男人的一半是女人》，這部小說將以前小說中遮遮掩掩、欲說還休的靈與肉的衝突主題化了，性與政治成了小說中最主要的組成部分。小說以右派分子章永璘的性功能的喪失，來比喻「文革」中整個思想界都被閹割掉、喪失了生機這個殘酷的現實。這是一種隱喻式的寫法。在這裡，性與政治呈現出共生關係。性的無能和政治的陽痿是同構的，是一個問題的兩個方面。當社會走向正軌，性的能力也會自動恢復。當「文革」接近尾聲，男主人公性功能失而復得，預示著國家政治將會重病痊癒，恢復生機和活力。這種寫法，無疑受到了勞倫斯的《查太萊夫人的情人》

的影響。但是就深度而言，卻沒有勞倫斯深刻，勞倫斯的作品裡，情慾只是表面的，內裡卻很複雜，有對機械文明的批判、對人性的關切，而這部作品的含義只是侷限在政治層面，比較單面。

對於剛剛走出禁慾時代的人們，並沒有對《男人的一半是女人》中的性與政治的比附感興趣，人們只看到了性描寫。於是，刊載小說的雜誌被搶購一空，許多年輕人搶著閱讀，彷彿在偷嘗禁果一般。「對性慾的表現達到了很驚人的地步……以中國當代文學而論，這大概是破天荒頭一遭。」[18]當時，不少人對小說持讚賞性評價。持反對意見的更多，其中包括丁玲等著名人物。有人指出：「在殘酷的歷史真實面前，小說卻為那世界裝點歡容，編織玫瑰色的夢……（主人公）咀嚼著動物般蠢動中的豔遇，還滿心歡喜地感謝這殘酷的現實的賜予，告訴人那裡也有天堂的一角，只要你會享受。」[19]

作者借政治的外衣，詳細描寫了女性的人體美，用比喻大段描寫了做愛的場面，幾近赤裸裸的，拿到今天來看也不落伍。小說的慾望化視角，把男人的性饑渴充分暴露了出來。為什麼張賢亮要這樣大張旗鼓地寫性呢？張賢亮曾對香港記者說：「我想通過一個人性的被扭曲，不僅在心理上扭曲，而且在生理上也被扭曲，來反映一個可怕的時代，告訴世間這樣的時代不能再存在下去。把這篇小說作為性文學，我自己覺得很冤枉。我覺得它是最嚴肅的作品」。[20]作者的這一自我辯解也缺乏說服力。作為一個對文藝政策超級敏感的作家來說，張賢亮還是適時推出了一個

---

[18] 《一個特定時代的「懺悔錄」——〈男人的一半是女人〉辨析》，《小說評論》，1986年第3期。
[19] 何滿子《對答：談談張賢亮的小說》，載《瞭望》雜誌。
[20] 《張賢亮答香港記者問》，《新民晚報》，1986年3月31日。

「政治加性」的文本，悄悄置換掉了原來的「革命加戀愛」。因為，1985年正是大力提倡「創作自由」的時代。當時曾有人這樣認為，「我認為《男人的一半是女人》在創作上帶有標誌性，它具體說明了我們今天的文藝究竟開放到什麼程度；有力地回答了『創作自由』究竟是真格的還僅僅是一句口號。」[21]這樣看來，《男人的一半是女人》對性和政治的強調，其實並沒有超出當時的文藝政策，正是「創作自由」的提出，才有了對感官放縱的描寫，也才有了所謂的寬容。一番爭議之後，張賢亮勝利了，政治與色情就這樣奇特地結合在一起。

其實，不僅是「創作自由」的鼓勵，才出現了《男人的一半是女人》。在80年代，色情等因素進入文學，是一個極其時髦的現象。由於政治、文化的解凍以及商品經濟的復甦，文學的娛樂化、市場化在加速進行。通俗文學的興起，至1985年已蔚為大觀。武打小說的興盛也是在80年代崛起的。出於取悅大眾的需要，出於和通俗文學搶奪讀者的需要，在作品中添加色情因素，是許多作家所倚重的。莫言的《紅高粱》，所寫的高粱地「野合」場面，不是也通過感官的解放來強調對人性的張揚嗎？張藝謀的一系列電影，《紅高粱》、《菊豆》、《大紅燈籠高高掛》等，更是將性的因素強調到人的各種慾望之上，甚至成為一個中心符號。色情進入文學和藝術，一直是80年代思想解放潮流的一部分，直到今天仍然方興未艾，它一直在挑戰主流意識形態的底線，也一直在挑戰社會倫理的底線。但是如果說，表現性的壓抑、表現封建意識對人性的戕害，對性的張揚也

---

[21] 蔡葵《「習慣於從容地談論」它——讀〈男人的一半是女人〉》，《當代作家評論》，1986年第2期。

屬於正常的，但是，像張賢亮這樣對政治和性這樣生硬地扯結在一起的作家，80年代初期還是少見的。

《男人的一半是女人》涉及到身體的意識形態這樣一個老話題。在十七年文學和「文革」文學中，身體是指向肉體慾望的，而肉體慾望是不潔的，是敵人、腐化墮落者才具有的，而非革命者所追求的。在《男人的一半是女人》中，身體其實已經從以前的意識形態中解放出來，不再侷限於階級的觀點，而是充分肯定人本身的慾望。這一點是與80年代對人性、人道主義充分張揚合拍的。但是，張賢亮將身體從階級論束縛中解放出來，卻落入了另一個「傳統」：男權主義。在小說中，男性的慾望占主要地位，女性在男性的眼睛裡，只是洩慾對象。章永璘對美麗的黃香久肉感的身體進行了瘋狂的想像，在性功能失而復得之後更是進行性報復。女人在文本中處於一個被偷窺、被觀看的地位，甚至只是男性慾望的化身。黃香久用女性的溫情溫暖了章永璘，卻因一次偷情的把柄被章永璘抓住，終於被無情地拋棄。如果說在革命小說中，女性還可以並肩和男性一樣從事革命事業，像林道靜擁有知識，可以主宰自己的命運，或者像江姐、雙槍老太婆那樣能夠成為勇敢的鋼鐵戰士，但黃香久卻只能成為男人洩慾的工具。

與《綠化樹》相比，《男人的一半是女人》中的政治因素變稀薄了。小說中的政治，在蓬勃的性意識的籠罩下，變得蒼白、乾癟、甚至是滑稽可笑。章永璘目睹了妻子黃香久和曹學義偷情，與宋江、莊子、馬克思的對話顯得十分勉強、做作。性與政治之間，已經不再水乳交融。至少在80年代的批評家看來，革命文學有淪為性文學的嫌疑。

在這篇小說中，作者試圖故伎重演，想在《綠化樹》中那樣，在性愛與政治、性本能與哲學思辨之間構築一種牢固的關

係，以便明修棧道，暗渡陳倉，可是即便在當時，一些讀者就十分尖銳地指出了這種政治拼貼的「虛假性」。[22]政治與性之間的裂隙在擴大，看來是難以彌合了。

<hr/>

[22] 當時批評這部小說政治加性意識的可笑與做作的文章，有王緋《性崇拜：對社會修正和審美改造的偏離——從〈男人的一半是女人〉的性描寫說開去》；石鎔《一個危險的藝術信號——評〈男人的一半是女人〉的性意識描寫》，《今日文壇》，1986年第2期，等。

莫言與幻覺現實主義

　　我一直認為，很難將莫言的創作歸類，他本身就是一個極為獨特的存在。想像力是鑒別一個作家是否偉大的試金石。在中國，最富有想像力的作家，非莫言莫屬。他的天馬行空的想像力，汪洋恣肆的文筆，一泄汪洋的情感，文字呈現的是飛翔的姿態，彷彿不是在紙上而是在空中游走。一般作家只能望其相背。而中國文學，自五四新文學以來，不乏優雅和崇高，不乏精緻與絕倫，不乏深刻和奇譎，唯獨缺乏的是天馬行空的想像力。我們雖然有魯迅的奇譎與高蹈、沈從文物我相融的淡然、張愛玲的淒豔華美、穆旦的豐富與矛盾、曹禺的博大與激情，但這些中國經典作家身上，似乎缺少一種狂放的東西，缺少骨子裡的放浪形骸。一百年來的漢語寫作，所謂的現實主義、現代主義、浪漫主義，都讓人意猶未盡。一句話，我們都是在杜甫的影響下寫作，而嚴重缺乏李白的「白髮三千丈」的豪邁與超拔。所幸，我們有了莫言。莫言的出現，顛覆了我們對中國新文學的想像。

超越魔幻與發現自我

　　瑞典文學院在頒給莫言諾獎的理由中，hallucinatory realism在中國被譯為「魔幻現實主義」，隨即有人指出，應譯為「幻覺現

實主義」，或者是「譫妄現實主義」[1]，「和莫言獲獎原因相關的『幻覺』（hallucination）屬於精神分析學的病理範疇，這種幻覺包括幻聽、幻視、幻觸等」[2]。目前通行的譯法是「幻覺現實主義」。

　　瑞典文學院對莫言寫作的這個命名，我認為具有特別的意義，不僅意味著對莫言小說的概括是準確的，更重要的意義在於對當代中國文學的獨特性和創造力的承認。20世紀80年代以來，我們一直是在西方的影響下寫作，外國文學的影響，一直是我們揮之不去的一個話題。一些優秀的中國作家總有自己追摹的外國作家。正如殘雪之於卡夫卡，扎西達娃、莫言之於馬爾克斯，余華之於法國新小說，馬原、孫甘露之於博爾赫斯，等等。自然，中國作家出眾的才華使得他們在比照西方作家進行寫作時，進行了富有中國特色的創造，但是，不可否認的是，80年代他們創作出的文本，「外國文學特徵」更為容易指認。從80年代到今天，中國文學取得了輝煌的成就，莫言的獲獎，充分證明了這一點，表明中國文學已經走出了外國文學影響的陰影，崛起在世界文學的版圖上。

　　幻覺現實主義區別了拉美的魔幻現實主義，清晰地勾勒出了莫言小說的主要特徵。拉美魔幻現實主義一直在影響著中國作家的創作。不可否認的是，莫言的小說深深地打上了《百年孤獨》的烙印。他曾說：「在中國人的經驗裡，在我這樣作家的鄉村經

---

[1] 童明：《莫言的譫妄現實主義》，《南方週末》，2012年10月19日。

[2] 而美國加州州立大學的童明教授則認為，「Hallucinatory realism可直譯為『幻覺現實主義』。如果按關鍵字的內涵，譯為『譫妄幻覺現實主義』或『譫妄現實主義』則更準確傳神。文學中的『譫妄』現象雖然存在已久，『譫妄現實主義』卻是一個新詞，暗示諾貝爾委員會在莫言作品中看到一種特殊的文學乃至文化現象。」見《莫言的譫妄現實主義》，2012年10月19日《南方週末》。

驗記憶裡，類似於《百年孤獨》裡很多的細節描寫比比皆是，可惜我們知道得太晚。我最早聽說這本書是1984年底，讀這本書第一個感覺就是震撼：原來小說可以這樣寫；緊接著是遺憾：自己為什麼早不知道小說可以這樣寫呢？」[3]可以說是馬爾克斯開啟了莫言的想像力。莫言小說裡的神異情節，靈感無疑是來自於馬爾克斯的。在《生死疲勞》裡，「文革」中「大喇叭發出震天動地的聲響，使一個年輕的農婦受驚流產，使一頭豬受驚頭撞土牆而昏厥，還使許多隻正在草窩裡產卵的母雞驚飛起來，還使許多狗狂吠不止，累啞了喉嚨。」「一群正在高空中飛翔的大雁，像石頭一樣劈哩啪啦地掉下來。」[4]這些富有魔幻色彩的情節，給莫言的小說蒙上了一層詭異的氣氛。這使他的寫作，超越了日常生活的平庸景象。

馬爾克斯在《百年孤獨》的開頭寫道：「許多年以後，面對行刑隊，奧雷良諾・布恩地亞上校將會回想起，他父親帶他去見識冰塊的那個遙遠的下午。」這個經典的開頭，包含了過去、現在和未來三種時態。莫言在《生死疲勞》中多處運用了這種敘述方式：

> 這時，從遠處那條土路上，一個草綠色的方形怪物，顛顛簸簸、但是速度極快地駛來，屁股後面還拖著一溜黃塵。現在我當然知道那是一輛蘇製吉普車⋯⋯但那時我是一頭驢，一頭1958年的驢。這個下邊有四個膠皮輪子的怪物，奔跑的速度，在平坦的道路上顯然比我快，但到

---

[3] 莫言：《我始終在跟馬爾克斯搏鬥》，《光明日報》，2011年7月31日。
[4] 莫言：《生死疲勞》，作家出版社2006年版，第133頁。

了崎嶇的路上它就不是我的對手了。莫言早就說過：山羊能上樹，驢子善爬山。[5]

　　這是站在現在的立場上向未來、向過去敘述。莫言在這種三維時態的交叉敘述中，還屢屢引用「莫言說」，融進了元小說的敘述技巧。

　　莫言的豐富性在於，他從許多現代外國作家身上吸取了營養，他是轉益多師的。在中國作家中，莫言的文體意識大概是最強的了。他尤其對西方現代主義文學情有獨鍾。除了馬爾克斯，還有福克納、卡爾維諾、卡夫卡等。與古典小說不同，現代小說注重敘述，帶有很大的炫技成分，以期創造出一個高度陌生化的新現實。莫言顯然對西方現代主義深深迷戀。他大量吸納了外國現代小說技巧，如意識流、魔幻、荒誕、黑色幽默等，行文帶有鮮明的炫技色彩，他新世紀以來創作的小說尤其是如此。直到最近的《蛙》，他基本放棄了令人眼花繚亂的敘述方式，回歸樸素。很少有中國作家這麼密集地使用現代小說技巧。他的中篇小說《歡樂》，通篇用意識流手法寫成，書寫了一個高考屢試不中的農村青年在自殺前的意識活動。莫言酣暢淋漓的文筆，使得整個小說元氣淋漓，如行雲流水，氣韻生動，這是我所讀到的用意識流手法寫成的最為成功的中國小說。他的《生死疲勞》，敘述了人死後變為動物來到人間的經歷，荒誕而又真實。在這裡，魔幻、荒誕變形、乃至黑色幽默統統交織在一起了。這是一次眾聲喧嘩，人類的聲音、地獄裡的聲音、動物界的聲音混雜在一

---

[5]　莫言：《生死疲勞》，作家出版社2006年版，第78頁。

起，而高踞在這些聲音之上的，是人的尊嚴、人的價值的莊嚴與神聖。

莫言的偉大之處在於，他有擺脫外國作家影響的超強能力。哈樂德・布魯姆說：「詩的影響並非一定會影響詩人的獨創力；相反，詩的影響往往使詩人更加富有獨創精神。」[6]「對於尼采而言，『影響』意味著活力的增補。」[7]超越魔幻，是莫言從一開始就定下的清晰目標。早在1986年，莫言在一篇文章裡，將馬爾克斯和福克納比作兩座灼熱的高爐，充分意識到他們對自己的巨大影響。他對這種影響保持了足夠的警惕，不敢離他們太近，擔心被融化掉，表現了強烈的逃離意識。他說：「我如果不能去創造一個、開闢一個屬於我自己的地區，我就永遠不能具有自己的特色。我如果無法深入進我的只能供我生長的土壤，我的根就無法發達、蓬鬆。我如果繼續迷戀長翅膀老頭、坐床單升天之類詭奇細節，我就死了。我想：一、樹立一個屬於自己的對人生的看法，二、開闢一個屬於自己領域的陣地，三、建立一個屬於自己的人物體系，四、形成一套屬於自己的敘述風格。這些是我不死的保障。」[8]莫言在20多年後，以自己的創作實績，發現了自我，實現了自己的藝術雄心。

莫言在《檀香刑》後記中說：「1996年秋天，我開始寫《檀香刑》。圍繞著有關火車和鐵路的神奇傳說，寫了大概有五萬字，放了一段時間回頭看，明顯地帶著魔幻現實主義的味道，於

---

6 [美]哈樂德・布魯姆：《影響的焦慮》，徐文博譯，江蘇教育出版社2006年版，第8頁。

7 [美]哈樂德・布魯姆：《影響的焦慮》，徐文博譯，江蘇教育出版社2006年版，第50頁。

8 莫言：《兩座灼熱的高爐——加西亞・馬爾克斯和福克納》，《世界文學》，1986年第3期。

是推倒重來，許多精彩的細節，因為很容易有魔幻氣，也就捨棄不用。最後決定把鐵路和火車的聲音減弱，突出了貓腔的聲音，儘管這樣會使作品的豐富性減弱，但為了保持比較多的民間氣息，為了比較純粹的中國風格，我毫不猶疑地做出了犧牲。」[9]莫言有意識地擺脫魔幻現實主義的影響，從而形成了自己的敘述風格，即在大力張揚想像力的基礎上，將人的感覺無限放大，從而描繪了一個基於感覺之上的幻覺現實主義世界。

在《檀香刑》裡，孫丙從曹州學會了義和拳，領著兩個打扮成豬八戒和孫悟空模樣的徒弟回到高密，在高密設壇，在百姓面前表演義和拳的舉動，活脫脫是一場夢幻般的場景：

> 孫丙一個鯉魚打挺，從地上躍起。他那魁梧沉重的身體，竟然如一片羽毛輕飄飄地騰空而起，飛了足有三尺高，然後穩穩地落在地上……
>
> ……孫悟空運了一口氣，指指腦袋。豬八戒掄起搗糞耙，對準孫悟空的頭，擂了一傢伙。孫悟空脖子一挺，腦袋安然無恙。
>
> 豬八戒把一口氣運到肚子上。孫悟空掄起如意棒，對準豬八戒的肚子，打了一棒。巨大的力量把孫悟空反彈回來。八戒揉揉肚皮，呵呵地笑起來。[10]

這個荒誕不經的故事，在莫言的筆下，敘述得極為可信。這是一種莫言式的「幻覺現實主義」，深深地打上了中國的烙印，

---

9 莫言：《檀香刑》，作家出版社2001年版，第566頁。
10 莫言：《檀香刑》，作家出版社2001年版，第230-235頁。

已經不再是那個翻譯過來的拉美「魔幻現實主義」。莫言終於創造了幻覺現實主義這個屬於自己的言說方式。

狂放與誇張：幻覺現實主義

莫言曾經把余華稱為「清醒的說夢者」，對余華的《十八歲出門遠行》等作品的夢幻色彩做了精彩的描述，並認為夢幻敘述並非余華首創，而是來自外國文學：「如奧人卡夫卡的作品，可以說篇篇都有夢中境界，最典型的如《鄉村醫生》等，簡直是一個夢的實錄，也許是他確實記錄了一個夢，也許他編織了一個夢，這都無關緊要。余華曾坦率地述說過卡夫卡對他的啟示，在他之前，加西亞·馬爾克斯在巴黎的閣樓上讀《變形記》後，也曾如夢初醒地罵道：『他媽的！小說原來可以這樣寫。』」[11]在我看來，莫言對余華的評述也可以用在他自己的創作上。莫言的作品，也是充滿了夢幻色彩，更確切地說，是一種幻覺現實主義。

「幻覺現實主義」這個命名，如一道閃電，照徹了莫言的小說世界。自五四新文學運動以來，從來沒有一個作家，能像莫言一樣調動各種感官，在幻化的場景中，描繪出一個聽覺、味覺、視覺、觸覺等各種感覺渾融、爆炸的世界。在40年代的上海，受日本文學的影響，曾經崛起了一個新感覺派小說。穆時英的《夜總會裡的五個人》等小說，調動了各種感覺，將上海光怪陸離的生活描繪得有聲有色。但是，描繪人在都市的感覺，想像力很難飛騰起來，總是帶著一股頹廢氣和放浪感，那是人的靈魂被都市

---

[11] 莫言：《會唱歌的牆》，人民日報出版社1998年版，第212頁。

過分壓抑之後的變態釋放，帶著扭曲的人性的印痕，與莫言小說裡的感覺描寫有著巨大差別，有著質的不同。莫言從鄉野走來，他生於1955年，1976年才離開農村去當兵，在農村待了21年。鄉野已化為他的血肉，他的寫作，無疑是沾地氣的。在他的小說裡，迴盪著大自然的萬千繁響，遊走著民間最自由舒放的生命。他的感官，向著大自然敞開，向著動物、植物、大地、天空敞開，盡情地舒展著自己的觸覺。在這個遼闊的鄉村背景上，在高密東北鄉的紅高粱地裡，蓬勃著的，是無盡的生命的波濤。

在莫言早期的作品裡，這種感覺的狂放姿態就已呈現了出來。1985年創作的《秋水》是傳奇性的，在大洪水面前，各種生命都以一種狂放與誇張的姿態罌粟花一般綻放，讀完以後彷彿做了一個絢麗奇譎的長夢。尤其是小說裡的那個盲女，天真無邪，彷彿是人類大美的象徵。「盲姑娘穿一身白綢衣，懷抱著一個三弦琴，動作遲緩，悠悠飄飄，似夢幻中人。」盲女對色彩是沒有感知的，但是卻撥著三弦琴，唱著一個色彩絢麗的動物世界：

> 綠螞蚱，紫蟋蟀，紅蜻蜓。
> 白老鴰，藍燕子，黃鵪鶉。
> 綠螞蚱吃綠草梗。紅蜻蜓吃紅蟲蟲。紫蟋蟀吃紫蕎麥。
> 白老鴰吃紫蟋蟀。藍燕子吃綠螞蚱。黃鵪鶉吃紅蜻蜓。
> 綠螞蚱吃白老鴰。紫蟋蟀吃藍燕子。紅蜻蜓吃黃鵪鶉。
> 來了一隻黑毛大公雞，伸著脖子叫：「哽哽哽——

哦——」¹²

這是一個相互「吃」的世界，盲女尋找的色彩世界，卻是這樣的無情！這看似無心唱出的歌謠，有著弱肉強食的人世的投影和命定的悲涼。

　　在90年代創作的《拇指銬》中，莫言講述了一個看似不可思議的荒誕故事。整個小說給人以恍兮惚兮的感覺。少年阿義在為生命垂危的母親抓藥回來的途中，被人莫名地拷上了拇指銬，結果誰也無法把它打開。阿義為了掙脫拇指銬咬斷了兩根拇指。阿義不時陷入幻覺之中，整個小說宛如一場離奇的夢幻。小說的結尾，阿義的幻覺又一次出現了：

　　　　後來，他看到有一個小小的赭紅色的孩子，從自己的身
　　　體裡鑽出來，就像小雞從蛋殼裡鑽出來一樣。那小孩身
　　　體光滑，動作靈活，宛如一條在月光中游泳的小黑魚。
　　　他站在松樹下，揮舞著雙手，那些散亂在泥土中的中藥
　　　——根根片片顆顆粒粒——飛快地集合在一起。他撕一
　　　片月光——如綢如緞，聲若裂帛——把中藥包裹起來。
　　　他揮舞雙臂，如同飛鳥展翅，飛向鋪滿鮮花月光的大
　　　道。從他的兩根斷指處，灑出一串串晶瑩圓潤的血珍
　　　珠，叮叮咚咚地落在彷彿瑪瑙白玉雕成的花瓣上。他呼
　　　喚著母親，歌唱著麥子，在瑰麗皎潔的路上飛跑。他越
　　　跑越快，紛紛揚揚的月光像滑石粉一樣從他身上流過
　　　去，馨香的風灌滿了他的肺葉。一間草屋橫在月光大道

---

¹² 莫言：《秋水》，見《白狗秋千架》，上海文藝出版社2005年版。

上。母親推開房門，張開雙臂。他撲進母親的懷抱，感覺到從未體驗過的溫暖與安全。[13]

莫言的許多作品，都有這種感覺的飛升狀態，在寫這些靈光頻現的片段時，莫言一定是陷入了柏拉圖所說的靈感的「迷狂」狀態，不然，怎麼能解釋這些神來之筆的由來。

莫言在一篇短篇小說《學習蒲松齡》中，寫到了一個夢境：我夢見自己拜蒲松齡為師，蒲松齡從懷裡摸出一隻大筆扔給我：「回去胡掄吧。」一句胡掄，道出了莫言對打破常規、自由自在的寫作狀態的嚮往。正是這種寫作的自由狀態，才產生了許多在現實中匪夷所思的情節。在山東民間有許多鬼狐故事，莫言有一些小說，如《奇遇》、《夜漁》，就寫出了人的世界和鬼魅世界的交融狀態，此岸與彼岸、生者與死者在這裡是合一的。《奇遇》中死去的趙三大爺與「我」的交談，《夜漁》中巧遇的仙女，與其說是根據民間傳說寫成，又何嘗不是我們人類的幻覺造成？可能在某個瞬間，我們的感覺逸出了常規，於是就產生了一個非理性的世界。《嗅味族》中的長鼻人，鼻子很長，只有一個鼻孔眼，長在鼻尖上。他們吃飯只嗅嗅肉味兒就飽了。在那個飢餓的年代，長鼻人嗅過的肥肉就成了「我」和于進寶的美食。這個故事，何嘗不是饑荒年代人們產生的幻覺？

《生死疲勞》整部小說在奇幻氛圍裡展開。主人公西門鬧死後靈魂幻化成動物來到人間，和家人一起生活，經歷了50年代以來中國農村的坎坷、磨難與變革。靈魂是人，肉體卻是動物，作為人的痛苦和慾念，與動物的身分所造成的侷限之間，形成了巨

---

[13] 莫言：《拇指銬》，見《與大師約會》，上海文藝出版社2005年版。

大的張力，使得整部小說的敘述，蒙上了幻覺色彩。筆墨在亦真亦假、荒誕誇張、幽默辛辣之間遊移，以狂歡化敘事的方式顛覆了主流意識形態對歷史的敘述。這是何等大手筆的敘事！

《檀香刑》也呈現出很強的幻覺特徵。小說的第一章，是以孫眉娘的口吻來敘述情節的。她的爹爹孫丙因率民眾抗擊德國人要被處以殘忍的檀香刑，在行刑的前一天，孫眉娘精神亢奮而又恍惚，決意前去設法搭救爹爹，於是整個故事就在孫眉娘的這種高度緊張、亢奮而又恍惚的心態下展開，故事的行進如同夢魘般恍然。在她的敘述中，劊子手公爹趙甲身上涼氣逼人：「剛住了半年的那間朝陽的屋子，讓他冰成一個墳墓；陰森森的，連貓都不敢進去抓耗子。」夏天「為了防止當天賣不完的肉臭了，小甲竟然把肉掛在他爹的梁頭上。」[14]在孫眉娘的眼裡，趙甲的手在殺人之前都會突然發紅滾燙，需要用涼水降溫。當趙甲把手伸進涼水裡，「俺恍惚覺得他的手是燒紅了的鋼鐵，銅盆裡的水支支啦啦地響著，翻著泡沫，冒著蒸汽。」[15]孫丙學成義和拳歸來、扮演成岳武穆轉世的情形，小甲拿著「虎鬚」透視人的動物原形的舉動，都好似發生在夢幻中，呈現出鮮明的超現實色彩。

《豐乳肥臀》被認為是莫言的代表作，同樣在現實的場景中融進了奇幻色彩。對此孫郁先生曾做過精彩的評述：「這部作品瀰漫著奇幻的歷史圖景。比如寫送葬的場景，天地之色大變，魔鬼般的烏鴉的合唱，有諸多巫氣。在莊重裡增加一種玄奧的因素，就把死亡的痛感與命運的無常以怪誕之筆完成了。母親對故鄉的敘述裡，傳奇與志怪式的筆意籠罩在作品的上空，故土的人

---

[14] 莫言：《檀香刑》，作家出版社2001年版，第8頁。
[15] 莫言：《檀香刑》，作家出版社2001年版，第36頁。

與事，都以非理性的方式衍生著苦意。大姐的私奔，相親的啞巴的受辱，都有邪氣的流轉，我們在這種夢幻的敘述裡，看到了有形與無形的存在。而那些無形的存在在現實人體裡的跳動，就把空寂的鄉村世界歷史化與精神化了。」[16]

莫言的幻覺現實主義，是以人的各種感覺為根基的，帶有強烈的狂放與誇張色彩。莫言最擅長描述頭腦裡產生的幻覺，迄今為止，他的最美的文字，都是寫幻覺的，飛升的文字彷彿一個個精靈在舞蹈。在別的作家靜止的地方，他能夠把視覺、味覺、聽覺、觸覺充分調動起來，描繪出一個喧嘩的活色生香的感官世界，這個世界與中國的現實緊密相關，對中國「豬圈生活」的反映和揭露前所未有的深刻。

幻象的狂歡：動物意象

動物意象，是莫言對中國當代文學的獨特貢獻。在他之前，從來沒有一個中國當代作家，這麼集中、大量、富有創造性地描述一個動物世界，一個和人相廝守、物我不分的高密東北鄉動物世界。正如諾貝爾文學獎頒獎詞所說：「高密東北鄉體現了中國的民間故事和歷史」，「驢與豬的吵鬧淹沒了人的聲音，愛與邪惡被賦予了超自然的能量。」在這樣一個莫言所營造的鄉村世界中，動物的狂歡幾乎壓倒了人類世界的喧鬧聲。在這個人日益成為世界的主宰、日益為慾望所驅使、愈來愈成為整個大自然命運的裁決者的今天，莫言將物的聲音凸顯了出來，顛覆了現代人對物的宰制關係。

---

[16] 孫郁：《〈豐乳肥臀〉印象》，《中國圖書評論》，2012年第11期。

如果說，偉大的蒲松齡在山東這塊土地上借狐仙創造了一個動物性的世界，那個世界和人的世界有著高度的一致性，反襯了人間的骯髒、陰暗、污濁。不過，人最終還是鬼狐世界的主宰者和評判者，在《聊齋志異》400多個故事中，異史氏在故事的結尾，總是扮演了一個高明的評判者角色。在那裡，人是上帝，是立法者，人的優越性還是無所不在的。

　　莫言的獨特性在於，與蒲松齡不同，他對這個動物世界賦予了更為豐富的意義。正如孫郁先生所說：「傳統的讀書人描述鄉村是單線條的，莫言卻貢獻了一個翻騰搖動的神幻的世界。那裡沒有道學氣，沒有靜穆的泥土，所有的空間都是精靈的舞動之所。這裡有鄉下泥土氣的哲學和薩滿教式的巫歌。……莫言知道這種表述符合自己的本意，乃一種放逐與逍遙，人只有和非人的存在體相處的時候，才知道自己的世界在什麼地方。」[17]

　　在莫言的筆下，動物意象的內涵大體在以下幾個層次上展開——

　　首先是人性的動物性。動物是人的鏡像，人在動物身上找到了自己的歸屬，人的動物化是人的退化，是人性消泯。莫言在《檀香刑》中，將視角放得很低。那個屠夫小甲，是個傻子。他小時候聽母親講過一個虎鬚的故事。人透過虎鬚，可以看出人的原形。於是小甲就著魔一般地尋找虎鬚。吊詭的是，他只得到了妻子孫眉娘的一根陰毛，透過這根毛髮，他看到了人間純然是一個動物世界。這是他看到的妻子孫眉娘的形象：

---

[17]　孫郁：《〈豐乳肥臀〉印象》，《中國圖書評論》，2012年第11期。

一條水桶般粗細的白色大蛇，站在炕前，腦袋探過來，吐著紫色的信子，兩片嘴唇一開一合，竟然從那裡發出了老婆的聲音：「小甲，你想幹什麼？」

這是小甲看到的父親趙甲的形象：

俺看到，紫檀木太師椅子上坐著的還是那頭黑豹子，而不是俺的爹……它的毛茸茸的大頭上，扣著一頂紅纓子瓜皮小帽，兩隻長滿了長毛的耳朵在帽子邊上直豎著，顯得十分地警惕。幾十根鐵針一樣的鬍鬚，在它的寬闊的嘴邊往外岔煞著。它伸出帶刺的大舌頭，靈活地舔著腮幫子和鼻子，吧嗒，吧嗒，然後它張開大口，打了一個鮮紅的哈欠。它身上穿著長袍子，袍子外邊套著一件香色馬褂。兩隻生著厚厚肉墊子的大爪子，從肥大的袍袖裡伸出來，顯得那麼古怪、好玩，俺既想哭又想笑。那兩隻爪子，還十分靈活地撚著一串檀香木珠呢。[18]

　　孫眉娘是一條大白蛇、劊子手趙甲是一條豹子、縣官錢丁是一隻老虎，袁世凱是一隻大鱉，那些清軍、德國兵則是一些豺狼。小甲也看到了自己的原形：山羊。這是一次意味深長的還原。他所看到的那個晚清末年的高密東北鄉，是一個動物的世界。作為萬物的靈長，人的墮落達到了一個驚心動魄的程度。在福克納的《喧嘩與騷動》中，傻子班吉的視角只是一種平視的視角，目的是減弱對生活的意識干預和評判，有助於呈現生活的原

---

[18] 莫言：《檀香刑》，作家出版社2001年版，第88-92頁。

生態。與福克納不同的是，莫言在《檀香刑》中賦予傻子小甲更加形而上的意義，讓他扮演人的命運的審視者和裁決者。一個傻了充當了裁判的角色，歷史的荒誕感由此產生。小說對現代人的卑瑣、污濁的揭露，對人類進化所帶來的文明退化，對人的動物性的揭露和批判，其諷刺的力度前所未有。小說裡面有一句經典的話：「到處都是畜生，你還怎麼活下去？」面對「豬圈生活」，莫言提出了作為人，在這個冷漠、荒誕的世界上，應該如何生存這樣的大問題。

其次是動物性的人性。在2005年問世的《生死疲勞》中，動物的意象從另外一個角度展開，通過人與動物的輪迴，人性涌過動物這個載體來展開。中國一直有生死輪迴的觀念，在這個輪迴的觀念裡，人的生死和動物緊密相關。人在生前是否行善，作為死後或下地獄、或托生為動物、或托生為人的依據。地主西門鬧被鎮壓之後，在閻羅殿大喊冤枉，閻王讓他依次托生為驢、牛、豬、狗，重新返回自己的家中，但是政治運動早已使他的家支離破碎。西門鬧轉世為動物後，靈魂猶存，有著人的喜怒哀樂。在這裡動物性和人性得到了高度的統一，或者說是二者原本就是寄生在一起的。從本源上說，人原本就屬於動物世界，而由人所豢養的動物，諸如驢、馬、豬、狗、羊之類，在人類長期的馴化史中也沾染了人性，而人由於和這些動物相廝守，也在它們身上確證了自己的動物性。人性和動物性，在波瀾壯闊的歷史場景上展開，莫言寫出了人和動物的相互交融狀態。

再次是人和動物的合一。如上所述，如果說人與動物之間的轉換有邏輯可循，在《小說九段‧狼》中，莫言乾脆省略了人與動物之間的區別，二者已經完全合一，作家直接將變形記的結果呈獻出來。小說的開篇寫道：

那匹狼偷拍了我家那頭肥豬的照片。我知道它會拿到橋頭的照相館去沖洗，就提前到了那裡，躲在門後等待著。我家的狗也跟著我，蹲在我的身旁，脖子上的毛聳立著，喉嚨裡發出嗚嗚的聲音。

……

　　上午十點鐘，狼來了。它變成了一個白臉的中年男子，穿著一套洗得發了白的藍色嗶嘰布中山服，衣袖上還黏著一些粉筆末子，看上去很像一個中學裡的數學老師。我知道他是狼。它無論怎麼變化也瞞不了我的眼睛。它俯身在櫃檯前，從懷裡摸出膠捲，剛要遞給營業員。我的狗衝上去，對準它的屁股咬了一口。它大叫一聲，聲音很淒厲。它的尾巴在褲子裡邊膨脹開來，但隨即就平復了。我於是知道它已經道行很深，能夠在瞬間穩住心神。[19]

　　動物幻化成人，出神入化，恍兮惚兮，標準的蒲松齡筆法。動物不再是人的世界的附庸，不再是旁觀者，而是直接介入了人的生活。莫言寫得臻入化境，神來之筆不時湧現。

　　而在《屠戶的女兒》中，人是兼具動物的外形的。這彷彿回到了中國古代傳說。伏羲與女媧不就是人首蛇身嗎？女孩香妞生下來沒有雙腳，生著像魚一樣的尾巴。人和魚，奇特地結合在一起。可是，人一旦與動物結合在一起，也就註定了悲劇的命運。人類世界對她是排斥的，她受到了孩子們的圍攻。天真爛漫的香

---

[19] 莫言：《小說九段》，見《與大師約會》，上海文藝出版社2005年版，第485頁。

妞對大自然的好奇心超過了任何人，她和萬物之間是一種對話的
關係，這是他看到小牛犢時的感覺：

> 我看到它站在那兒，瞪著水汪汪的大眼睛看著我，彷彿
> 要對我說什麼話，但是它沒有說話——我知道它不好意
> 思和我說話，它故意不跟我說話，它總有一天會對我說
> 話。[20]

　　這個叫香妞的小人魚不再以人類超功利的俯視的目光看待
萬物，而是放低姿態，將自己放到與萬物平等的地位，與萬物對
話。人，還原成自然的一個分子，還原成最為原始、樸拙的狀
態。莫言小說中的大多數動物意象還是有著明確的意蘊內涵，是
對人的世界的隱喻，但是在《屠戶的女兒》中，人魚形象則包含
了更加深刻的文化內涵。這裡反思的是在這個技術主義的工業時
代，人類的終極命運這類大命題。現代的人是異化的人，人與
人、人與自然萬物的關係出現了全面的異化。莫言更加嚮往的是
一個人與萬物平等交往、和諧共處的世界。在這裡，所隱含的追
問是：人凌駕於萬物之上的姿態是否應該改變？人如何才能與萬
物達成和諧的關係？文明的進化是否意味著人類的進步？在人類
的貪婪和驕橫面前，詩意地棲居如何成為可能？

2012年12月於北京富國里

---

[20] 莫言：《屠戶的女兒》，見《與大師約會》，上海文藝出版社2005年版，第144頁。

輯二

反現代性的寫作：「人」與「物」
關係的重新定位
——紅柯的《生命樹》漫評

　　有關邊疆題材的長篇小說，新世紀以來成為熱點。所謂的邊疆題材，主要是以西藏、新疆、內蒙、青海等為題材的長篇小說。阿來的《塵埃落定》、《空山》，楊志軍的《藏獒》系列，范穩的「藏地三部曲」《水乳大地》、《悲憫大地》、《大地雅歌》，寧肯的《天‧藏》，以及紅柯的「天山系列」《西去的騎手》、《大河》、《烏爾禾》、《生命樹》，都是近年來邊疆題材長篇小說創作的重要收穫。新世紀邊疆題材的作品，大體沿著三種不同的路向發展：一種是延續了80年代以來對邊疆的「奇觀化」、「魔幻化」視角，按照這種視角反觀歷史與透視現實，如范穩的寫作。這一種寫作路向，是邊疆題材寫作的主流。一種則專注於精神層面，著重挖掘邊疆文化的深層樣貌，如寧肯的寫作。在寧肯的筆下，西藏呈現出了精神性的一面：高遠、博大、虔誠、聖潔，而又神祕莫測。另一種則獨闢蹊徑，在邊疆古老而又遼闊的大地上，現代人在歷史與現實間穿梭，在與萬物的交融中生存，「物」的作用得到了彰顯，如紅柯的寫作。當然，這三種路向，主要是指漢族作家所創作的邊疆小說而言。而更為本色地道、來自本民族「內部」的寫作，應能更深刻、本質地講述邊疆。可惜的是，近些年來缺乏氣勢恢宏的作品。

在這樣的一個座標中，我們大體可以辨認出紅柯的寫作路向。紅柯的寫作是一種反現代性的寫作，質樸、剛健而又明快、浪漫。在他的作品中，新疆大地遼闊而廣袤，「物」佔據了重要位置，「人」在萬物的懷抱中棲居，散射出神性的光輝。這是對浪漫主義的體認，對人與萬物的關係重新界定。而環顧中原地區的寫作，「人」已經主宰了一切，已經墮入了萬丈紅塵。紅柯的寫作，顯然是對墮入紅塵的「人」的一次救贖，對流俗的一次有力反撥，儘管這種反撥在有些人看來有些不合時宜。

人與「物」關係的重新定位

閱讀紅柯的小說，我們發現，很難用目前流行的各種主義來概括，譬如浪漫主義、現實主義、現代主義。它和我們流行的文學也有很大的不同。同樣是邊疆題材，寧肯的小說有著很濃厚的現代主義痕跡，在敘述上講究技巧，有著很強的精英意識和介入現實的姿態；范穩的小說則有《百年孤獨》式的魔幻現實主義的痕跡，也有中國小說對史詩傳統和宏大敘事的偏好；阿來的小說也有《百年孤獨》的氣質，也許是藏族人的緣故吧，但是比范穩的小說更加靈異和飄逸，才華更為宏肆。我注意到，目前對紅柯的評論，集中在「詩意」、「浪漫」等方面，但這只是觸及了紅柯小說的表層。

也許，從中外文學史的角度，才能看清紅柯寫作的意義。現代小說越來越驅逐了風景和自然。作為對浪漫主義的反撥，現代主義以來的小說，強調智性的作用，將人的意識充斥到極端狀態，萬物只是為了見證人的各種慾望而存在。象徵主義強調應和，將萬物只是作為人類心靈的見證物而存在，萬物只是附庸。

意識流小說、荒誕派、表現主義等現代主義諸流派，始終是將人抬到中心地位，在對理性的質疑下，著重表達對世界的焦慮感，作品裡充斥著惶恐、悸動、不安、恐懼等極端情緒。意識流刻意的神經質和對世界濃縮於內心的表達方式，就是對我們這個時代的最好詮釋，人類的野心和征服慾，在意識的肆意流動中暴露無疑。荒誕派亦然。在《等待果陀》中，風景純粹淪為象徵物，自然被人類意識所過濾，時間錯亂，黃昏來臨，呈現出一幅怪誕、變異的景象。這種對風景的處理，難道不正是反映了工業時代人類思想的真實狀態？後現代主義的戲仿、反諷、碎片感，也是在解構的前提下對世界的意義重新進行探索與闡釋。在這背後，我們看到，人類對命名、意義等的關注，始終還是以人類意識為核心的，尤其更加強化了人類意識的精微存在。隨著全球化的加速，物慾的擠壓，我們越來越焦慮，越來越無所適從。小說日益成為人類意識的載體和工具。人徹底擊敗了萬物，動物、植物、山川河流，甚至宇宙空間，都深深地打上了人的烙印，人的存在日益具有破壞性，其他物種的滅絕速度在加速。人的意識無所不能。浪漫主義作家筆下，對萬物歌詠的那個詩人不見了，他只是在那裡表達自己，征服一切。人，佔據了核心地位。文學向內轉自現代主義誕生時就開始了，自從發現了人的內宇宙，文學已經淪為內向的文學。福克納的《喧嘩與騷動》內心意識的流動，已經構成了小說的主體。我們持續地在夢魘中生存，也許《喧嘩與騷動》裡的人物昆丁的自殺，就是對這種仿夢寫作的抗議。

　　從中國文學來看，在古典時代，我們曾經有過人與風景相互欣賞的黃金時代。「採菊東籬下，悠然見南山。」「相看兩不厭，只有敬亭山。」「明月出天山，蒼茫雲海間。」「但願人長久，千里共嬋娟。」在那個時代，人作為風景的對應者而存在。

物我兩忘，不著痕跡。自然萬物與人類是和諧的，沒有衝突。人是風景的發現者與欣賞者，風景借助人而存在，甚至改變了人的意識。所謂的意境、境界，都是人類借助風景所生成的藝術境界。物我交融，物我兩忘。但是，現代詩學愈來愈成為人類意識諸種焦慮症的大雜燴。

中國當代文學在逐步脫離了政治意識形態的枷鎖之後，近20年來，習慣於在生活的表面滑行。日常生活似乎成了唯一表達的對象。只表現人與人之間的傾軋、情感、慾望，只關注芸芸眾生的生活、生存。在作品中，「人」已經主宰了一切。「物」只是作為人的「慾望」而存在，是為「物慾」。在這種關係下，「物」只是人的慾望佔有、驅使的對象，而非精神交流的對象，完全淪為人的附庸。這是一種功利性的人與物的關係，其後果是取消了物應有的位置。可以說，90年代以來的文學，是物慾的文學，鮮有例外。

紅柯的寫作，給人與萬物的關係重新定位。物不是處在人的附庸地位，而是一躍起到了影響乃至主宰人的精神狀態、生存現狀的作用。從這個意義上說，他是一個反潮流的寫作者。

在大自然面前，人的內心歸於平靜，紛紜難辨的意識得到了澄清，達到了澄明境地。物不是任人驅使的附庸，物進入人的意識內部，重塑了人的靈魂，改變了人的精神狀態、行為方式。物的作用被重新認識。人，正是在物中，重新確證自己，塑造自己。物的根鬚，直接楔入人的意識內部，給人以力量，就像安泰來自大地的子宮。最初，紅柯將《生命樹》命名為《洋芋土豆馬鈴薯》，就是在強調物的作用。在這裡，物並不僅僅是一種譬喻，而是和人類意識緊密契合在一起。比如，按照流行的說法，小說的題名是借洋芋的頑強生命力和繁殖力，隱喻心靈破碎的女性堅韌頑

強的生存意志。而在紅柯這裡，物始終作為一種本體的東西而存在，它和人的地位是對等的，甚至是站在了人的前面，正是人接觸了物，從而使內心強大起來，最終成為自己命運的主宰。《生命樹》裡的大記者徐莉莉去小鎮採訪一個先進工作者，在婦女們接羔的場所聽到了聽勸奶歌，小說這樣描述徐莉莉心靈的震顫：

> 她就沉醉在歌聲裡，沒有詞，甚至沒有節奏，沒有旋律，只有純粹的聲音，夾帶著純淨的母愛，緩緩地流淌在天地間……一切噪音全都消失了，沙丘、沙梁、沙海全都呈現出柔和的曲線，全都放鬆下來，敞開了，土房子、樹木、莊稼、雞狗，牲畜都沒有聲音了，藍天一動不動，那麼遼闊，高遠，雲朵如同飄動的靈魂，誰也不知道這些靈魂源自誰的生命……奶水出來了，徐莉莉放下筆。文章成了第二位。

人與物的交流和對話，在《生命樹》裡俯拾皆是，譬如馬燕紅、馬來新父女倆之於洋芋，徐莉莉之於接羔的婦女唱的勸奶歌，李玉浦之於和田玉，牛祿喜之於曬乾的牛糞，馬燕紅、王懷禮夫婦之於神牛，馬亮亮之於生命樹，等等，而心靈，就是在這種連綿不斷的對話中，逐漸充實、碩壯、豐盈起來，飄逸成大地上最美麗的風景。

人，棲居在萬物的光芒裡

在自然萬物面前，人的創傷被撫平，這是紅柯的小說反覆吟唱的主題。紅柯擅長書寫悲劇，書寫塵世中的心靈在生活中受

到挫折，由於自然萬物的撫慰，人子悲痛的心情得到了撫慰，心靈的創傷被治癒，作為一個健康的自然之子，重新回到了生活中。

在《生命樹》中，馬來新的女兒、高中生馬燕紅學習成績優異，一心一意要考上好的大學，不幸的是在參加一個同學聚會返回途中被壞人強暴。對於一個花季少女來說，這是最大的不幸。父親馬來新將她送到遠方的一個戰友所在的村子，目的是想讓她靜養一段時間，以求重新奮起考上大學。馬燕紅在村子裡靜養，原本精神崩潰、麻木死寂，卻漸漸被神奇的大自然喚醒了。日復一日的擠奶勞作讓她找回了丟失的自己，同村的小夥子讓他心動，而挖「洋芋」的經歷讓她堅韌地紮根在戈壁灘上，與村莊一起生長，再也不願離去。

自然萬物有如神明，君臨上空，照徹人的靈魂。小說這樣描述洋芋：

> 扒開碎石，扒開沙子，再剝開細土，圓渾渾、紅彤彤蜷縮在一起，肉乎乎的，大地的新娘。小夥子跪下了，又扒出一個洋芋，這是白生生的一個少女，不是從大地上長出來的，是從天而降，天鵝落下來啦。

小說這樣描寫馬燕紅對陽光的感受：

> 麻雀在牆頭屋頂唧唧喳喳，樹葉兒嘩嘩喧響，陽光大片大片地落下來，堆滿了院子，一直堆到窗臺上了，堆到房頂上了，陽光還在不停地落著。真奇怪，陽光落到那

個高度就高不上去了，陽光還在落，陽光下的房子那麼溫暖。

　　馬燕紅體驗到了太陽雨，她來到了四棵樹河誕生的地方，不禁說：「我從來沒有見過這麼清的水，我在樹叢後邊在自然光裡看到這麼清的水，我才明白了處子是什麼意思。」她感受到了天地萬物的祕密，尤其是當她穿過遼闊的葵花地，回到寄居的村莊，已經被熏成一個芳香四溢的大姑娘了。她痛苦的心靈終於得到了撫慰，放棄了考大學的夢想，留在所寄居的村莊，和一個種洋芋的小夥子結了婚。馬燕紅和洋芋有緣，洋芋一直出現在她的生活中。婚後的馬燕紅種洋芋，吆著牛車去城裡賣洋芋。洋芋在馬燕紅一家的生活裡，已經上升到本體的地位。馬燕紅家的牛通人性，懂人語。神牛死後，她和丈夫在戈壁灘上挖了大坑，將洋芋和牛一起倒進坑裡掩埋，從裡面長出了枝葉繁茂的生命樹。傳說中的生命樹變成了現實。

　　馬燕紅的父親馬來新更是和洋芋結下了不解之緣。馬來新種洋芋的過程，很像是一部童話。貧瘠的戈壁灘塗成了洋芋生長的天堂。馬來新種下的洋芋和神龜下的卵碰巧遇到一起，長出了紫皮大洋芋。馬來新種上洋芋，為了促使洋芋生長，他對著土地唱勸奶歌的過程很有儀式化因素：

　　　馬來新的歌詞有聲音沒有詞，反覆不斷就一個奶字，奶
　　既是詞也是聲音，就這麼無邊無際地奶下去……洋芋長
　　起來了，開花了，馬來新還在奶奶奶奶地唱啊，無邊無
　　際的草原長調，洋芋的枝葉枯萎了，花朵憔悴了，歪歪
　　扭扭地倒下去了，根部膨脹起來了，撐開了地皮，愣頭

愣愣地出來了，每一窩洋芋的周圍，都跟女人的骨盆一樣溫暖濕潤。

馬燕紅的幸福生活沒有持續多久，丈夫遭到惡人殘忍殺害，她極度悲傷的心情，也是在大自然中得到撫平的。在丈夫被害死的大坑邊上，大風刮去了所有的哀傷：

> 大風從東刮到西，從北刮到南，在如此開闊的空間風速會越來越快，戈壁灘基本是平展展的，一點褶都不打，跟水泥地板一樣，疾風那麼順，一瀉千里地掃蕩著，突然出現一個坑，大地就哀號起來，大地被吹響了，所有刮過去的風再也不完整了。

馬來新的戰友牛祿喜來自關中，對撿牛糞十分在行。小說用了很大的篇幅，來講牛糞和這個戰士的關係。在他這裡，撿牛糞本身是一種和大地溝通的方式，重視的是過程，而對目的倒是可以忽略了。小說這樣描寫撿牛糞的場景：

> 牛糞還熱著呢，趴在地上大口大口地呼吸，冒出熱氣，散發的味道有牛內臟的味道。有時候牛祿喜會產生幻覺，會把這些熱騰騰的牛糞看成揭開蒸籠的饃饃。……牛糞很快就儲滿陽光，儲滿了風的氣息，儲滿了地氣。讓牛糞乾透的最後一道工序是大地本身。牛糞就躺在地上。牛祿喜從地上揭下乾牛糞的時候，牛糞已經跟大地貼在一起了，那刺啦聲就跟撕開皮子一樣，地皮給揭下來了。

這種自然和人的緊密關聯，體現在小說的諸多細部。牛祿喜對擠奶歌的傾心，小說也是濃墨重彩地描繪。癡迷擠奶歌，咋看與 個戰士來的身分不相符，細想這是出於一種對母親的熱愛。有了這種熱愛，牛祿喜才在接羔的勞作裡，感受到生命的高貴，感受到勞作的神聖。同樣，馬燕紅的同學徐莉莉，在兩任丈夫去世以後，遊歷天山南北，飽覽自然風光，人文掌故，沉浸在擠奶歌裡，她的心靈舒展開來，痛苦沉澱下去。當擠奶歌響起，內心就變得聖潔起來。

小說裡的人物，每個人的心靈都有創傷。他們在萬物面前找到了安慰。物在這裡，不再是人類的附庸，成為人心靈棲居的真正場所。所有的悲傷，在這裡都得到了淨化。

這種對自然萬物對人的心靈的浸潤，是紅柯小說的一個基本母體。在《烏爾禾》裡，羊具有宗教意味。紅柯曾經想把這部作品命名為《黑黑的羊眼睛》，就是對「羊」這個動物的推崇。「在《烏爾禾》中『羊』成為整個新疆生活的底色。……羊的生命進入海力布叔叔的生命，漢人劉大壯就成了蒙古人海力布，能聽懂獸語，少年王衛疆在精神導師海力布撫養下有了羊性，才有可能成為燕子姑娘夢想的白馬王子，那種傷害就不再是世俗意義上的背叛，而是女性生命的自由生長。」[1]小說裡寫到了殺生，宰羊不叫宰羊，叫伺候羊上天堂。羊最能觸動我們內心最溫柔的部分，融化我們內心的硬塊。只有內心溫潤了，我們才可以自由地生活在這個大地上。我們堅硬的心靈，正是在這種融化中，找到我們久違的靈魂棲息地。

---

[1] 《最美麗的樹（創作手記）》，見《生命樹》，北京十月文藝出版社，2010年12月版，第382頁。

喚醒人身上的神性與詩意

　　我認為，紅柯的這種對於人與萬物的重新定位，隱含著一個令人心醉的目的：喚醒人身上的神性與詩意。

　　海德格爾說：「『人……以神性度量自身。』神性乃是人藉以度量他在大地之上、天空之下棲居的『尺度』。唯當人以此方式測度他的棲居，他才能夠按其本質而存在。」[2]

　　李敬澤說過一段很有激情的話，他說紅柯的小說「如一個絢麗的長夢：在這人成為消費者和被消費者，人淹沒於浩大人群的時代，《烏爾禾》想像和求證人的驕傲、尊嚴，詠唱人身上隱沒不彰的神性」。

　　「神性」一詞，是一個古典的辭彙，已經被當今的作家拋棄了。非英雄化、世俗化、內向化、粗鄙化，已經成為時下流行的對人的描述的標籤。強調人的「神性」，似乎是不合時宜的。

　　至於為什麼選擇西部邊疆來表現人身上的神性，紅柯認為：「在整體上，西部的內在性特徵，我以為還保持了人類童年時期金子般的美質。」[3]

　　在紅柯的筆下，「神性」並非是凌駕於世俗之上，也不是追求半人半神，實際上還是立足於人本身，將現代人身上的貪婪、邪惡等剝離開，呈現人本初的天真狀態、赤子形象。因此，書寫「神性」也是在書寫久違的「人性」，書寫理想化的人性圖景。

---

[2]　《「……人詩意地棲居……」》，《海德格爾選集》，海德格爾著，孫周興譯，生活・讀書・新知上海三聯書店，1996年12月版，第471頁。

[3]　《日常生活的詩意表達——關於〈烏爾禾〉的對話》，《小說界》，2008年第4期。

「抒寫人性的目的是探索人性的頂點即神性，沒有人性內在的光芒，地球就是一堆垃圾。」[4]

　　紅柯的小說不以情節見長，在本質上是散文化的。散文化的方式，具有很強的抒情性。他的小說裡的人物，並不是精明強悍、工於心計的，大多是質樸、笨拙的，但無疑是活在詩意的現實裡。儘管現實是無奈的，淒涼的，甚至是殘酷的，人的內心也傷痕累累，但是理想人性的光芒依然在閃爍。因此，我們不難理解，同樣寫底層民眾的生活，為什麼紅柯沒有表現時下流行的底層文學所渲染的苦難、困頓甚至控訴，而是著重展示未被世俗生活磨滅的人性的光輝。在紅柯這裡，顯然題材本身是不重要的。從紅柯的小說中，我們可以看到他對一種理想的人生圖景的呼喚。這有些像沈從文。沈從文在作品中建立了一個人性和諧的湘西世界，豐富、蕪雜、自然。紅柯也在試圖在邊疆建立一種理想的人性世界，只是他有時不如沈從文淡定和自然，他的陰柔、豐沛的想像力，以及熾烈的訴說慾望，以及邊疆旁觀者的視角，使他的小說有時會顯得生硬，不如沈從文的小說那樣自然和圓熟。

　　正是採用了這種「神性」的歌詠化呈現方式，在這個物慾橫流，簡直主宰淹沒了人性的本源的時代，紅柯的小說才顯出獨立特行的美，才會讓我們感受到生存的詩意，尤其是日常生活中所蘊含的詩意。這詩意是大自然賜予的，人子在萬物中生存，從自然中汲取生存的理由和根基。如前所述，人與萬物是一種交融關係。人在大地上勞作、生存、繁衍，世世代代，是大地上湧流出的花朵和果實。明乎此，我們就不難理解，為什麼紅柯總是以

---

[4]　《最美麗的樹（創作手記）》，見《生命樹》，北京十月文藝出版社，2010年12月版，第378頁。

一種浪漫化的視角書寫普通人的生存。他的小說，人物的個性是第二位的，人物甚至是符號化的，著重揭示人生存背後的精神內涵，其目的是直指我們心靈的深處，意欲和我們的內心構成繁複的對話。在這種視角下，農民的勞作具有了一種神聖化的儀式因素。馬燕紅一家種洋芋、賣洋芋，過程是艱辛的，在紅柯的筆下卻有了神聖的意義。在《烏爾禾》中，燕子對大白羊的癡愛，代表了對至善的追求。單純的女教師王藍藍對老於世故的警惕與拒絕，對單純質樸的嚮往，使他毅然離開了老謀深算的丈夫──情場老手化學老師陳輝。

從終極的意義上說，紅柯這種對人性的呈現，不可避免地走向了拯救的征途。海德格爾說：「終有一死者棲居著，認為他們拯救大地──拯救一詞在此取萊辛還識得的那種古老意義。拯救不僅是使某物擺脫危險；拯救的真正意思是把某物釋放到他的本己的本質中。拯救大地遠非利用大地，甚或耗盡大地。對大地的拯救並不控制大地，並不征服大地。」[5]拯救是一種交流與對話，是「把某物釋放到他的本己的本質中」。人子在大地中詩意地棲居，大地濾盡了人子內心的創傷……

神話傳說在現實中延續

為了這種喚醒人身上的神性和詩意，紅柯將神話、傳說與現實生活交融在一起，用神話與現實並置的方式來推進情節，呈現人物。

---

[5] 《築‧居‧思》，《海德格爾選集》，海德格爾著，孫周興譯，生活‧讀書‧新知上海三聯書店，1996年12月版，第1193頁。

《生命樹》是紅柯將神話傳說與現實結合得最緊密的一次。《烏爾禾》帶有童話色彩，蒙古獵人海力布的傳說只是一個背景，僅僅體現在漢人劉大壯身上。劉大壯通獸語，從鳥類口中得知大風暴來臨的資訊，為了救助牧場大群的牲畜獻出了生命，與傳說中的海力布的壯舉相似。而這，只是《烏爾禾》的一個側面。《生命樹》則正面濃墨重彩地糅合進神話、傳說，將神話時間、世俗時間並置，神話與現實交織、重疊，難分彼此。紅柯將厄魯特蒙古人的大公牛傳說、哈薩克人的生命樹傳說糅合在一起，寫進了小說裡，而這些傳說都是關於宇宙起源的解釋和闡發，和人類的命運息息相關。在這些有關本源的傳說中，人，在具有圖騰色彩的事物的光輝中確證自身。「在那些草原民族神話傳說與英雄史詩裡，樹總是與女人與生育連在一起。」紅柯說，自聽到生命樹的傳說「那一刻起，大地上的樹就在我的世界裡不存在了」。[6]

　　在神話傳說中，女天神具有無限的生殖力，她創造了地球，命令大公牛用角頂住地球，不讓它下沉。又命令大烏龜馱著大公牛，一同穩固地球。在《生命樹》裡，為了拯救傾斜的地球和貪婪的人類，也為了幫助無助的人類，公牛和烏龜來到了人間。力大無比，忍辱負重的大公牛，在現實生活中變成了馬燕紅家拉車的凡牛。這頭牛能懂人語，通人性，能和人對話。牛吃了靈芝以後懷了珍貴的大牛黃死去。馱著大公牛的烏龜，在戈壁灘上下卵，恰巧將卵產在馬來新家的洋芋窩裡，長出了具有無限神力的大洋芋。馬燕紅將一車洋芋和神牛的屍體倒在大坑裡埋掉，從上面長出了一棵巨大的生命樹。從這個角度來看，這是一個現

---

[6] 《最美麗的樹（創作手記）》，見《生命樹》，北京十月文藝出版社，2010年12月版，第382頁。

代神話，而神話在現實生活中延續著。人類，就是在這種神話中
生存、繁衍，人的靈魂，也是生命樹上的一片葉子。人的神性，
有了更合理的闡釋。

　　神話，在現實中延續，人就沐浴了神性的光輝，靈魂也就高
貴起來，紅柯這樣寫道：

　　　　在中亞各民族的史詩裡那些江格爾瑪納斯、烏古斯
　　汗們都是幾天長成人，幾個月有神力。公牛有這個神
　　力。公牛就告訴馬燕紅：「我不會死，我會變成一棵大
　　樹，從我身上長出的樹，就叫生命樹，就長在地心裡，
　　樹上的每片葉子都有靈魂，那些靈魂會出現在大地上成
　　為有靈魂的生命。」

　　　　生命樹從地平線上出現的那一瞬間，王星火手裡的
　　大洋芋跟燈一樣亮了。烏古斯汗就是在祈禱上天的時
　　候，天上降下一道藍光，這光比太陽還光燦，比月亮還
　　明亮，藍光裡就有一位美麗的少女。王星火就看到了這
　　樣的少女。王星火很快到生命樹底下，祈禱說：「女天神
　　啊！我給你送大洋芋來了，我每個禮拜都給你送大洋芋，
　　直到你吃飽，直到你長高，直到你的枝葉覆蓋地球。」

　　　　……王星火上到初中二年級，生命樹已經跟他的身
　　體一樣粗了，在樹開杈的地方長出一個窟隆，大洋芋的
　　藍光就從裡邊射出來，就能看見樹窟隆裡端坐的藍色的
　　美麗少女，吃了許多大洋芋，已經長成姑娘了。

　　　　汲取了烏龜神力長成的大洋芋，在大公牛身上長出
　　的生命樹，生命樹上藍光裡的少女——女天神的化身，
　　在世俗的生活裡閃耀，平凡的生活被照亮了。

少女成大成人的那一天，生命樹將高入雲天，枝杈遮蓋整個大地，長滿靈魂的葉子跟星星一樣吸引人類，樹窟窿有房子那麼大，美麗女子從房子裡走出來，那一天，她就不再吃大洋芋了，生命樹也不吃了，荒漠變成花園了。

生命樹覆蓋住地球，荒漠變花園，這是紅柯的理想，也是一個寫作者對於世界的期許。喚醒人身上的神性和詩意，在這裡就有了神聖的意味。

對於人身上的神性和詩意，紅柯在這裡表達的是喚醒、守護，而非刻意地追逐。他認為人性是存在一個清潔的源頭的，但現代文明卻將它污染了。我們要做的是守護人性的自然狀態。這正如海德格爾所言：

「終有一死者棲居著，因為他們接受天空之為天空。他們一任日月運行，一任四季的幸與不幸；他們並不使黑夜變成白晝，使白晝變成慌亂的不安。」[7]

人，需要這樣自信地生活著，一代又一代，一任世事榮枯，朝代更迭。

2011年9月於北京富國里

---

[7] 《築‧居‧思》，《海德格爾選集》，海德格爾著，孫周興譯，生活‧讀書‧新知上海三聯書店，1996年12月版，第1193頁。

身體、政治意識形態與精神高地的構建
——以寧肯的《天·藏》為中心

　　我甚至認為，寧肯的《天·藏》的出現，是十分奇特的現象：因為，作為先鋒寫作，作為精神性的探索，早在80年代末期已經基本終結了。我們所面臨的是一個散文化的時代：平庸、複製的物質主義大行其道的時代。許多具有先鋒意識的作家，早已改弦易張，轉而向這個時代的流行文化熱烈地擁抱。促使寧肯這樣寫的衝動到底來自哪里？我不知道閱讀給寧肯到底帶來了什麼，我所瞭解的是，當寧肯讀完了《喬伊絲傳》、《尤利西斯》之後，他找到了進入這部小說的通道。在那之前，寧肯是十分苦悶的。西藏題材，除非找到一個適合言說的形式，是不肯輕易碰它的，儘管它在寧肯的心裡已經發酵了許多年。顯然，寧肯找到了這個適合言說的形式。在《天·藏》中，他將現實主義、現代主義、後現代主義成功地融合在一起，並創造性地用注釋的方式寫作，為我們提供了一部內涵十分複雜的文本，這在新世紀的文學創作中幾乎就是特例。這不是一部炫技的寫作，也不是有關西藏的魔幻式寫作，它更是一部複雜的精神之書——關乎我們的時代、我們個人的心靈的精神之書。

　　面對這麼一部複雜的精神文本，有許多進入的方式，比如，從先鋒寫作的角度，從文本實驗的角度，從西藏題材寫作的

角度，等等。可是，我想找到一種如同解剖刀一樣鋒利的角度進入文本。我認為，在這部強調精神訴求、知識份子情懷的小說中，從身體敘事的角度進行解讀，也許是切入文本的一個較為恰當的視角。

身體敘事在這部小說中佔據了重要位置，構成了小說的軀幹。本文就以《天‧藏》為中心，結合80年代以來的先鋒小說創作以及寧肯的創作，分析身體、政治意識形態與精神空間的拓展與提升之間的內在關聯。

身體與政治意識形態關係的簡單回顧

身體與政治意識形態的關係，是一個老話題，可以說是中國當代文學的基本母體之一。身體積澱著濃厚的政治意識形態，很顯然，意識形態對人的控制、規訓、懲罰，都是通過身體來進行的。一部中國當代文學史，也可以說是身體敘事的歷史。福柯曾經說過：「肉體也直接捲入某種政治領域；權力關係直接控制它，干預它，給它打上標記，訓練它，折磨它，強迫它完成某些任務、表現某些儀式和發出某些信號。」[1]小說對身體的具體描寫，隱含著濃厚的政治意識形態。譬如在《紅岩》中，對於被囚禁的革命者來說，受到敵方的身體折磨程度，是和革命意志緊緊聯繫在一起的。身體與意識形態是同構的，對身體的描寫，就是對革命意志是否堅貞的強調。對於反面人物來說，更是如此。是否對濃妝豔抹的女性身體感興趣，往往可以檢驗一個男性革命者的真偽。

---

[1] 《規訓與懲罰》，蜜雪兒‧福柯著，劉北成、楊遠嬰譯，第27頁，生活讀書新知三聯書店出版社，2003年1月版。

可以說，「十七年」文學乃至「文革」文學中，身體與意識形態存在著直接而簡單的對應關係，這是一種共名或無名的身體和單一的意識形態的對應，或者說稱為肉體和政治符號的對應更為恰切，它取消了個性、主體、內心世界等身體所本來具有的複雜內涵，稱為「肉體」可能更為恰當。

新時期身體的覺醒是隨著文學的自覺時代的到來而來臨的。傷痕文學、反思文學不就是從身體的角度對「文革」進行反思嗎？被戕害的肉體和靈魂，借助一個個人物形象，發出了自己壓抑已久的聲音。清理身體所受到的傷痕，是「文革」後直至80年代文學的一個重要任務。在這裡，身體和政治意識形態依然是緊密聯繫在一起的。這種聯繫方式，到了80年代中後期發生了很大變化，一改直接的對應，變為隱喻的方式。譬如張賢亮的《男人的一半是女人》則深入到無意識領域，將身體和意識形態的關係集中在性和政治的關聯上，小說以右派分子章永璘性功能的喪失，來比喻「文革」中整個思想界都被閹割掉、喪失了生機這個殘酷的現實。在這裡，性與政治呈現出共生關係。性的無能和政治的陽痿是同構的，是一個問題的兩個方面。當「文革」接近尾聲，男主人公性功能失而復得，預示著國家政治將重病痊癒，恢復生機和活力。身體——時代存在著簡單的對應關係，這種對應其實和「十七年」文學並沒有本質的區別。

值得注意的是，到了尋根、先鋒小說那裡，身體與意識形態的關聯更多地呈現出複雜的隱喻關係，和「十七年」文學有了質的不同。韓少功的《爸爸爸》塑造了永遠長不大的丙崽這個癡呆的侏儒形象，在身體、意識上高度扭曲、變形，具有濃郁的現代主義荒誕色彩，有很強的文化隱喻功能。在這裡，身體和歷史、文化是同構的。但是作者顯然忙於批判傳統，缺少了對時代、對

個體心靈的省察，在意蘊豐富的同時也變得單薄了。在余華的小說中，譬如《現實一種》、《一九八六》等，在冷漠的目光裡展示日常生活針對個體身體的暴力、死亡、血腥，身體和政治意識形態表面上看似沒有關聯，但是文本中透露出的血腥、冷漠、非理性，還是隱約可以看出來那是對「文革」等中國歷史上非正常年代的深層隱喻。

這種身體敘事與意識形態的隱喻式深度關聯，具有高度的象徵色彩，也使文本具有了多重索解的可能性。先鋒寫作的致命的缺陷在於，小說裡的身體，基本上都是歷史的身體、象徵的身體、沒有主體和靈魂的身體，超時空的沒有時代感的身體。這是貧血的身體，因為沒有時代、沒有主體性、沒有豐富的內心世界的注入，這些身體註定是蒼白的，沒有健康的肌膚的。先鋒不僅是西方現代小說技巧的操練，而更多的是一種精神指向，一種對於整個時代的精神性的展現，對於人類精神空間的擴展與提升，沒有精神空間作支撐的先鋒必然走向式微。

到了90年代以至新世紀，隨著先鋒寫作的轉向，身體與政治意識形態的關聯，只是更多地存在於一些具有主旋律色彩的小說中，而在大多數小說中，身體往往對應的只是個體慾望或者群體意識，並不一定應和主流意識形態。如果說，在十七年文學中的身體是一個政治身體的話，80年代先鋒小說中的身體則是一個象徵性的蒼白的過去時的身體，而90年代至今的文學中的身體則絕大多數是一個被個體慾望驅使的現在進行時的狂歡化身體。

以上是對身體敘事在當代文學史的一個簡單勾勒。我想說的是，寧肯的《天‧藏》是在這樣的一個背景下出現的。小說裡的身體敘事並不是以往的簡單重複。可以說，它十分靠近80年代中後期以來的先鋒小說，運用了許多西方現代小說的技巧，抽象、

晦澀、多解、隱喻味十足，但是又截然區別於先鋒小說。《天‧藏》的獨特性在於，它所描述的身體是帶有主體性的，整個小說具有一個由敘述者的心靈建構起來的廣闊的精神屋宇。正如前所述，無論是「十七年」文學的政治身體，先鋒小說裡的象徵性的身體，還是90年代以來的感官狂歡化的身體，大都是符碼化的，取消了身體的主體性和個體精神世界的探尋。2006年問世的莫言的長篇小說《生死疲勞》可能是個例外，《生死疲勞》裡的身體敘事顯得特立獨行，小說主人公、西門屯地主西門鬧被槍斃後，轉生為驢、牛、豬、狗、猴、大頭嬰兒藍千歲。這是一個魔幻化的身體變異的精彩故事，借助身體敘事，表現了建國後豐富複雜的鄉村場景與激烈的話語衝突，表現了時代對個體的碾壓，身體的變異與意識形態是合一的，是高度民間化的身體敘事的典範。而《天‧藏》的特色在於，它具有形而上的精神氣質，更多地是從知識份子的視角，從哲學的角度俯視身體，將哲思冥想在身體上鋪開。與《生死疲勞》相比，在這個由知識份子主宰的時代，我更看重由《天‧藏》這一知識者的視角。在整合了歷史與現實、本土與西方、宗教與世俗的基礎上，在強調主體性、心靈世界，在對歷史、現實的反思，乃至對於宗教、中西方文化的思考方面，這部作品顯然有著更為複雜、博大、深邃的精神空間。

政治意識形態與虐戀的身體

　　《天‧藏》的主人公王摩詰，在歷史的進程中是主動的。他是一個生活在北京的知識份子，經歷過許多政治的風浪，90年代初主動來到西藏支教，教書、讀書、思考成為他生活中的主要任務。他以知識份子特有的一種清醒，始終思考的是一種帶有終極

性的宏大命題。譬如，主人公念念不忘的是暴力在歷史進程中的思考。王摩詰精心打理的菜園被無情地踐踏，一片狼藉，小說反覆描寫被毀壞的菜園，為它罩上了隱喻的色彩。面對突如其來的大破壞，王摩詰在菜園的廢墟前聯想到了歷史的暴力：

> 甘地如此之偉大，正在於它超越了恐懼與仇恨。不過，話說回來，王摩詰不得不痛苦地想：這可能也分時間、地點、文化背景，比如在面對納粹，面對奧斯維辛，面對隆隆而來的城市大道上的坦克，恐怕就是汲取太陽能量的甘地也一籌莫展。是的，一籌莫展，許多年了，一直都一籌莫展。
>
> 那就只有靜坐。枯坐。無聲。是的，暴力發生的核心之處，語言總是失去它應有的聲音。阿農・阿佩菲爾德在1945年1月已被解放了的無限寂靜的奧斯維辛寫道：僅存的活著的少數人把死亡描述為寂靜，那些解放了的人依然在森林和修道院隱匿起來，甚至將解放同樣描述為冷漠無聲的狀態。沒有人是快樂的，倖存者驚異地佇立柵欄邊，人類的語言連同他所有細微的差異處，全都變成了沉默的休止符。[2]

歷史的暴力在主人公王摩詰這裡成了一個死結。或者說構成了他持久的夢魘，甚至可以說部分摧毀了他內心最珍貴的東西，成為烙在他身體裡的一個致命的傷痕。這進一步印證了福柯所說的規訓「對肉體的政治干預」的巨大力量。王摩詰高深莫測，滿

---

[2]　《天・藏》，寧肯著，第40頁，北京十月文藝出版社，2010年6月版。

腹經綸，學貫中西，溫文爾雅，恃才傲物，可謂飽學之士，但是
他來拉薩教書之前即具有強烈的虐戀傾向：

> 他給妻子脫大頭鞋，給妻子洗腳，吻妻子的腳，吻
> 妻子的鞋；他不是用手而是用嘴把妻子的大頭鞋脫掉，
> 聞鞋裡的氣味，就像吸毒一樣，然後用舌尖輕輕地舔馬
> 蹄狀的鞋跟，舔鞋尖，讓他的妻子用他舔過的鞋跟或鞋
> 尖踩在他的胸、嘴、乳尖，然後是他的腹部、小腹、濃
> 密的陰毛，乃至陽具……
>
> 她踢它，撥弄它，踩躪它，用五四式手槍瞄準它，
> 然後是他的腦袋，然後給他戴上手銬、腳鐐——這便是
> 他的另類婚姻。……妻子把他綁在木地板上，五花大
> 綁。……妻子拿著皮帶，一下一下抽他的背、他的肩、
> 他的屁股，皮帶啪啪作響，異常清脆，他匍匐在地，整
> 個夜晚忍受著捆綁、鞭打、踩踏，直到最後那種感覺徹
> 骨了，完全釋放了，他才將妻子拉到自己身上……[3]

　　可以說，他沒有健全的人格，這個貌似具有強大的主體性
的男人內心中存在著一個巨大的無底黑洞，他的主體性是不徹底
的。這一切的發生肇始於80年代末那場政治風波。儘管他是個模
範丈夫，可是妻子實在忍受不了他的虐戀，和他離了婚。時間並
沒有治癒他的創傷，反而深深地嵌入他的皮肉之中，深入他的意
識深處，掌控了他。在拉薩他結識了穿制服的援藏法官于右燕，
和她也玩起了這種虐戀的遊戲。他對於制服具有特別的親近感，

---

[3]　《天‧藏》，寧肯著，第90頁，北京十月文藝出版社，2010年6月版。

渴望女人穿著象徵著國家機器的制服來踐踏他，摧毀他，從精神到肉體，他在遭受鞭打、捆綁、羞辱、學狗叫的過程中感受到徹骨的快感，痛苦但是快樂著。

政治意識形態在這裡以一種悖論的方式呈現出來。在雨點般的皮帶抽打下，王摩詰在思索：

> 不過他要的不就是這種真實的屈辱與疼痛嗎？什麼是屈辱？什麼是暴力下的屈辱？人可以低到什麼程度？曾怎樣低過？怎樣舔食內在的屈辱？他需要它們釋放出來。[4]

歷史深處的暴力在這裡轉換成了強烈的欲罷不能的自虐。自虐的同時也是一種深度的釋放。吊詭的是，王摩詰所渴望的碾碎自己身體的暴力，恰恰是歷史強加給他的，實際是歷史暴力的隱喻式表達。對暴力的反思、拒絕與身體對暴力的極度渴望，竟然如此奇特地扭結在了一起。王摩詰雖然沒有被摧毀，但是他顯然已經被部分地異化了。在某一個時刻，暴力回到了他的身體之上。政治、意識形態對人的規訓，在這裡顯出了它巨大而猙獰的力量。

當施虐的于右燕掐住了他的脖子，王摩詰在失去意識的一剎那突然看到了如下的景象：

> 他看到了近在咫尺因而無限大的大殼帽，無限大的帽子上的國徽，就好像又置身在廣場，又在傾斜中看到了人民大會堂和歷史博物館的火炬與國徽。他看到她（于右

4　《天·藏》，寧肯著，第202頁，北京十月文藝出版社，2010年6月版。

燕）在張大嘴喊他，但他聽到的卻是眾多的廣場上的喊聲。她的帽子放大了他的視野和當年的恐懼。他們在死亡的喧囂中撤出廣場，死，屈辱，如同地獄之旅，還不如死。[5]

這是小說的一個核心的提示：正是由於過去的經歷，才造成了今天變態的受虐狂形象。它們互為鏡像，再一次通過回憶，將看似不相干的二者成功地縫合在了一起。原來，過去並沒有隨著時間的消失而消失，早已橫澱在他的血液裡，借助身體，頑強地復活下來！

如果說，女性在困境中往往扮演了一個拯救的角色，張賢亮的《男人的一半是女人》裡的失去性功能的主人公，在女人的幫助下恢復了自身，而在王摩詰這裡，卻失效了，愛情也不能拯救王摩詰。小說的另一個主人公維格，迷戀王摩詰的學識，愛上了他。他們同居在一起，同居而不做愛，維格力圖想以愛情的魅力拯救扭曲的王摩詰，她很自信，她相信自己身體的魅力，但是在關鍵時刻，王摩詰破碎的撕心裂肺的呼喊：「強暴我吧——」讓維格覺得他已經無藥可救，這個創傷是個巨大的黑洞，連愛情的火焰也無法照亮它⋯⋯

同樣是以性功能隱喻意識形態的暴力，《天・藏》比《男人的一半是女人》要豐富和複雜得多。因為，不僅是性本身隱含著政治符號的意味，潛意識、顯意識、本我、自我的矛盾和撕裂，由此帶來的肉體和靈魂的掙扎，過去和現在的糾結，永難驅除的

---

[5]　《天・藏》，寧肯著，第207頁，北京十月文藝出版社，2010年6月版。

夢魘和自信的現實之間的衝突，乃至對強大然而脆弱的主體的吞噬，這使這部小說具有了來自靈魂的一種震撼人心的強大力量。

面對王摩詰這具從歷史深處走來的身體，我們看到作者的處理是很有意味的。1968年，王摩詰三歲時，他的「右派」父親被一群學生帶走，從此失蹤了。這給王摩詰造成的傷害是終生的。但是「文革」傷痕並不是這部作品表現的重心，小說著力表現的是另一種「傷痕」，是當代許多作家沒有認真提及的80年代留下的心靈創傷，某種意義上可以說是當代知識份子內心深處的創痛。王摩詰從80年代走來，卻沒有消沉，依舊不停地學習和思索，拷問過去，思索現在和未來。他學貫中西，對中國哲學、佛學、西方現代哲學都有著精當的理解，具有知識者的優越和自信。最後他留學法國，畢業後在法國某大學任教，並兼任西藏大學的教職。而這個貌似具有強大的主體性的知識份子，又是極其脆弱的。在他的內心深處，存在著被扭曲的一面。譬如他反思暴力，卻又渴望暴力的蹂躪；他推崇人格、尊嚴、啟蒙等，有知識份子的傲骨，卻又卑下地讓女性折磨自己，哪怕是受鞭笞、學狗叫、狗爬、穿繩衣；他具有強大的形而上的思辨力，形而下的慾求卻又那麼下作。他在正常與變態之間搖擺，在矛盾中前行。

如果聯繫寧肯以前的小說創作，則可以看到，他對這種來自歷史深處的暴力有著極為深刻的思考。在《沉默之門》中，他認為「沉默」並非消沉，沉默是有力量的，它是一種無聲的抗議。寧肯對規訓的呈現可謂驚心動魄。在《沉默之門》中，他更多地呈現了身體所受到的正在進行時的懲罰。主人公李慢因受到政治事件的超強刺激被送進了精神病院，接受治療。高牆深院、鐵絲網，精神病院酷似監獄，對病人的治療本身也是一種嚴格的規

訓，它「是一種徹底的規訓機構」，「它最大限度地強化了在其他規訓機制中也能看到的各種做法」[6]：

> 李慢已不知道自己是誰，他要幹什麼，鼓動什麼。幸好集體電療開始了，一切都像現在的電腦沒有存檔一樣變得乾乾淨淨，否則真不知要發生什麼事。[7]

李慢的精神失常發生在1989年那個炎熱的夏天，一場異乎尋常的性愛之後。在精神病院，治療是這麼難以置信地艱難。在漂亮的精神醫生杜眉的治療下，李慢在不斷的夢魘式回憶中重新回歸了正常狀態。巧合的是，在杜眉醫生對李慢進行啟發式回憶療法時，湧入李慢意識之中的，依然是王摩詰式的景象，那是確定不移的內心恐懼的來源，雖然李慢稱之為幻象：

> 我覺得，好像是一場葬禮——
> 葬禮?!什麼葬禮？
> 看到許多東西，亂七八糟的。
> 出現了許多幻象？
> 是是，許多，還有聲音。
> 你能描述嗎？
> 各種叫聲，床，老鼠，窗戶，馬，衝鋒號……
> 還有衝鋒號？

---

[6] 《規訓與懲罰》，蜜雪兒‧福柯著，劉北成、楊遠嬰譯，第264頁，生活讀書新知三聯書店出版社，2003年1月版。
[7] 《沉默之門》，寧肯著，第156頁，北京十月文藝出版社，2004年8月版。

還有樂隊指揮，可是一會兒像樂隊指揮，一會兒又像指揮官，好像電影《打擊侵略者》，公路上有許多部隊，使勁吹哨，亂成一團，坦克，汽車，鳥叫，還有笛子……[8]

在以上李慢和杜眉的對話中，政治意識形態在李慢身上又呈現了它超強的威力。在巨大的政治事件的碾壓之下，個體是那麼微小、無助。

身體和意識形態的密切關聯，可以說是現代社會的一個基本特徵。作為一個社會的人，是無可逃脫的。福柯說：「我們的社會不是一個公開場面的社會，而是一個監視社會。在表面意象的背後，人們深入地干預著肉體。在極抽象的交換背後，繼續進行著對各種有用力量的細緻而具體的訓練。……個人被按照一種完整的關於力量與肉體的技術而小心地編制在社會秩序中。我們還不是我們自認為的那種希臘人。我們不是置身於圓形競技場中，也不是在舞臺上，而是處於全景敞視機器中，受到其權力效應的干預。」[9]聯繫到《沉默之門》、《天·藏》，我們可以更深刻地感受到這種無所不在的權力的眼睛，它從我們習焉不察的各個層面，一直抵達到我們的靈魂深處。

身體與政治意識形態就這樣在寧肯的作品中成為一種核心的存在。身體往往是政治意識形態的鏡像，透過身體，我們看到了時代的靈魂部分：齷齪的和純淨的部分，腐朽的和天真的部分，而這一切均建立在規訓的基礎上。在新世紀的小說中，還沒有一

8　《沉默之門》，寧肯著，第180頁，北京十月文藝出版社，2004年8月版。
9　《規訓與懲罰》，蜜雪兒·福柯著，劉北成、楊遠嬰譯，第243頁，生活讀書新知三聯書店出版社，2003年1月版。

個作家，清醒地避開時代的喧囂，擯棄對於慾望、瑣屑、小團圓、小悲歡的描述，從身體的關聯處、從精神的高度由現在向過去眺望。我覺得，這是一個情結。對於一個在北京長大的作家來說，關注當代人的心靈，尤其是關注真正有良知的現代知識份子的心靈，從而在精神的高度，深刻地俯視這個時代及其歷史，這是非常難能可貴的。從這個意義上說，李慢、王摩詰都擁有自己共同的家族血緣，那就是，一個浮躁、物慾橫流、道德失衡的時代的冷靜的沉思者，一個用自己的身體講述宏大的精神敘事的承擔者！

宗教、族裔與身分覺醒

對於身體來說，常規訓不再以極端的方式進行的時候，覺醒的不僅是肉體、精神，同時還有自己所代表的文化身分。維格作為本書的主人公之一，她的重要性絲毫不亞於王摩詰，撐起了這部小說的另外一部分精神空間。與王摩詰一樣，作者也是從身體的角度敘述她的，從而揭示「維格現象」的精神內涵。王摩詰和維格，他們是一對「戀人」，共同組成了精神的屋宇。宗教、族裔、文化身分，以及中西方文化的碰撞與交鋒，也是這部小說的另一個精神指向。

維格是一個現代女性，在北京和巴黎受過良好的高等教育。她的父親是漢族，母親是藏族，兩人在北京上大學時認識並相愛。維格的母親是西藏著名的蘇窮家族的後代。蘇窮家族不僅僅是權貴人物，而且還是西藏近代民主改革派的代表。蘇窮‧江村晉美曾經偕同維格的外婆長住英倫，回西藏後在十三世達賴喇嘛的支持下推行新政，掀起了「蘇窮運動」，觸怒了既得利益

者，被保守派剜去雙目，投進牢獄。她的外婆在「文革」中離家出走，不知所終。西藏和平解放了，維格的母親去北京讀書，畢業後留在學校圖書館工作。她把自己的內心藏起，因為那是一個趨同的年代，在趨同的時代，保持差異是要付出代價的。但是，維格的母親還是保存了一尊佛像，「神祕的佛像鎖在立櫃門裡的一個小櫃門裡。小櫃門有一把專用鑰匙，鑰匙什麼時候都放在母親貼身的地方，就連晚上睡覺她也不摘下來。」維格的母親為自己的心靈保留了一方淨土：每逢藏曆傳統節日，她在家人熟睡之後，偷偷禮佛，重返那個維繫自己靈魂的世界。改革開放以後，維格的母親退休後回到了西藏，再也沒有回北京。在拉薩她身穿藏裝，平日主要就是念經禮佛，重新回到了過去，像是要把幾十年該念的經補回來。

維格到了法國之後強烈地意識到自己身上的西藏血液，當她學成回國，返回拉薩定居，她回到了自己精神的故鄉：

> 她看到了……自己在這裡的獨特的根系。這根系使她同過去的自己以及別人區別開來，一切都讓她激動，她的一直沉睡的那部分血液湧遍周身以至沸騰。但同時這部分血液又讓她陌生，甚至也讓別人陌生。某種意義，她不是任何一個地方的人，不屬於內地，不屬於法國，不屬於西藏──她是被三者都排除在外的人，又是三者的混合……
>
> 過去的很多年裡，她的另一半西藏的血液沒人知道，包括最好的朋友也不知道。從小到大，她所填的各種表格都是漢族，所有的證件，學生證、身分證、護照都是漢族。很長時間以來她認為這是自然而然的事，但

實際上她知道——她很小就知道——自己身上有一種和別人不同的東西。她雖叫沈佳嬡又「祕密」地叫維格拉姆，小學、中學，甚至直到大學，她沒向任何人說過自己還有另外一個神祕的名字……小時候她不說自己的另一個名字是因為她總是害怕和別人有什麼不一樣，她一直小心地隱藏著自己的另一半血液的祕密。但是後來，慢慢的，記不清從什麼時候起，那些源自自己祕密名字的自卑、恐懼、不安慢慢地消失了，不僅如此，她祕密的名字反而一下變成了她內心驕傲，甚至是她最大的最隱秘的驕傲。但她還是不說。許多年了她已習慣了不說，她不願輕易把自己最驕傲的祕密告訴人。[10]

　　維格身體裡的藏族血液的甦醒也是民族身分的覺醒。也就是說，找回屬於自己的那個人。她和母親的尋根，就是尋找自己的民族記憶，民族身分，並對趨同保持著足夠的警覺。在這個全球化的時代，趨同、複製是時代的潮流，如何維護自己的民族文化身分，進而保護自己的心靈，對於一個民族來說，這是一個重大的問題。對於維格及其家族來說，始終貫穿著一個尋找的主題。「尋找是一種信念，一種類似可能而又虛無的懸念，就是要找沒有而又可能的東西，她內心的一切都有類似的傾向。」[11]維格尋找自我，尋找自己的身分定位，尋找宗教的支撐。而尋找「文革」失蹤的外婆，更是一直縈繞在維格的心頭，成為她揮之不去的內心情結，為此她曾四處奔走，卻難以有所斬獲。尋找外婆就是對於自己精神家族的追尋與認可。維格的尋找，不僅是對自己

<hr>

[10] 《天・藏》，寧肯著，第113-114頁，北京十月文藝出版社，2010年6月版。
[11] 《天・藏》，寧肯著，第195頁，北京十月文藝出版社，2010年6月版。

血液的尋找，對自己精神家族的尋找，更是對藏民族精神、民族記憶、民族身分的尋找。

王摩詰作為主流文化的代表，擁有知識，當然也就擁有了權力，這促使維格迷戀王摩詰，愛上王摩詰。維格對王摩詰的愛，不僅是傳統意義上的，更具有文化意味，可以說是對於漢民族文化的推崇與敬仰。一開始她發現了王摩詰內心的黑洞，但是並不太介意，她想用自己強大的愛情治癒王摩詰的自虐疾患。但是，最終，她親眼目睹了那個黑洞的巨大和無邊，連愛情的光線都不能將它照亮。那是一具殘留著政治意識形態的身體，經歷過扭曲的身體，她註定是無能為力的。後來，維格進了博物館，做了一名講解員。博物館是一個隱喻，她終於找到了自己的歸宿。她向中外遊客講解自己民族的文化，相對於以前的困惑而言，包括她對自己身分的疑惑，現在都不見了，她在講解中找回了自己，找到了文化自信。她可以自信地面對王摩詰了，終於可以平靜地面對這個在文化上曾經很強大、引領自己的哲學教師了。

維格尋找自己身分的過程，借助的是宗教的形式。維格通過回歸傳統，主要是回歸佛教儀式，重建自己的信仰，從而找回了失落的自己。

因此，我們看到，身體不僅僅具有政治意識形態的功能，在西藏，它無可迴避、不容置疑地具有宗教的意味，它指向更遼闊、神祕的形而上的精神屋宇。顯而易見的是，在這部小說中，存在著一個無所不在的宗教的身體。這是藏傳佛教的身體：神祕、幽深、莊嚴、博大、深邃、虔誠、古老。小說裡寫到了一些修行的上師：馬丁格、卡諾仁波欽……法國人馬丁格純粹是宗教的身體。他超越了國家、種族乃至意識形態的界限，為了探究藏傳佛教的祕密，毅然放棄了自己已經做出了斐然成績的生物學研

究，來到拉薩潛心修行，並且和自己的父親——著名的懷疑論哲學家讓——法蘭西斯科・格維爾作了一場有關佛教與西方現代哲學的精彩對話。這是有關佛教和西方哲學的對話，也是中西方文化的碰撞與交流。這場對話貫穿了小說的始終。王摩詰、維格也是這場對話的參與者、協助者。對話展示了中國本土智慧的魅力，是對西方文化的世紀挑戰。維格尋找自己身分的努力，也是在這場成功的對話中完成的：她看到了東方的智慧的真正力量。

對於馬丁格來說，佛教是一場精神修行：

> 在馬丁格面前，誰都不能不承認藏傳佛教幾乎首先是一種身體藝術，然後才是一種哲學或一種意識形態，一種宗教。這方面沒有哪種宗教的身體能同佛教的身體相比。面對這樣的身體，你無需話語，只需默默的注視就會感到來自心靈深處的時間的流動——感到這個身體在向你注入流動的時間和空間，這時的時間就像泉水和黃昏巨大的光影一樣，無所不在。[12]

在上師馬丁格、高僧卡諾仁波欽面前，西藏是以精神的高度屹立在我們面前的。維格虔誠地拜馬丁格、卡諾仁波欽為師，她是通過向宗教的身體的接近而確立了自己身分的。維格第一次見到甯瑪派高僧卡諾仁波欽時的感受是這樣的：

> 她感到有什麼東西圍繞了她。不，不是有形的東西，是無形的東西，但是非常有力量。她感到了某種頃

---

[12] 《天・藏》，寧肯著，第103頁，北京十月文藝出版社，2010年6月版。

刻的照耀、提升、心裡好像升起一朵火焰。她分明聽到
他叫她的聲音，她終於勇敢地抬起頭！

　　至今她還記得，也就是在這一瞬，她內心的那朵火
焰變成一朵微笑、一朵的蓮花——卡諾仁波欽正微笑地
從上面看著她。是的，正是這罕有的微笑和目光圍繞了
她，像魔法一樣讓她低垂的頭禁不住抬起來，否則她怎
麼敢抬起頭來？

　　她沒想到他這麼年輕，簡直年輕得神奇，他的眼睛就
像高山的湖水，那樣純粹，那樣光彩，又那樣自在。[13]

　　相比之下，王摩詰的身體是一個世俗的身體，積澱著政治意識形
態、帶著傷痕的身體。而維格骨子裡嚮往的是一個打上宗教烙印
的身體，因此，她和王摩詰的分手似乎是一開始就註定的。

　　在王摩詰身上，存在著宗教的身體和世俗的意識形態身體的
交鋒。他對宗教具有超常的理解力，有一般人不具備的慧根，譬
如他和維格的母親之間默契而又神祕的心靈感應，他和馬丁格的
充滿哲思的對話，但是他對宗教始終是敬而遠之。他顯然還有一
種更高的追求，對西方現代哲學的解讀，顯示了他擁抱世界的學
術抱負。應馬丁格父親的邀請，他前去法國攻讀博士學位，並成
為一位著名的學者。這是一個中國本土的知識份子的選擇——立
足本土，擁抱世界，在知識份子王摩詰身上，我們看到了作者對
這個時代的隱喻。

　　維格通過回歸本民族的宗教傳統，通過對自己家族記憶的尋
找與追憶，她找到了自己一度失落的身分，從而尋找到了自己的

---

[13] 《天・藏》，寧肯著，第111頁，北京十月文藝出版社，2010年6月版。

精神家園,完成了對自己的心靈和本民族的歷史文化的守衛。由身體意識到族裔、身分的覺醒,這期間經歷了一個曲折的過程,而這一過程,只有在80年代以來的歷史文化語境中才可以得以更好地完成。值得注意的是,在這裡,宗教的身體和世俗的身體,儘管二者的精神指向不同,但同樣是從個體出發對形而上的精神訴求,都是對人類精神家園的終極性眺望。

結語:超越身體構築精神高地

福柯在《規訓與懲罰》一書的結尾處說:現代社會的各種規訓的手段,「所有的這一切都是為了製造出受規訓的個人。這種處於中心位置的並被統一起來的人性是複雜的權力關係的效果和工具,是受制於多種『監禁』機制的肉體和力量,是本身就包含著這種戰略的諸種因素的話語的對象。」[14]《天·藏》中的王摩詰、《沉默之門》中的李慢無法也註定逃離不了這種規訓,這是我們現代人的宿命,但是他們試圖重建自己的精神主體以擺脫這種規訓,或者說儘量弱化這種規訓,哪怕這種規訓在他們心靈上烙下巨大的傷口,但是他們拒絕同一,拒絕對心靈的規約和馴服。這是一種包含悲壯的努力:這正是他們的意義之所在。某種程度上說,寧肯塑造的是我們這個時代不合時宜的邊緣人,但是不可否認的是,這是精神富有、具有獨立判斷的現代人,他是在為這種現代人畫像,為具有良知的理想的人格畫像。從《沉默之門》到《天·藏》,作家都是循著這一精神軌跡走來的。甚至在他的成名作《蒙面之城》中,也是塑造了一個不合社會規範的叛

---

[14] 《規訓與懲罰》,蜜雪兒·福柯著,劉北成、楊遠嬰譯,第354頁,生活讀書新知三聯書店出版社,2003年1月版。

逆者形象馬格，儘管這一形象顯得青澀了一些。馬格精神強悍、青春勃發、思想銳利、獨立特行、拒絕顯示對自己的規約，流浪天涯卻對世事洞若觀火。寧肯是在寫我們普通人內心的一種夢想，一種壓抑已久的蓬勃的願望，那就是對理想的召喚，對自由的渴望。他借助一種強悍的青春、殘酷的青春的遊俠方式呈現出來。其實這是一場借助青春的身體進行的一次精神漫遊。主人公經歷了九死一生，他的身體經歷了巨大的考驗，而他的銳利，足於刺破最尖銳的世俗的鎧甲。他挑戰整個的世界，他是玩世不恭的，憤世嫉俗的，孤獨甚至有一點悲壯意味，但是他不是唐吉坷德，他具有挑戰世俗所具有的身體、精力、智慧和力量，孤獨但又是必然勝利的。誰也無法阻攔這具驟馬般強壯的巨大軀體，他遊走於西藏等地，將一種強大的呼嘯帶給了我們。

　　與《蒙面之城》激情四射的「青春記憶」相比，《沉默之門》、《天‧藏》則成熟、內斂、節制，更趨向於「中年心態」。當時代被物慾過分遮蔽，當精神被物質放逐，當心靈的優雅、高尚、節制逐步被粗鄙、猥瑣、放縱所取代，青春期應該徹底、殘酷地終結了，「中年寫作」來到了我們的面前。這意味著需要反省、思索、排斥、重建等一系列的理性行為來開拓精神空間，需要和我們這個瘋狂的呼嘯的畸形的資本時代拉開應有的距離。這樣一來，和流行的寫作自然就拉開了距離。流行的寫作如同時尚，如同網路灌水，是整個時代的流行性感冒，是以速度取勝的。相對於時代的加速，我們的寫作需要慢下來，「有許多快的理由，才華，金錢，生存。但如果一個人慢一點可以寫得好一點，為什麼要快呢？現代小說是慢的藝術……現代小說節制、低

調、多義、講究控制力和玩味，這一切不慢怎麼行？」[15]慢下來的寫作，卻是鋒利的寫作，是具有開闊的精神疆域的寫作。

　　從以上可以看出，寧肯的寫作，在當代作家中是卓爾不群的。他超越了身體敘事，專注於對個體靈魂、精神世界的探究，塑造的是具有主體性的個人，是為具有理想氣質的現代人的靈魂畫像。從個體的人身上，投射出對我們這個時代的精神取向的整體思考。它和我們的內心、和我們的時代、和整個人類的精神，構成了一種繁複的對話關係。由此，寧肯為新世紀的中國文學構築了我們荒疏已久的精神高地。

2010年8月10日於北京富國里

---

[15]　《關於沉默——後記》，見《沉默之門》，寧肯著，第327頁，北京十月文藝出版
　　　社，2004年8月版。

新世紀邊疆題材創作的幾種視角

　　進入新世紀以來，掀起了一股邊疆書寫熱。所謂邊疆書寫，指的是一些以邊疆為表現題材的作品，其中以西藏題材熱最為突出。這種邊疆書寫的衝動，是頗具震撼力的。當代文學史中，向來都是以表現漢民族生活的作品為主體，以邊疆為題材的作品只是點綴。譬如所謂的西部文學，是否真的具有統一的風格，並沒有得到文學研究界的共識。洪子誠在其廣受稱譽的《中國當代文學史》中，就沒有關於西部文學的探討。但是近年來這種現象發生了很大變化，過去鮮有亮點的邊疆題材小說以一種凌厲的姿態突起，令人不由得刮目相看。這種邊疆題材的寫作，不僅是對邊疆少數民族風情的描繪，更是對少數民族文化傳統、文化心理的深層透視，當然其中也不乏對龐大的圖書市場需求的一種功利性的迎合。

　　總的來說，邊疆書寫呈現以下幾種視角：其一是奇觀化視角。這是目前有關邊疆書寫最為流行的視角。這種視角，把邊疆置於一種被觀看的位置，通過編織具有濃郁的傳奇色彩的故事，藉以「消費」邊疆。可以說，這是一個在大眾消費文化氛圍中對邊疆題材的一次成功製造。如果說，旅遊熱使內地的普通民眾得到了廣泛接觸邊疆的機會，「邊疆書寫熱」則是以文字的方式想像邊疆，利用內地讀者獵奇的心理來「神祕化」邊疆。旅遊可以說是走馬觀花，邊疆書寫的這種奇觀化視角，不

客氣地說，也是一種走馬觀花，並沒有真正地抵達邊疆文化的腹地。

採用這種奇觀化視角的小說，可以舉出許多，其中多為近年來的暢銷書。前幾年楊志軍的《藏獒》系列小說出版後轟動一時。圍繞草原的歸屬展開的爭鬥情節，表現的是西北邊地帶有濃郁的宗教氣息的傳奇故事。楊志軍今年出版的小說《伏藏》，更是有意將懸疑的因素做到最大，在頗具宗教神祕感、撲朔迷離的氛圍裡，精心設計了一個帶有西方懸疑特色的傳奇故事。可以說，楊志軍成功地將奇觀、邊疆的神祕感結合在一起，利用讀者「獵奇」的天性，充分發掘出邊疆題材的潛能，成功填平了純文學、通俗文學之間的鴻溝，找到了二者之間的平衡。

范穩的「藏地三部曲」也是這樣的寫作路數。與楊志軍不同，范穩更強調西藏題材的豐富而博大的史詩性品格，他的《水乳大地》被有的評論者譽為中國的「百年孤獨」。《水乳大地》確實具有優秀小說所具備的那種博大與開闊感，具有沉實厚重的不凡質地，可是，明眼人即可看出，對西藏的描繪也有奇觀化、魔幻化之嫌，裡面飄浮著《百年孤獨》的影子，而在整體上卻缺少《百年孤獨》那種根植於整個民族文化縱深處的史詩性的觀照與審視。自從藏族作家扎西達娃對西藏作了準經典的中國式魔幻現實主義表述以後，其他作家對西藏的那種魔幻表達，總讓人覺得有硬性移植之嫌。何況，范穩的「藏地三部曲」是以帶有傳奇色彩的故事取勝，尤其是他近期出版的《大地雅歌》，大約是為了增加可讀性，加入了許多愛情描寫成分。雖然作家在恢弘的背景下著力描繪這片高原上發生的故事，但吊詭的是，作品中這些生活在高原上的人們似乎離藏地很遠。作為讀者，我們難以找

到一個進入作品中人物靈魂深處的獨特而隱秘的通道，最終只能無奈地作為一個旁觀者而止步。

西藏書寫中的這種「旁觀者」的形象，在上世紀80年代的先鋒小說中即已露出端倪。那個在西藏遊走編織敘述迷宮的漢人馬原，卻始終止於異鄉異聞層次。范穩的寫作抱負儘管很博大恢弘，也有開闊的歷史縱深和厚實的西藏大地作為依託，但擺脫不了一個旁觀者的視角，依然難以抵達藏民族文化的精神腹地。這人約是採用奇觀化視角寫作者所難以避免的。這種奇觀化視角，確實滿足了內地讀者對於陌生的藏區文化的好奇心理，迎合了外部世界的「觀看」的願望。然而，滿足之後是失落和惘然，而對於他們的寫作是否抵達了藏族文化的腹地，在有關西藏文學的研究中一直是存有爭議的。在此，我想追問的是，地道的藏民族生活，以及藏民族的歷史與現實、民族心理和宗教意識，在奇觀化書寫中又有多少得到了本質的呈現呢？為了迎合外界的「窺視慾」與「獵奇心理」，是否遮罩掉了許多豐富複雜的內涵？不可否認，採用奇觀化視角進行寫作是啟動邊疆題材小說的十分有效的話語方式。但是這種書寫在沒有遇到歷史、現實、文化的有力支撐之前，也存在著明顯的弊端。因此，反思這種寫作的有效性，是很有必要的。

相對來說，作家寧肯對西藏題材的處理也許是比較聰明的。在他近期出版的長篇小說《天藏》中，他把自己定位為一個介入者和思考者，一位來自北京的援藏的知識份子。在西藏，這位主人公始終作為一個具有高度主體性和獨立思考的知識份子而存在，他思考哲學問題、宗教問題、愛情問題、佛學和西方懷疑論哲學之間的問題，思考上世紀80年代以來知識份子的精神選擇，詳述知識份子靈魂深處的矛盾和掙扎，並懷著熱烈的救贖情

懷。他試圖以對話的方式，介入到西藏這個神奇的場域之中，將西藏作為一個討論形而上問題的場所。因此，他所描繪的，不只是生活層面的，也不止於歷史層面，更著力打造一座高遠遼闊的精神屋宇。西藏給了他沉思默想、施展自己精神觸角的空間。作家在對西藏的歷史和現實的呈現中，也完成了對自己精神歷程的重構。這種側重精神層面的對話和交流，對目前流行的對邊疆題材的奇觀化呈現是一個強有力的突破。這種呈現方式，可以稱之為知識份子視角。

知識份子視角的寫作，是一種帶有相當難度的寫作，這不僅對寫作者自身的知識儲備要求甚高，更重要的是還要有對整個時代精神的反思與批判能力，乃至對整個人類精神世界的把握，可以說需兼具批判眼光、先鋒意識、思辨能力、現代小說修辭學等等諸般操持能力。值得稱許的是，在我們這個物質主義大行其道、消費至上的時代，知識份子視角的寫作是彌足珍貴的，尤其是對於邊疆題材的寫作來說。

在對邊疆題材的書寫上，還有一種視角常常被我們忽略，那就是日常化視角。在這方面，紅柯是一個典型的例子。他的「天山系列」長篇小說，將廣袤的新疆大地作為承載寫作的支撐點。作為一個漢族作家，紅柯十分清楚自己的敘述邊界，他小心翼翼地推動敘述，儘量不越界，他的小說中的主人公都是漢族人，對於少數民族的生活，始終是作為一個富有童心和愛意的體驗者身分來進入的。面對神奇的西部大地，紅柯不做一個傳奇故事的講述者，也不做沉思者，而是通過認真的體驗，盡力做一個融入者。他懷著一顆對生命萬物的敬畏之心，體悟世間萬象，渾如赤子。他體驗大自然，體驗悠久燦爛深邃的少數民族文化，體驗日常生活，將神話、傳說、古老的歌謠與世俗的現實結合起來，在

邊疆挖掘出了被物慾所遮蔽的現代人身上的神性與人性。紅柯貼著西部大地來寫作，將自己置於西部神話和原始生命之中。《西去的騎手》寫英雄與馬，《大河》寫女人與熊，《烏爾禾》寫少年與放生羊，最近出版的《生命樹》寫到了樹，神性的生命樹，還寫到了少數民族神話傳說中的神牛。作者在邊疆遼闊的背景下，嫻熟地運用神話、傳說、歌謠，粗獷恢弘又細膩地描述生命的成長，在日常生活的場景中展開呈現著複雜的人性思考和天地萬物的神性氣象。這種重體驗的日常化視角，可以說是一個內地人對邊疆生命萬象的禮贊，由於紅柯將自己定位為一個對邊疆文化的融入者，而不是傳奇故事的講述者，所以他的小說和邊疆生活之間基本上沒有裂隙，沒有隔膜感。

不得不承認的是，相對於邊疆歷史和現實的豐盈自足來說，無論是奇觀化視角、知識份子的視角，還是日常化視角，都是一種外在的視角，而非內部人的視角。已故的西藏作家加央西熱寫過一篇《來自內部人的發言》的文章，大意是說，內部人的視角更能切入本民族文化的精粹部分，才真正稱得上是自己民族的代言人。加央西熱的紀實作品《西藏最後的馱隊》就為我們詳細展示了一個常態化、日常化的西藏生活圖景。他站在一個牧民的角度，如數家珍，深入淺出，在對牧民日常生活細緻入微的描繪中，觸及牧民的日常勞作方式、精神信仰、婚喪嫁娶、飲食起居等許多方面，給我們展示的是本色的真實的西藏。西藏不僅有藍天、白雲、雪山、喇嘛、寺廟、經幡，更為重要的是還有廣大的藏族普通民眾，揭示他們自然的生存狀態才是最有意義的。這種內部人的視角，和西藏生活之間可謂渾然天成，沒有隔膜感，我認為，未來表現邊疆題材的最偉大的作品，理應產生在那些本民族的寫作者筆下。行文至此，我注意到，在這股邊疆題材熱潮

中，優秀的作品絕大多數出自漢族作家之手，鮮見本民族的寫作者。記得日本學者牧田英二說過，真正的西藏文學，「粗略說來，要具備以下三個條件：作者是藏族，作品用藏語寫作，題材具有反映藏族生活內容的民族特徵。這一種主張論者，認為扎西達娃和色波不是西藏文學的代表，這在藏族之中有一定支持者。」（牧田英二《〈風馬之耀〉譯後記》，湯曉青節譯，《民族文學研究》，1991年第4期）牧田英二所說的真正的西藏文學的標準，也許過於苛刻了一些，但是也代表了一種對邊疆題材的寫作期許。他啟示我們，對於民族文學來說，內部人的視角是如此重要，培養代言自己民族的偉大歌者是如此重要，以至於關乎本民族文學的命運。也許，假以時日，在邊疆題材的寫作中，會出現更多的由少數民族作家創作的傑出作品。

繁華過後是清寂
──對80後寫作群體的思考

　　進入新世紀以來，80後的創作已經構成了一個十分熱鬧的文學現象。他們大多因參加新概念作文大賽等寫作競賽，在中學階段即已嶄露頭角，甚至尚未進入大學即名聲遠播，作品暢銷，風靡青少年之間。這確實使70後作家妒忌不已。80後的喧囂和鋒芒，使70後這個群體黯然失色。一些80後作家，如郭敬明等，對市場情有獨鍾，追求明星效應與偶像崇拜，不僅滿足於自己的作品暢銷，還熱衷於以工作室的方式批量生產。相對於主流的文壇，他們的定位較為清晰。大多數用以書代刊的方式，與出版社合作，推出系列文學讀物，譬如《最小說》（郭敬明主編）、《鯉》（張悅然主編）、《最漫畫》（郭敬明主編）、《獨唱團》（韓寒主編）等，對嚴肅的文學期刊確實形成了較大的挑戰，至少是在中學校園，他們的讀物有了一個龐大的讀者群。郭敬明依託《最小說》等，簽約了笛安、落落等一批80後知名寫手。時尚、明星、娛樂、青春、夢幻、華麗，是80後寫作的關鍵字。對於習慣了優雅、嚴肅、教化的青春寫作來說，這似乎是一個時尚的拼盤，絢麗、耀眼。

　　而在表面的光鮮之後，80後的寫作不可避免地陷入了尷尬的境地。80後的寫作，正在進入盤整期。許多80後寫手已屆而立之年，登上文壇的風光似乎已經過去，現在應該到了收穫期，可我

們發現，似乎成熟的並不多。一方面，80後少數幾個代表作家，在市場上已經取得了較大的成功，圖書的發行量扶搖直上，掙的版稅很可觀，甚至令一些著名作家暗自羨慕不已。另一方面，主流文壇對他們的寫作持觀望態度，畢竟這個寫作群體尚沒有推出自己的重量級的文本。當前的國家級文學獎項，如茅盾文學獎、魯迅文學獎，幾乎是和他們無緣。各省市重點扶持的作家，80後上榜的似乎也不多。80後的尷尬正在於此。

盤點80後的創作，可以看到，80後的優勢很明顯，不足更鮮明。

80後的寫作是非歷史化的，是現在時的，是此時此刻的青少年所體驗和嚮往的生活。這個由網路、情愛、校園、酒吧、明星、搖滾、遊戲、影像等組成的世界，承載了改革開放以後出生的新一代人的夢想，他們成長的環境沒有歷史的陰影，沒有反右、「文革」這些史無前例的政治運動的衝擊。他們進行寫作的時候，迎頭趕上的是消費主義、娛樂文化盛行的時代，有人稱為全媒體時代。他們的寫作是一種類型化寫作，而不是個性化寫作。類型化寫作，是一種迎合寫作，迎合這個市場化的時代需求。他們所津津樂道的校園激情、青春玄幻、情愛感傷、虛擬遊戲，帶有鮮明的時代特徵，難怪他們的作品，在少男少女中風靡一時，這是毫不足怪的，沒有比他們更有資格對於當下發言的了。

但是，80這個寫作群體恰恰缺乏的是一種歷史感。90年代以來，我們恰恰缺乏的是一種反思精神，對歷史的反思恰恰就是對當下思想的清理。沒有哲學家、沒有國學大師、沒有清理我們思想痼疾的勇士，大家都陶醉在消費主義的浪潮中，對於物慾的追求淹沒了一切，知識份子群體逐步放棄了精英姿態，開始與消

費主義文化合流。當然，在這種文化氛圍下，要求80後寫作群體具有超拔的現實批判姿態和歷史反思意識，是不現實的，也是一廂情願。但是，可以預見的是，隨著80後群體走出青春記憶，在社會上承擔責任，探究人生和歷史，他們的筆下，會出現與前輩作家更不一樣的歷史。而賈平凹、莫言、張煒、閻連科、劉震雲等目前活躍的一批中堅作家，基本上是在歷史中滑行。他們的寫作，和當代歷史有著緊密的關聯。他們的寫作，基本上構成了主流文壇的基本樣貌。像這屆茅盾文學獎，得獎作品，都和歷史、現實相關。莫言的《蛙》對於計劃生育的觸及，張煒的《你在高原》對於從歷史敘述中透露出對當代精神的探求，劉醒龍的《天行者》對民辦教師群體的關注，都從歷史的角度，關注宏大的命題。相對於80後的青春寫作，他們是一種中年寫作——一種帶有責任、義務、人文關懷的寫作。對於80後來說，這種寫作也許過於沉重和笨拙，但是迴避這些話題，是否也意味著過於輕飄和乖巧？

　　我注意到，相對於前輩作家而言，80後的語言確實是發生了革命性的變化。他們成長的環境，沒有經受過政治文化的暴力。他們的語言，一開始就不是扭曲的，而是自然生長的。經歷過政治運動的作家，無一不經受到了語言的強暴。知青作家進入新時期以後，集體進行了一次大嘔吐，將政治八股吐出，重新尋求優美雅潔的現代漢語。但是文革式的語言暴力，仍不時地出現在他們的文本中，這簡直成了這一代人揮之不去的夢魘。扭曲變形的語言已然成為一種集體無意識，深深地根植於他們的文本中。而80後作家的語言，簡潔、明快、自然、新鮮，不事雕琢，還帶有網路語言的明快與戲謔，甚至有些速食化。而這些語言特色，是習慣了板著臉寫作的前輩作家所缺乏的。不足的是，80後作家對

於語言的耐心還很不夠，並沒有形成自己獨特的個性。整體說來，80後作家的語言，還處於無名狀態。

這由此產生了兩個文壇：一個是由前輩作家佔據的主流文壇，這些成名作家棲身於作家協會、文學期刊、大學等，出入於各種文學會議之中，是各種文學獎項的獲得者，被權威批評家、研究者圍繞，盤踞在時下流行的各種千篇一律的文學史中，在大學課堂上被頻頻講述。

主流文壇創作的作品，無論是表達現實還是敘述歷史，史詩氣太濃，過於沉重的話題，過於嚴肅的講述語氣，往往擠走了那些年輕的讀者。

一個是被80後作家所組成的文壇。當然，嚴格來說80後作家還處於試圖走上或者背棄傳統的文壇的途中。他們往往大紅大紫於網路，人氣超旺，甚至靠微博招攬人氣。他們有自己的文學期刊，自己的圖書推廣方式。他們在消費文學，文學也在消費著他們。他們寧願為市場負責，為龐大的青春文學讀者負責，而不願為「文學事業」費心。主流文壇試圖在吸納他們，他們在向主流靠攏的同時，極力保持自己輕盈的青春姿態。而我們的青少年，確實需要現代情緒，需要發洩自己多餘的精力，在這個消費主義、享樂主義的時代，經典並不好玩，沉重更是一個負擔。輕鬆、搞笑的青春速食，無疑是正中他們的下懷。

這是兩個分裂的文壇，至少現在看不到有融合的跡象。二者的交集並不多。

而中外文學史已經反覆證明，文學始終是要講究文學性的，講究文學性就要服從文學經典的法則。才華可以揮霍，但是才華不僅僅是用來揮霍的，特別是不僅僅是用來牟利的。帶有鮮明的功利性的寫作，很難產生大作品。作為一種寫作群體，80後

寫作在表面的繁華之後，其實隱藏著巨大的清寂。他們的繁榮，缺少深厚的文化根基的支撐，是脆弱的，難以持久的。一個重要的標誌是，80後產生的經典文本寥寥。以我的閱讀所及，就中短篇小說而言，僅有笛安的《圓寂》、張悅然的《吉諾的跳馬》、顏歌的《請帶我到平樂去》、七堇年的《藍顏》、祁又一的《失蹤女》、莫小邪的《柔道》、董曉磊的《狹路相逢》、蔣峰的《521，嘉年華》等，是其中的佼佼者。尤其是《圓寂》中飽含的人文主義激情、對草根階層的溫情，讓人看到，80後的作家，其實也有著對人性之美的濃烈嚮往。蔣峰的《521，嘉年華》也洋溢著這樣的溫情。而顏歌的《請帶我到平樂去》敘述的冷靜與清晰，絲毫不遜於余華，在細節的呈現上，其出色和優秀，甚至超過了前輩作家。也許，經典文本，肯定會大量產生在80後一些優秀的作家身上。畢竟，在80後這個寫作群體裡，有一些具有人文情懷的作家並不是專為市場而寫作的，他們所受的高等教育，具備了成為最優秀作家的潛質。

另外，80後缺少自己的批評家。極少有青年評論家，一如既往地追蹤80後這個寫作群體。現有的零散化的批評文字，形成不了陣勢。著名評論家裡面，目前僅有白燁在熱情地鼓勵、扶持、評介80後的創作。其實，任何一種文學現象的發展，都離不開批評。沒有被批評所跟蹤、關注的文學，往往失去了方向感，哪怕作品再轟轟烈烈，也是寂寞和冷清的。而80後要擺脫這種狀態，還是要擯棄類型化的流行寫作模式，確立個性化的精英寫作方式，寫出一批精品，才能吸引批評者的眼光。等到這一天，80後就會真的崛起於文壇了。

出名要趁早啊！張愛玲崛起於上海文壇時，發出了這麼一句輕快的感歎。80後似乎也是在這句慨歎聲中登場的。張愛玲也追

逐時尚，但張愛玲是精緻的，是絢爛、繁華、綺麗、荒涼的，是將人生看透的。而80後作家，還有好長的一段路要走，不僅僅是要消費青春，還要在文字裡證明自己，樹立起獨特的寫作個性，對人性、對生活、對世界有自己獨特的解讀。

這很像一場青春的嘉年華——繁華過後，是一個無可告別的清寂與落寞。一場盛宴過後，80後能夠給文壇留下什麼？我們拭目以待！

2011年10月4日於西四

現實如何照進小說

我們今天的現實可謂光怪陸離，荒誕、魔幻得無以復加。而作家對現實的關注度，也一下子變得高漲起來。毫無疑問，莫言的獲得諾獎，鼓舞了中國作家對現實發言的熱情。莫言的小說具有強烈的現實關懷，他基本上是從民間的角度，對中國現代歷史進行了重新書寫。當然，這裡所說的現實，不是小資進行時，不是泡沫劇，不是一些80後「明星」作家所謂的「小時代」。這裡所說的現實指的是「大時代」，一個讓人無法逃避、無法不正視的大時代。

在中國，和平年代的現實，雖然沒有戰爭時期的殺戮和血腥，也有許多觸目驚心的畫面：地溝油、三聚氰胺奶、假雞蛋，等等，更有癌症村、野蠻的拆遷、凶蠻的城管、污染的河流、窒息人的霧霾、悲催的蟻族、討薪的農民工……面對這樣的現實，田園牧歌式的抒情顯得何等蒼白無力，批判現實主義從沒有像今天這麼需要和迫切。我們更需要的是一種銳利的掘進，需要巴爾扎克式的對這個時代的氣勢恢宏的反映，需要一種俯瞰大時代的超強的目光。

的確，許多作家都已經進入到反映現實層面，意識到現實並不是清宮戲，不是玄幻小說，不是鋪天蓋地的奢靡晚會，現實往往是殘酷的，它頻頻用猙獰的一面提醒善良的人們。而意識到要盡力擁抱當下的現實，並不意味著簡單地將現實處理進小說。我

們當下的作品，流行將現實簡化的風氣。而小說裡的現實，應該是經過作家充分心靈化。如果沒有將現實心靈化、個性化，無論現實多麼鮮活蕙蕤，多麼活色生香，一旦被平移進作品，就會變得毫無生氣，乾枯一如冬天的原野。小說裡的現實，往往和作家的想像力結合在一起，帶著作家本人的經驗和情感。無論多麼偉大的作家，他很難描寫道聽塗說的現實，他大約只能書寫他所感受、體驗到的現實。很難想像曹雪芹會直接詳細地描寫鄉村生活場景，他在《紅樓夢》中將劉姥姥只是描述成大觀園裡的一個過客，因為他對劉姥姥的日常生活並不熟悉。莫言的作品為什麼讓我們稱道？他的《生死疲勞》裡面的想像力讓人驚歎，在那裡生死輪迴成為表現中國20世紀後半葉農村的演變史，那個時代所有的哀傷幾乎都囊括進作家所塑造的一系列人物身上了，「現實」化蛹為蝶，成為一個精靈，彌散在作品裡。這是與莫言在農村長大不無關係。所以，優秀的作家，對現實的發言能力是建立在自己的充分體驗上的。

如果說前些年流行的底層寫作、打工文學還帶有一定的話題性，帶有作家故意為之的趕潮流的特點，近年的現實關懷則變得十分自然，某種程度上已經成為作家內心的選擇。方方的《涂自強的個人悲傷》、余華的《第七天》是近期出現的具有代表性的兩篇作品。之所以把這兩篇小說拿出來加以評述，是因為它們代表了兩種不同的對待現實的途徑。一是直接概括現實。方方借助涂自強這個形象，概括了一代寒門子弟悲苦的生存現狀。二是以「新聞串燒」的方式大面積羅列現實存在的問題，現實成為新聞事件的混合體。這兩種方式，共同點是都是對現實的切近關照，都有過分黏滯於現實而不夠闊大的特徵，帶有「問題小說」過分關注問題而少了蘊籍的不足。不同點是關注的方式有高下之分。

《涂自強的個人悲傷》是一篇典型的社會問題小說。小說講述了一個出身貧寒的農村青年幻想通過知識改變命運的悲劇故事。涂自強來自偏遠的大山村，他考上大學在村裡引起了轟動。許多村民對他寄予了厚望，彷彿一夜之間，他成了拯救他們的英雄。村民對他說：「當個大官回來。」「回來把村裡的路修寬點，好走大卡車。」鎮上的人也對他殷殷囑託：「好點學，早點當個大官回來，給咱們山裡造點福。」通過這些話語，可以看出這些偏遠山區弱勢群體的無奈，他們彷彿被這個日益迅猛發展的社會遺忘了。他們天真地認為，考上大學就意味著進入體制，進入體制就會做大官，有了權力就會造福一方，拯救黎民於水火。可見，村民的想像邏輯還是停留在80年代，知識改變命運，學而優則仕在80年代一度盛行。而進入新世紀以來，隨著市場經濟的加速發展，整個社會迅速地進入了物資時代，資本加速控制了每一個人，物質利益幾乎成為衡量一切的標準了。大學擴招，畢業即失業已經成為常態。涂自強上了大學，而貧窮一直跟著他，成為他的烙印，就像原罪一樣。由於貧困，村民給他湊錢繳學費，他為了不從家裡拿錢，拼命節省，每週都在學校食堂裡幫廚掙錢，寒暑假裡打工。和他一起在食堂打工的女生雖然對他有好感，但是在金錢面前還是離開了他，因為她貧窮，需要錢，在這個世上，貧窮是個多麼可怕的事。涂自強同舍的同學買了電腦，準備出國，而他篤定了只能依靠自己的奮鬥獲得立足之地。正當涂自強開足馬力準備考研，志在必得之時，他的父親死去了。他回到家鄉奔喪，考研泡湯了。涂自強畢業了，沒有正式單位接納他，他淪為了武漢這個大城市的一名漂泊者。他找到了一家廣告公司做電話營銷，打拼起自己的未來。但是，屢屢受騙的經歷，使得他滿身疲憊。他的鄉下的房子塌了，母親受了傷，他只得把

孤身一人的母親接到武漢。他租住最差的房子，生活最節儉。在這個城市裡，他如同草芥，他幻想一起打拼的愛情，可是就如同朋友所言：「涂自強你就死了心吧。這裡的女人，都是想找有錢的主過舒服日子，沒人會跟你一起打拼到等你有錢的時候。這都什麼時代了？你還指望有愛情？」眼看周圍有關係的同學都混得不錯，涂自強要靠自己打拼。「原來他也是其中一個滿懷理想，步履匆匆的追夢人。而現在，他卻疲憊而緩慢地在這路上晃蕩，幾如幽靈。」在求生存的非人的拼命掙扎中，涂自強病倒了，得的是絕症。他沒有醫保，沒有存款，拒絕了醫生讓他住院的要求。他剩下的日子已不多，面對絕症，涂自強的心理徹底垮了：「人生還有多少美好呀，而他卻要別它而去。……他對自己的人生想過很多很多。為了這完美的人生，他一直都在做準備，也一直拼命地努力。他唯獨沒有想過他根本就沒有人生。」這是一段讓人潸然淚下的話。但是涂自強是鎮定的，他沒有告訴母親自己的病情，只是說公司裡要派他去美國工作。他把信佛的母親託付給一所寺廟，然後退掉了租房，從人們的視野裡從容地消失了。

　　這篇小說充滿了物質對一個人的擠壓，帶有這個物慾時代的強烈印記。涂自強的悲劇是一個群體的悲劇。一個不是官二代、富二代的人，畢業即失業，在大城裡沒有戶口，找不到正式工作，過的是「蟻族」生活，幸福對他是如此的吝嗇。所以，方方的這篇小說具有典型意義，她寫出了在這個物慾橫流的時代，窮困的草根一族的真實命運。

　　遺憾的是，小說在極力貼近現實的同時，過分黏滯於現實。整篇小說顯得太實，基本沒有留白，削弱了藝術感染力。尤其是將那麼多的苦難堆積到涂自強身上時用力有些過，在結尾處寫到他患了癌症，這樣的處理明顯不太自然。一般說來，揭示社

會問題的小說，人物往往成為問題的附庸，有直奔主題的弊病，方方的小說也沒能擺脫這一窠臼。從這一點來說，涂自強這個人物有些概念化，血肉不夠豐滿。

相比方方的小說，余華的《第七天》所暴露出的問題更為突出。這就是把現實密集地如同新聞串燒一般處理進作品。這裡面的醫院死嬰事件、故意少報火災死亡人數、地下賣腎交易、野蠻拆遷等，都和現實存在著對應關係。當然作家應該直面現實，這是作家的良知所在。但需要追問的是：這樣寫現實是否有效，反映現實是否就意味著把現實問題直接搬進小說？余華認為，《第七天》所寫的社會問題，並非是他刻意表現的，因為那就是社會常態：「我們的生活是由很多因素構成的，發生在自己和親友身上的事，發生在自己居住地方的事，發生在新聞裡聽到看到的事等等，它們包圍了我們，不需要去收集，因為它們每天都是活生生跑到我們跟前來，除非視而不見，否則你想躲都無法躲開。我寫下的是我們的生活。」余華所理解的我們今天的現實，是由許多不合理的社會事件所構成的現實，小說裡集合了許多的不幸。余華說：「一直以來，在《兄弟》之前，我就有這樣的慾望，將我們生活中看似荒誕其實真實的故事集中寫出來。」因為有這麼迫切的表達慾望，余華把現實直接處理成了這個樣子。這樣造成的結果是，《第七天》裡的人物都是符號，沒有體溫，也沒有靈魂，只是一系列不幸事件的道具。儘管我在讀這部作品時，感到那個90年代的余華部分地回來了，行文的冷靜、超然、節制，文字的洗練、簡潔，敘述節奏的控制，都讓人感到似曾相識。相比那部拉拉雜雜的《兄弟》，《第七天》要好很多。但是，余華對現實的把握是有問題的。「新聞串燒」式的寫作，暴露了余華的寫作困境：沒有哲學的支撐，沒有歷史觀念的支撐的寫作，往往

會流於表面化。即使它的敘述者採取一個死去的人的視角來講述，但是這也掩飾不了羅列現實的弊病。即使是它「借助了《創世記》開篇的方式」，以魔幻、荒誕的方式描述了在那個骷髏的人的世界，但也不會改變作家在表達現實上的簡單、蒼白和無力。

　　作家對現實的關注度的提高，是一件值得鼓舞的大事。這顯示了中國作家力圖加強對現實的發言能力。許多作家意識到，現實是有問題的，所以他們對現實的表現也是從問題入手。這就帶來了一系列的問題。無論是方方、還是余華，都沒有找到表述現實的恰當方式。現實就是一個人的不幸嗎？如果我們把現實定位為「問題」的堆積地，就永遠不會寫出偉大的作品，因為，現實不僅僅是問題的叢生場所，而是有它內在的邏輯和秩序，現實永遠比作家高明，它在更高處佇立著，等著我們去把握和表達，它是沉默的，我們只看到了它的千瘡百孔的表面，它內在的繁華和燦爛、衰敗和頹廢，它無盡的話語纏繞的世界是如此的豐盈，我們卻視而不見。中外文學史的經驗證明，把現實停留在「問題小說」的層次，就不會產生對現實的豐富表達，也難以產生偉大的作品。如何讓現實照進小說，這值得我們認真思索。

2013年8月於北京富國里

漢字的舞蹈與瑰奇的想像力
——讀《千雯之舞》想到的

　　讀著名作家張之路的小說《千雯之舞》是在深夜，萬籟俱寂。如螞蟻般的文字幻化成美麗的人形，穿越了古今，超越了生死，在我的眼前躍動。我忽然對文字有了敬畏之心。我望著四壁書櫥裡的這麼多圖書，驀然覺得這些數不清的文字在我睡下後會變成鮮活的生命，會四處走動，甚至會造訪我這個龐然大物的軀體，對我指指點點。對於我這個以編輯文字為生的人來說，這真是一個莫大的震撼。常言道：文如其人。譬如李白的詩歌和魯迅的小說，人和文字已經融為一體了。萬物有靈，文字也有靈魂，也是活生生的生命。人和字，可以相互轉化的，大約原本就是一體的吧。我寧願相信這是真的。

　　為什麼《千雯之舞》能夠如此觸動我？在這個每年產生上千部長篇小說的時代，能夠打動人、讓人激動的小說卻寥寥無幾，劣質的作品比比皆是。長篇小說與其說是繁榮，不如說是在萎縮，想像力的退化、創造力的缺失、深度模式的喪失，一直困擾著目前的長篇小說創作。在這樣的情形下，《千雯之舞》的出版具有一種示範意義，它像一道閃電，使我原先就有的一些模糊想法清晰了起來，使我想起了一部優秀兒童文學作品的評價標準的問題。

　　首先，我認為一部好的兒童文學成人也應該喜歡。胡平曾說：「兒童文學在文壇的位置就像一個灰姑娘。」而《千雯之

舞》的出現讓人眼睛一亮，讓我們重新打量這個未來會變成公主的「灰姑娘」。真正優秀的兒童文學，應該是老少咸宜，是超越了成人與兒童的界限的，世界上的兒童文學經典大都有這樣的特質。甚至我認為，判斷一部兒童文學作品是否優秀，首先是它是否能打動成人讀者。目前有把兒童文學低齡化的傾向，一味強調兒童文學的低齡特徵，創作者將自己降到兒童的審美標準，一味追求稚嫩和淺顯易懂，放棄了對兒童文學審美品格上的要求，其結果就是，中國的兒童文學創作，數量儘管驚人，卻少有經典之作。而《千雯之舞》已經突破了兒童文學的侷限，就是在整個中國文學的場域裡來考察，也足可以稱作一部優秀的長篇小說。從語言的優美洗練、結構的完美程度、倒敘插敘補敘等諸多敘述方法的運用，到人物性格的刻畫，都別具魅力，最為重要的是，小說具有瑰麗的想像力，並且是那種來自中國文化深處、本土原創的想像力，僅此一點，就使得這部小說脫穎而出了。

其次，我認為好的兒童文學首先是一篇美文，美到極致的文字。巴金寫的兒童文學就很美，從容道來，味道醇厚，餘音嫋嫋，讀之如品香茗。曹文軒的成長小說寫的也很美，譬如《草房子》、《紅瓦》，追求美的境界本身，就已經和流行的文字劃清了界限。所謂的美文不僅僅體現在語言上，還體現在人物、情節、意蘊等方面。美文的作用並不是進行教化、灌輸，也不僅僅是滿足兒童的好奇、探索心理，而是一種和兒童保持適度距離的陶醉和提升，是對靈魂和風細雨式的潤物細無聲。目前的兒童文學，尤其是暢銷的作品，可能是出於商業化的考慮，一味追求可讀性，在故事情節上追求離奇、懸疑、刺激、好看，作家專注在吸引兒童的眼球、追求寫作的速度和印數，審美的標準降低了。以至於許多作品讀完以後只是過眼雲煙，沒有真正觸動我們的

心靈。

《千雯之舞》的有些章節寫得很美。譬如第六章《生死承諾》、第十三章《文字冤「獄」》。小說中的莫千雯住進一個華麗客棧，無意中走進客棧裡的一個神祕房間，她的三百年的情感劫難開始了：

> 一瞬間，彷彿身上所有的關節都受到蠱惑，莫千雯不由自主地舞蹈起來。……止了舞蹈，音樂也隨之停止，周圍一片寂靜。就在這寂靜中，她聽到地面上傳來沙沙的聲音。莫千雯低頭看去，發現在灰白色的地面上有一個黑「螞蟻」組成的方陣，那方陣就好似書中的一頁，有段、有行、有標點和空格……音樂再度響起，「螞蟻」方陣開始翩翩起舞。莫千雯不禁驚訝萬分。
>
> 莫千雯蹲下來觀看。看著看著，她突然發現那「集體」舞蹈的並不是普通的螞蟻，那螞蟻個個都長得十分怪異……一個個的漢字！那不是螞蟻在舞蹈，那是一個個漢字站在地上舞蹈！
>
> 忽然，一個漢字從舞蹈的隊伍中走出來……莫千雯清晰地聽見那個字說：「你趕快離開！」

莫千雯救出了被變成漢字的楊天颯，自己卻被困在門內，即將要變成漢字，楊天颯在門外大聲疾呼：

> 「姑娘，我今生今世忘不了你的搭救之恩！」
> 莫千雯已經感到生命的短暫和須臾。她大聲喊道：「你快跑吧！能認識你，和你相互搭救，我已知足……

漢字的舞蹈與瑰奇的想像力　171

「你堅持住，我一定找人來救你。」

「好，我等著你──」

　　這一等就是三百年。莫千雯從此被困在一篇文章裡三百餘年，直到三百年後和轉世的桑南（三百年前的楊天颸）相遇。三百年的等待，三百年的哀怨、悵惘，三百年的欲語還休。這是一個淒美的童話，充滿了奇思妙想，既在現實之中，又在現實之外，是關於捨身救人的堅貞、關於情感的堅守的美麗故事。其中的美，穿越了三百年的時空，優美、淒惻、動人。

　　小說前半部表現這種古典的人性人情之美比較出色，後半部就有些陷入了戰爭思維裡面，殺伐之聲太多，書部落之間相互殘殺，由於用墨太多，脫離了美的範疇，在一定程度上沖淡了前半部作品特有的情感魅力。這是令人遺憾的。另外，這部小說在語言上還有可以提升的空間。美的語言對整個作品而言是一種品格上的昇華，文學畢竟是語言的藝術。

　　最後，我認為最重要的一點是，好的兒童文學，應該具備天馬行空的想像力。但是，僅有特異的想像力還不夠，更是要具備本土原創的想像力。不可否認的是，當前的兒童文學並不缺乏想像力，可以說很多小說在想像力上很出色，但是，本土的想像力的嚴重匱乏是一個值得我們重視的現實。我們的作品裡，更多的是一種「舶來的想像力」。由於這些年來《哈利波特》等西方帶有魔幻色彩的兒童文學作品在中國持續熱銷，激發了中國作家的想像力，一些帶有玄幻色彩的作品蔚為大觀。但是，通讀這些兒童文學作品，甚至一些被指稱為比較優秀的作品，你會驚訝地發現，裡面充斥著巫女、魔法、占星術等「西方意象」。這是從西方移植來的文化意象，原本是根植於西方文化的沃土的，挪用在

中國語境裡卻顯得不倫不類，看起來很像是翻譯來的異域作品。這些西方意象，配上帶有懸疑色彩的情節，卻也十分吸引人，但是，這樣的故事情境可以發生在任何地方，並沒有打上中國文化的烙印。這是一種模仿來的想像力。從本質上說，並非具有原創性，只是淪為西方二流的拷貝而已。其實，我們的傳統文化並非沒有提供給我們想像力，一部《聊齋志異》，不就是一部幻想故事集嗎？只有根植於自己文化傳統的想像，才可以在本土文化裡紮下根，才可以成為本民族的經典作品。

我清楚地記得幾年前讀王一梅的《書本裡的螞蟻》時的情景。那是一篇簡短的童話，卻充滿了不可思議的奇妙的想像力，這是我這幾年閱讀兒童文學作品最受觸動的一次。一隻黑螞蟻被一個小姑娘無意中夾進了書裡，變成了一個會走路的字。其他的字也學這隻黑螞蟻，在書本裡走來走去：「這本書裡的字，每到晚上就走來走去，書裡的故事也就變來變去。」小姑娘從此就不用買新的故事書了。

時隔幾年後，我在《千雯之舞》裡欣喜地看到了這種久違的豐富的想像力。我想，張之路寫《千雯之舞》大約是受到了《書本裡的螞蟻》的啟發吧。但是要圍繞文字寫成一部長篇小說，就非得有超拔的想像力不可了。在這個全球化的時代，具有中國本土特色的文化愈來愈稀少了。《千雯之舞》圍繞具有鮮明的中國符號——漢字，展開了神奇的想像。三百年前一個叫顧遠謀的書生，寫了一篇2152字的奇文，卻被考官調換了試卷，變成了一張白卷。顧遠謀憂憤交加，又無可奈何，偶然得到了字仙送他的一本奇書，能夠把人變成字。顧遠謀於是用這本書把營私舞弊的考官變成了白卷上的文字，懲治了欺侮他的惡人，而後卻良心喪失，一心想在那張白卷上恢復自己的那篇文章，為此專門開了客

棧，把不明深淺的客人變成了白卷上的漢字。在差一個「謀」字就要湊齊的時候，字仙為了懲罰顧遠謀，把他變成了文中的那個「謀」字。這是故事的一條主線。

另一條主線是莫千雯和楊天颯的愛情故事。俠士楊天颯在危難時刻救下了素不相識的富家小姐莫千雯，而後各奔東西。楊天颯被顧遠謀變成了漢字，莫千雯也誤入遠謀客棧，偶然發現了被變成漢字的楊天颯，奮力將他救出，而自己卻被變成了漢字。在最後的一刻，楊天颯承諾前來搭救莫千雯。三百年過去了。現實中的圖書館職員桑南是楊天颯的化身，一天深夜他被變成了一個不到一公分高的小人，捲入了書部落之間漫長而慘烈的爭鬥，在這個過程中，莫千雯和他相遇了，三百年的時空，竟沒有阻隔他們的癡情……

漢字和人之間，發生了多麼奇妙的故事。千雯圖書館裡的書，每到深夜就會互相走動，熱鬧非凡。每一部書就是一個部落，各有自己的地盤，涇渭分明。而最近的一場紛爭，導致了書部落之間的戰爭。圍繞著漢字，作者描繪了許多細節，比如對於青銅字的描述：

> 有一行字和螞蟻奇兵臨近了。擦肩而過的時候，桑南仔
> 細看去，這些字很奇特，……是色澤，螞蟻奇兵的字基
> 本上都是黑色的，甲骨文的顏色是骨頭和象牙的慘白，
> 而迎面而來的這些字卻是金屬的顏色，在陽光的照射
> 下，發出青銅的光澤。有些字在土裡埋得久了，身上還
> 有斑駁的綠鏽。

諸如此類的細節，使得這部小說有了豐盈的肌體。對於一部

以漢字為基礎進行虛構的小說來說，這是很有難度的，在許多細節上可以說是作者的獨創。並且，作者把有關漢字的知識融入到情節中，使得這部作品具有鮮明的漢文化特色。特別是由漢字揭示出中國文化的內涵，對中國的科舉制度、俠義文化，乃至生死輪迴觀念等，均有諸多表現。可以說，作者借助漢字，成功地啟動了中國固有的文化因素，並給予現代文明之光的照耀，因此，這是一部具有獨創性的具有鮮明的中國特色的作品。其特有的借助漢字生發出的瑰奇的想像力，標誌著本土原創兒童文學寫作，已經達到了一個相當高的水準。

行文至此，已是深夜子時，正是圖書館館員柔南進入「書部落」的時刻。我突發奇想，那個已經變成漢字的美少女莫千雯，是否今天會攜那位意中人楊天颷，前來造訪我的夢境？三百年的恩怨，也許會在我的夢裡重演吧？我多麼希望這不是一場夢啊！

2010年8月於京郊回龍觀

山狼海賊
──潛進大海深處的寫作

　　鄧剛被譽為「中國的海明威」。在上個世紀八十年代那個文學的狂歡年代，鄧剛以《迷人的海》、《白海參》等作品給中國以陸地為底色的「黃土文學」以強烈的「海洋衝擊波」，從此，大量的海洋生物繁殖在中國陸地文學裡，「海碰子」作為「兩栖」人的形象更是豐富了中國當代文學的人物形象序列。鄧剛在創作了一系列帶有海腥氣的反映海洋生活的小說之後，沉寂了許多年之後推出了長篇小說《山狼海賊》，繼續延續自己對大海的體驗。

　　記得有人說過這麼一句話，最為寶貴的是在平靜中回憶起來的人生經驗。郁達夫說過，文學作品，很大程度上就是作家的自敘傳。這篇小說可以說是與鄧剛本人刻骨銘心的一段記憶連在一起，凝聚著作家最為寶貴的人生經驗。作家在小說的後記《我曾經是山狼海賊》一文中說：「我曾經就是一個山狼海賊。我絕對渾身長滿魚鱗，我絕對兇惡而粗野。」年輕時當「山狼海賊」時的經歷，是作者一生中「最傷心的事」、「最痛苦的事」，因為「那苦鹹的海水，那刺骨的寒流，那黑洞洞的暗礁，那轟隆隆的浪濤，使我至今還在睡夢中重複恐懼」；然而在回憶中苦難又成了最幸福的事，因為「再也沒有那樣金黃的沙灘，再也沒有那樣湛藍的天空，再也沒有那樣肥美的海參，再也沒有那樣放肆的

快活」。正是這種混合了痛苦和幸福、不幸和有幸的複雜情懷，構成了這部小說敘述的動力之源。鄧剛當「海碰子」的歲月，正值「文革」，這是別的知識青年都上山下鄉當知青的「狂熱歲月」，幸運的是，鄧剛沒有當知青，而是做了「海碰子」，這是一種邊緣人的角色，沒有受到時代狂潮的挾裹。他拿著魚刀魚槍，一頭紮進大海，在陽光照得五彩斑斕的海底，冒著被鯊魚撕咬、被牡蠣劃傷的危險，捕獲海參、鮑魚等海珍。這是一種決絕的帶有悲壯色彩的生涯，既充滿危險，又具有浪漫色彩。小說的主人公之一馬里，很容易就會讓我們聯想起鄧剛來，因為鄧剛的原名叫馬全理。這些在「文革」期間潛下海去的海碰子們，很明顯有著鄧剛的影子。

「文革」在這部小說中僅是作為背景，作家將筆墨主要放在描寫海碰子帶有邊緣性的生活上來，描寫文革對這些社會邊緣人所帶來的衝擊。一邊是平靜的豐饒的大海，一邊是岸上轟轟烈烈展開的荒唐的「文革」，兩相對比的效果十分強烈。作家在描寫海碰子生活時，著重從情感生活入手，描寫他們在粗礦的外表下的情愛世界。小說著重塑造了四個海碰子的形象，即馬里、大齙牙、三條腿、刀魚頭。他們粗獷、狂放、義氣、疾惡如仇，在動亂年代仍然保持著可貴的人性。海碰子的世界是一個相對封閉的世界，大海裡有無窮的寶藏，他們是一個個的探險者。他們只面向大海，不參與陸地上那個動亂的世界。但是，荒謬的時代還是讓這些海碰子們付出了巨大的代價。馬里身懷潛海絕技，具有孤膽英雄的壯舉，因為文革獲得了意想不到的愛情——和一個漂亮迷人的女大學生戀愛了，又因為政治運動，愛情在熱戀的甜蜜時刻突然夭折了；大齙牙為了使自己被誣為日本特務的母親不受屈辱，將作惡多端的整人先進分子劉向前誘進大海，與之同歸於

盡；三條腿慾望十分強烈，勇敢地追求愛情，最終卻被以破壞軍婚罪送進了監獄；刀魚頭因為自己的出身不好，沒有當成跳水運動員，只能當個海碰子，刀魚頭的妻子在生下孩子3個月之後去投奔初戀情人去了，他卻有幸從政治風浪中「撿來」了一個女人與自己同住。海碰子的人生遭際令我們唏噓不已，他們是被時代遺棄的邊緣人，雖然有潛進大海深處捕獲海參、海鱔魚的本領，卻無法抵禦政治風浪的襲擊。

　　這部小說顯示了鄧剛小說在題材上的獨天獨厚的優勢。由於早年當海碰子的經歷，鄧剛對海底世界瞭若指掌。相對於陸地來說，海洋是另一個世界，是我們生活在陸地上的這些兩足動物所無法看透的世界。而鄧剛曾經一次又一次潛進大海深處，他把自己看到、聽到、感受到的，以行家的語氣繪聲繪色地給我們講述出來，給我們呈現了一個全新的海洋世界。在中國現當代文學史上，從沒有一個作家這麼深入地寫到大海，寫到大海的無邊的豐饒和無盡的神奇。在鄧剛之前，大海是以被作家讚美的對象而存在，對大海僅僅體現在描摹的層次上。而鄧剛是真正用生命之軀與大海擁抱過、搏鬥過的。對此，鄧剛也滿懷自信地說：「我觀察過了，至今為止，中國的作家中還沒有人能比我寫大海寫得更好的。我不是說寫作的技巧，主要是對大海生活經驗，沒有一個作家能和我抗衡的。這個熟悉不是一般的熟悉，能潛到大海裡的作家，在中國還是鳳毛麟角的。」

　　鄧剛曾經說：「我認為文學就應該寫得好看一些。」這部小說就是一部好看的小說。如果說，鄧剛在80年代寫作的《迷人的海》有著海明威的影子，裡面塑造的一老一小兩個海碰子具有深刻的象徵意味的話，那麼，《山狼海賊》則側重寫海碰子們真實的生活狀態，帶有鮮明的時代烙印和大海特色的海碰子生活，有

意突出當時的愛情糾葛和情感生活。在小說的開頭，在文革風浪中萬念俱灰、準備去自殺的女大學生韓靖突然看到了赤身裸體躺在沙灘上的海碰子馬里，從而打消了自殺的念頭，為下海的馬里點燃了海灘上的柴草供馬里取暖。這是一個激動人心的開端，馬里身上的青春的火焰融化了韓靖心中的堅冰。小說活力四射，敘述充滿激情，靈性的海，血性的人，構成了浪漫主義基調。小說的語言很像海碰子，粗獷、遒勁、有力，卻不乏幽默。

但是，好看的小說未必意味著在藝術性上就是成功的。我在《山狼海賊》中讀到了一種語言的狂歡氣息，一種彌散的慾望化氣息，它明顯遮掩了本來就不濃烈的海腥味，確切地說，這種氣息是來自目前的文學商業化而帶來的浮躁氣。這和鄧剛這些年來從事影視劇寫作不無關係。一些著名作家寫作影視劇上癮以後，難以寫出具有高水準的純文學作品，甚至創作出現了難以為繼的困境，由深度「觸電」而帶來寫作的「元氣」大傷，已經成為創作界一個不容忽視的重要現象。在《山狼海賊》裡面，已經難於尋到昔日《迷人的海》、《白海參》、《龍兵過》等作品中純正的海味，難於尋到那種對人類、人性的深層次的象徵意蘊。從這部小說來看，大海似乎氣數已盡，除了慾望化以外，其他已經退化成一片荒漠。這不僅是由於作品的題材是寫「文革」，更是由於寫作者的心境發生了巨大變化。如何面對豐富的充滿無限可能的大海，這不僅是鄧剛所面臨的難題，也是如今我們的許多作家所面臨的困境。

2008年12月於京郊回龍觀

細數月光下的苦難與不幸
——評劉慶邦的《遍地月光》

　　《遍地月光》是劉慶邦最新創作的一部長篇小說。煤礦和農村是劉慶邦小說創作的重鎮。自80年代中期出道至今，他一直沒有偏離這兩大領域，這種執著，在作家中比較少見。他雖然生活在北京，但是對城市生活彷彿完全陌生。這與那位在京城寫作，自稱是鄉下人的沈從文倒是有幾分相似。

　　劉慶邦一直秉承著嚴格的現實主義來寫作，就是在探索風氣極為興盛的80年代中後期，他的寫作也沒有受到多大影響。從他最初寫作的一些小說，如《走窯漢》，到目前的創作，20多年過去，風格一如既往，實屬不易。要知道，自80年代至今，有多少作家已經江郎才盡，文學的地圖幾經更改，早已面目全非了。而劉慶邦的寫作不但沒有停止的跡象，反而寫得更加有聲有色，虎虎生風了。

　　劉慶邦不是才子型的作家，平實樸素是他作品的特色。平易做人，樸素寫作，是他的座右銘。這使他的寫作不浮泛，有底氣，有氣韻，有撲面而來的生活氣息。他從不寫自己不熟悉的東西，他的敘述都是「過去時」，他始終忠誠於自己的內心，像農民伺候自己的莊稼一樣深耕細作，這也是他的寫作這麼多年來一直保持著上升勢頭的原因之所在。

　　《遍地月光》寫的是「文革」時期的農村生活。小說的主

人公叫黃金種，出生於地主家庭，被稱為「地主羔子」。少年黃金種在成長過程中所遭受了非人的磨難。金種的父母因為富有而獲罪致死，金種、銀種弟兄兩人淪為「地主羔子」，和地主叔叔黃鶴圖生活在一起。他們一無所有，原來的房屋已被充公，財物被搜羅一空。與當時許多地主分子一樣，他們生活在屈辱之中，隨時都會被貧下中農欺侮甚至批鬥。金種先後喜歡上村裡的兩個姑娘，但是由於出身不好，到頭來只是一場夢幻而已。由於實在無法生存下去，金種被迫逃離杜老莊，前兩次逃跑都被當作盲流遣返了回來，最後一次逃跑總算成功了。而在金種逃離杜老莊之時，他的飽受羞辱之苦的弟弟銀種卻失蹤了，再也沒有找到。許多年以後，金種又回到了杜老莊。這時，已經是改革開放以後了，他成了萬元戶，帶著「妻子」孫秀文榮歸故里。然而物是人非，叔叔已經死去，弟弟還是不知去向，家沒有了，就連祖墳也已蕩然無存。金種給了村裡人很多錢，可是村裡人還是戴著有色眼睛看他，很快發現他帶來的「妻子」是假的。金種花錢求人隆起了父母的墳，去給父母上墳時，想起這些年自己所受的無數的苦難，不禁在墳前大聲痛哭，長跪不起。在場的孫秀文感動了，答應回去就和他生活在一起。

與劉慶邦的許多小說一樣，《遍地月光》以精微的描寫見長，作家以平實的筆觸，描繪了那個非正常年代的許多生活細節。比如，金種叔姪三人在村裡所受的磨難，都是通過豐盈的生活細節來呈現的。他們家裡的東西經常被人偷，辛辛苦苦曬下的紅薯乾被人偷得一乾二淨，就是叔叔黃鶴圖藏在自己枕頭下的芝麻，一覺醒來也會不見了。丟了東西，因為是地主成分，又不敢聲張，只得忍氣吞聲。金種、銀種是村裡貧下中農的孩子欺侮的對象，金種的頭部被人摁進了自己的褲襠裡，銀種的耳朵裡被人

塞進了玉米粒……而更大的問題是，隨著年齡的增長，金種的婚姻問題遙遙無期。在當時，地主羔子是找不到媳婦的。金種一表人才，上過四年學，聰明伶俐，頗有文采，心氣兒也高，如果不是出身不好，肯定是許多姑娘追求的對象。他千方百計追求村裡出身不好的姑娘，然而處心積慮換來的，只有失敗。

村裡的另一個地主分子家庭是趙大嬸家，趙大嬸有兩個兒子一個女兒，大兒子叫趙自良，二兒子叫趙自民，為了使趙家有個後代，趙大嬸跟外村的一個有兒子、女兒的地主家庭進行換親。本來說好的是給忠厚老實的趙自良換親，可是心眼活泛的趙自民主動聯繫女方爭取了主動，把趙自良甩在一邊，自己成了換親的主角。結果悲劇發生了，趙自良氣瘋了，成了廢人。如果說金種的故事是小說的一條主線，那麼，趙大嬸家發生的故事就是一條副線，這兩條線索，共同講述了一個故事，即在那個非正常的年代，在血統論的重壓下，出身不好的青年的人生所受到的嚴重的扭曲。

故事的發生地是杜老莊，在杜老莊發生的一切具有典型意義，是上世紀60-70年代中國農村生活的縮影。從故事層面來看，作者寫的是「血統論」給人們心靈和肉體上造成的傷害，這個話題是比較老的，在這個全力向物質主義推進的健忘的時代，題材可謂不時髦。為什麼作家還對此情有獨鍾呢？作者說：「要讓民族保留歷史記憶，不要這麼早就遺忘這些慘痛教訓，一個民族要是失去了記憶，那是非常悲哀的，作家有這個責任，如果不能承擔起這個責任，則就會愧對作家這一稱號。」作者正是懷著這一寫作的良知，將歷史的傷口重新撕開在我們面前，將沉默的大多數所經歷的眼淚、傷痛、以及數不清的苦難詳細敘述給我們，給後人以深刻的警示。勇於掀開被大多數人遺忘的歷史，這

不僅需要作家具有悲憫的情懷，還要有大愛、責任和勇氣，因此，這是一部沉重的小說，一部直面苦難和不幸的大書。當然，小說裡面也洋溢著溫情，有人性的溫暖和灼人的光亮。

尋找自己的「卡拉」
—— 陳瑤創作簡論

　　新世紀以來，中國文學沒有了80年代以來的潮流化現象，變得異常平靜。雖然80後寫作成為一個熱鬧的現象，嚴格來說，只是一扯文學新人的崛起，而非文學潮流的湧動。80年代文學所具有的潮流化特徵、探索實驗熱潮，在新世紀以來已經不復存在了。文學的這種平靜並不是意味著平庸，而是更深刻地接近了文學的本質。如果說，在80年代乃至90年代，作家的寫作更多地依賴一種文化姿態，靠宏大敘事，靠一篇鴻文名滿天下的僥倖，而在新世紀，作家的寫作更多地依賴是否真誠，是否有足夠的耐心和心性，是否與寫作者自己的生命發生本質的關聯。寫作，從沒有變得像今天這樣真實，這樣重要。儘管現在不是一個寫作的時代，作家的「去明星化」，已經使作家的光環退化到建國以來的最低點。但是，這是一個考驗寫作是否真誠，考驗作家是否具有強大的內心驅策力去完成以生命為底色的創作的最佳時機。

　　許多作家習慣戴著面具寫作，將個體的心靈隱藏起來，將愛憎藏到心底，習慣於流水帳似的不動聲色的抒情與描寫，生命的血色在文字間是看不到的。而這種矯情的寫作，新世紀以來愈來愈受到冷落。真誠的寫作，在逐漸凸顯。為什麼80後作家這些年這麼快得到了年輕人的認可？在於他們寫作的真誠。不偽飾，直面自己的內心，書寫真實的成長軌跡，哪怕這是小憂傷，小團

圓，小事件，小人生，但是確是真實的人生。他們不需要對著龐大的虛空發言，不需要有大敘事，由此得到了廣泛的認可。

　　我是在這樣的背景下，審視青年作家陳瑤的創作的。陳瑤是個活得很本真的人，文如其人，她的作品也具有真誠的品格。在這個用電腦碼字的時代，她的作品並不算多，僅有一部長篇小說《女人的牌坊》，一部長篇紀實文學《藝考生》，以及幾個中短篇小說。但是她的作品情感充沛，細節非常飽滿，來自活生生的現實。寫作的真誠，在她那裡得到了鮮明的體現。她的寫作和生活貼的得很近，她從不站在哲學的高度看待生活，而是把生活拉近了審視，看到柴米油鹽下生活的無奈，看到強作幸福的婚姻生活背後的危機，看到愛情的虛偽和虛無，看到男權社會裡無處不在的男女不平等……她把自己感受到的，不加隱諱、滿懷激情地表達出來。她的寫作似乎一直在證明著：作為女人的命運以及作為女性的無奈。

　　她的長篇小說《女人的牌坊》寫離婚女人在現實生活中的掙扎和無奈，情感飽滿得將要溢出來。小說的女主人公晴雪從一場無愛的婚姻中掙扎出來，逃出了婚姻的圍城，卻陷入了悲苦的情愛深淵之中，離婚後依然是處處碰壁。她苦苦追求真正的愛情，愛上了有婦之夫曹酈，而結果證明這只是一場空幻的夢，刻骨銘心的愛帶來的只是一道深長的傷口。她備嘗離婚後獨身的苦楚，周圍的男人只是垂涎她的美貌，想方設法接近她以便占她的便宜；周圍的女人則喜歡搬弄是非，添油加醋地炮製有關她的傳聞羞辱她。她生活在男人窺視的目光與女人的流言蜚語之中，這一切只是因為她身上貼著離婚女人的標籤。她孤傲、清高的個性又使得她難以戴著面具生存，難以與污濁的現實妥協。一系列的情感磨難與親人的去世，使她陷入了更深的幽怨之中。

不可否認的是，現今的社會依舊是一個男權社會，主人公晴雪的生活，她的一腔幽怨，是在男權制下一些女性命運的寫照。一些論者，從這部小說中讀出了張愛玲的風格，但是我認為，裡面所受到的《紅樓夢》的影響應該是比較鮮明的。晴雪孤高的言行，尤其是她煮雪為茗的細節，隱約可見大觀園女兒的影子。作者對服飾的細膩感知，對色彩的重視，更是來自於《紅樓夢》。

　　陳瑤去年在《小說界》上發表了短篇小說《軟畫像》，這標誌著她的創作發生了重要的變化。和生活貼得太近是陳瑤小說的長處，但由此也帶來了一些不足：在行文中往往把內涵的空間填得太滿，給人留下令人回味的餘地較少，從而削弱了小說意蘊的豐富性。大凡優秀的作品，均需要一個超越文本的更高的視角來提升作品的內在精神屋宇，而作品的內在精神空間的大小，往往決定著作品本身是否稱得上優秀。《紅樓夢》中的色空觀念，凌駕在紅樓各色人等的生活之上。張愛玲的小說中，也有一個超邁的超冷靜的視角，俯視著芸芸眾生。也許，優秀作家的作品，都隱含著一個屬於作家自己上帝，上帝對著作品的人物發言，而上帝的存在，拓展了作品的精神空間。在《軟畫像》中，陳瑤跳出了過去對生活的超低空俯視，轉而採取了一種帶有距離的高空俯視法，如此一來，點石成金，使一個傳統的婚外戀老題材煥發了新意：

　　　　她躺在床上，異樣的寂寞。她想起早晨那個夢，夢是屬於超現實主義的，如果畫成畫，就成了超現實主義畫家達利那幅著名的軟自畫像的另一個版本。達利的軟自畫像是他催眠式地質疑自己的感官知覺後，用半流質狀液體對自己精神所作的準確描繪。夢是潛意識的演示，是

部分沒有休息的大腦細胞對現實記憶殘片的折射──此刻，她覺得自己就像夢中一樣，在一具癟陷了的軟皮囊裡喘著氣，癱了，起不來了，軀體內沒有氣力，肉裡沒有包著骨頭。

小說裡的主人公曉扶同樣是一個離婚女人，她和一個有妻室的男人岩回維持著情人關係。她對這個既屬於自己又不屬於自己的男人，情感十分複雜，愛、失望、幽怨等等諸種感覺湧上心頭，而達利的自畫像，彷彿就是自己的精神狀態的寫照：

> 女人說：「你見過達利的畫嗎？他畫的軟自畫像是一灘半流質狀液體，眉毛、眼皮、鼻子、臉頰、嘴唇、下巴都用支架支著。也許猛地一看還不能懂得，其實他這幅畫只是消解了他作為人的物質性，解碼並呈現了他自己的精神意象。達利說他生活在一個千瘡百孔的布袋裡，又軟又髒，始終在尋找支架。其實外在的支架也支撐不起軟的本質，塌陷的皮囊裡沒有脊椎骨的支撐依然無濟於事。後來他遇見了他的妻子卡拉，卡拉將他從內部結構起來，達利得到了一根脊椎骨，新的健康就如同新鮮的玫瑰一樣在他的精神裡成長。我就活在一具癟軟了的皮囊裡，憑藉著責任這些外在的支架支撐著，勉力在世間行走。……岩回，我遇見了你，你卻不是我的卡拉。」

但是，令人失望的是，達利、卡拉，和小說中的曉扶、岩回，這兩對世間的男女，卻並沒有可比性。女主人公尋找屬於自

己的卡拉的過程，註定是無望的，這就產生了深沉的悲涼感。久遠的蒼涼，來自大師達利的繪畫，也來自遠古的洪荒。我之所以看重陳瑤的這種轉變，在於作為一個女作家，如果能在創作中加入形而上的東西，則會使作品獲得更豐富的意蘊，同時也意味著一個作家具有更大的發展潛力。當然，這些形而上的因素，是來自於作品內部的，並非從外部強加的。有些女作家傾向於把哲學揉進文學，做的太生硬，結果反而損害了自己的創作。《軟畫像》讓我看到了陳瑤不俗的創作潛質。假以時日，她會創作出更好的作品來。

當然，陳瑤的作品裡不止是幽怨，還有可貴的溫情，尤其是在寫到自己女兒的時候，她的筆觸就變得活潑、生動、愛憐起來，字裡行間滿是母愛的溫柔，滿是陽光的味道。她最近創作的長篇紀實作品《藝考生》，以陪讀媽媽的視角，以自己的女兒備考中央美院的經過為線索，詳細敘述了女兒漫漫求知路上的艱辛、以及成功後的喜悅。既有對教育制度扼殺兒童天性的批判，對應試教育弊端的揭示，也有對女兒憑藉繪畫天賦一舉成功考進京城著名美術學院的欣喜。而漫漫藝考路，不僅考驗孩子的智力與毅力，也在考驗著一個媽媽的耐心和智慧。苦盡甘來，女兒終於如願以償，媽媽終於培養出才女，皆大歡喜的結局發生在現實中。這部紀實作品，讓我們看到了陳瑤的另一面，作為一位慈愛的母親的另一面，作品裡流露出的對孩子無私的摯愛，讓我們深為感動。

2012年5月於北三環中路6號

在清冽與渾濁之間
──魯敏小說散論

    2012年春天，在現代文學館舉行的魯敏的長篇小說《六人晚餐》研討會上，我第一次見到魯敏，不禁大吃一驚，我說：「我在哪裡見過你。」她禮貌地笑著，未置可否。尷尬的是，只是覺得她太眼熟了，就像面對一個老友，但是實在想不起來在哪裡見過。這種熟悉感，現在想來，可能是由於我們都是同齡人的緣故：生於70年代的農村，在物質貧乏的年代裡長大，經歷過中國大地上這40年來發生的巨大變革，等等，由此我們在精神血緣上，更為相近吧。正是基於這一點相近，我的這篇評說但願不是隔靴搔癢。

代際座標中的魯敏

    50後、60後作家，如莫言、賈平凹、余華、劉慶邦等人，他們在荒誕的歷史情境中長大，歷史在他們的精神和肉體上打上了刻骨銘心的記憶，那一代人普遍有著書寫歷史的強烈衝動，往往在作品裡反覆書寫百年滄桑；另外就是他們的鄉村記憶、小城鎮記憶非常發達，對精微的細節的還原以及對鄉村生活的整體把握，留存了農業文化在現代中國的最後一個場景。而80後、90後的作家，是缺少歷史感的，表達的是物質時代的現在

時。對他們來說，歷史是沉重的肉身，他們不需要。青春、時尚、都市、慾望，幾乎構成了他們寫作的全部。令人驚訝的是，80後的鄉村記憶十分淡漠，即使是在鄉村成長起來的作家，除了鄭小驢之外，大都是遮蔽掉了自己的鄉村記憶，著力在書寫城市。

從以上的梳理中，大體可以界定70後寫作群體的特點。在整個作家代際分野中，70後的成長環境較為平靜，「文革」對他們來說只是若有若無的記憶，而80年代則構成了他們記憶的主體部分。70後親歷了中國社會轉型期的陣痛和混亂，美麗與幻滅。與前輩相比，他們缺乏強烈的表達歷史的衝動，但又離不開對歷史的書寫。他們筆下的歷史，往往像一面道具，只是一個側影或者背影，厚重感不足；而對現實，過分物質化的喧囂的現實，他們又顯然不如80後敏感，這就造成了70後作家整體的尷尬：論創作實績，他們不如50後、60後；論寫當下的現實，他們不如80後、90後。借助新媒體，80後作家一上來就先聲奪人，光滿四射，在聲勢上把70後作家壓倒了。70後作家總體給人以沉默、平淡的印象，甚至有的評論家曾斷言「70後一出生就衰老了」。

如果認真觀察，就會看到當前對70後作家的判斷是有問題的。70後作家的優勢在於，他們的寫作更為沉潛、內斂、扎實，有底氣，不浮躁。特別是近年來，當80後的青春書寫越來越膚淺化、時尚化、類型化、泡沫化之後，當50後、60後的寫作已成疲態，已經從藝術的巔峰驟然下降、出現難以為繼的窘境之後，70後的寫作卻依然在穩步推進，並出現了一些重要的小說文本。像最近問世的徐則臣的長篇小說《耶路撒冷》、李浩的長篇小說《鏡子裡的父親》等作品，都是近年來少見的具有大氣象的力作，可以看做是70後重新崛起的標誌。

在70後的作家群中，魯敏是一個具有藝術野心的作家，她的小說所表現的領域不像許多同時代的女作家那樣狹窄，藝術視野非常開闊，所涉獵的題材較為廣泛，書寫的人物涵蓋三教九流，各色人等，比如《離歌》裡專門為村裡死人紮紙轎、紙房子的三爺，《在地圖上》的列車押運員、《惹塵埃》裡的城市保健品推銷員、《六人晚餐》裡兩個工人家庭的六名成員、《種戒指》裡的富農老女人、《小徑分岔的死亡》裡的電臺男主持人、《方向盤》裡給領導開車的小車司機、《思無邪》裡的一對聾啞和癡呆農村男女，《鏡中姐妹》裡小學教師家的五個女子……魯敏善於敘述各色人等的人生故事，展現生存的眾生相，拷問靈魂的善惡。

魯敏還是那種不停地求變的作家，擅長另闢蹊徑，從不在一個領域、一個主題裡盤桓過久。她2006年之前寫作了《鏡中姐妹》、《方向盤》、《白圍脖》、《超人中國造》、《小徑分岔的死亡》等一批以市井生存及偽中產者苦悶為主題的小說，以後又轉向以東壩為題材的鄉村敘事，以「善」作為道德支撐，而後又轉向書寫城市，注重揭示人性的「暗疾」與生存的虛偽和齷齪。與大多數70後作家相比，魯敏是善變的。這也說明了她有著出眾的創作活力。她說：「我一向如此，追求變化與動盪，追求危險與冒犯，我反感那種咬了一塊大肉就死死不放的戰略。」

在敘述方式上，魯敏也在不停地探索。她有好幾種筆墨，現實主義的、現代主義的，都有，當然以現實主義為主。她不炫技，只是依據表達內容本身，選擇適合自己的表達方式。《正午的美德》採用多視角的敘述方式，《六人晚餐》採用的是「六稜鏡」的方式，從六個人的視角敘述兩個家庭的交往，過去與現實

交織穿插，現在和未來交互進行。《種戒指》採用的是童話視角，以田間的麥子的所見所感來展開敘事，令人耳目一新。《耳與舌的纏綿》裡，採用了「他、她、他們」多種第三人稱敘事交替進行。魯敏的這些探索，說明了她具備不斷超越自己的藝術潛質。

文學是一種「殘酷」的藝術。一時湧現了多少豪傑，但是隨著時光的流逝，許多作家江郎才盡，難以為繼，超越自己成了奢望。只有使自己的寫作獲得活力和能量，不斷拓展自己的生長空間，才能取得更大的寫作實績。從題材的寬廣度以及創作領域的不斷拓展、藝術手法的不停變換來看，魯敏已經站在70後作家群的前列，具備成長為優秀大作家的潛質。

明亮與寬容：魯敏的鄉土敘事

作家與地域的關係，是文學的一個基本的母題。在某種程度上，沒有地域歸屬的作家，就沒有了精神的故鄉。我們耳熟能詳的大作家，都有自己的精神血地。譬如莫言之於高密，馬爾克斯之於馬孔多小鎮，賈平凹之於商州，老舍之於北京，張愛玲之於上海，可謂數不勝數。作家只有將自己放置在一個特定的地域中，他的寫作才會找到堅實的支撐。於是，書寫故鄉這片「郵票大小」的地方，幾乎成為許多作家必然的選擇。

魯敏生於江蘇東台，這片土地古稱西溪，西溪古鎮據傳是「天仙配」的發源地，可見這是一個有著美麗傳說的地方。她小說中的「東壩」是她虛構出來的地名，大體上是指認這個地方。

魯敏在90年代末開始小說創作，在七八年的時間裡，寫作了《鏡中姐妹》等一批城鎮題材的小說，但在2006年轉向了鄉土寫

作。她這樣描述自己的轉向：

> （城市題材的作品）筆調油熟光滑，嬉笑怒罵，似略有
> 風格。然而，焦灼與輕蔑與此同生，我深深懷疑起這種
> 對景寫生、數碼快照般的寫作，是否真的就是我輾轉以
> 求、閃閃發亮的小說？凌晨的微光裡，我忽然強烈地思
> 念起我寂寞遼遠的故鄉、那令人心疼的小地方，我要到
> 歲月的深處去尋找它，我要離開這太過熟稔的大道，而
> 開闢一條去往東壩的、杳無人跡的小徑。[1]

我注意到，魯敏用「焦灼與輕蔑」來描述自己的情緒，描述
作為一個有著8年小說創作經驗的職業寫作者對以往寫作的不自
信。在她看來，「城市」只是「他者」，對城市的表現僅是「對
景寫生、數碼快照般的寫作」，她心靈的故鄉始終是那個「令人
心疼的小地方」，於是她轉向書寫自己的故鄉東壩：

> 此後兩年（2007-2008），我醉酒般地盡興寫下了一批
> 以東壩為背景、亦是為主角的小說，《思無邪》、《離
> 歌》、《風月剪》、《逝者的恩澤》、《紙醉》、《顛
> 倒的時光》等，於殘酷取溫貧，向渾濁求清冽……這條
> 路慢慢竟成型了、寬大了，那日月緩慢、人情持重的東
> 壩，成了我「郵票大小」的故鄉、「一口可以不斷深挖
> 的井」。[2]

---

[1] 魯敏《下一個路口》，見2010 年10月25 日《文藝報》。
[2] 魯敏《下一個路口》，見2010 年10月25 日《文藝報》。

魯敏的筆，一旦接觸到「東壩」，就靈氣頓生，妙筆生花。這些寫東壩的小說，人性的底色是「善」，而不像他此前書寫城市生活側重寫人性的污濁。她在2007年的一個創作談中詳細解釋了自己這種變化的原因：

　　　　我這幾年的閱讀與寫作，有一個漸變的軌跡。在創作初期，由於從小的閱讀經驗，我對西方式的敘事手法、結構處理、探索性等較為迷戀，體現在創作中，則是對人性中渾濁下沉的部分非常敏感，喜歡窮追不捨，看世間為人為事，如何失信、失德、失真，力圖寫得惟妙惟肖、不依不饒，似乎那種刻薄與刺刀見紅便是功德圓滿的寫作。但這幾年，可能是年歲漸長，我對中國的傳統情懷越來越珍重了，那來自民間的貧瘠、圓通、謙卑、悲憫，那麼弱小又那麼寬大，讓我無法擺脫。這體現在我的創作上，題材與風格都略有變化。因為我發現，人性風景中，既有渾濁下沉，則必有明亮與寬容，何不眷顧於後者？想到一個寓言故事：狂風與太陽，都想剝了農夫的衣衫，一個是勁吹，一個是暖照，到最後，反是太陽得勝。所謂惡與善，幾可比之於狂風與太陽，如果真想有所圖謀，真不若選擇一輪暖暖之日！

　　這些書寫故鄉的小說，大都是表現這種「明亮與寬容」的人性形式。這些小說，以短篇小說《離歌》為代表。這篇小說如同寫一個夢境，文字間的恬淡與悠遠、疏淡與簡約、溫情與詩意，很有另一位出生於江蘇高郵的作家汪曾祺的小說《受戒》的意境。這在魯敏的小說裡是一個意外，因為魯敏是拒絕詩意、刻意

書寫殘酷的。很可惜，魯敏此類的小說寫得太少，她的天分，其實也是十分適合這類小說的。

在《離歌》中，魯敏這樣寫東壩人對鬼神的態度：

> 東壩人對於鬼神，寬容而靈活，信與不信，只在一念之間。種種儀式，他們自是謹言執事，但於結果，並不當真追究。日常禱告亦是如此，如若靈驗，歡喜不盡；倘使不靈，也無惱怒。
>
> 圓通、安然、自適，按照生命本身的樣子去生活。

魯敏這樣寫主持喪葬的單身老男人三爺的生活狀態：

> 秋天非常慢地來了，小河裡開始鋪起一層枯葉枯枝，還有掉下來的野漿果子，三爺有時划船經過，撈一些上來，已被小鳥啄得滿是小洞，洗洗咬開一吃，酸得真甜。三爺便讓小黑船停在水中打圈，一心一意感覺那甜味在齒間消磨——日子裡的許多好處，他都喜歡這樣小氣而慢慢地受用，因他知道，這日子，不是自己的，而是上天的，他賜你一日便是一日，要好好過……他有時想把這感悟跟旁人都說一說，卻又覺得，說出來便不好，也是叫大家都不得勁了。

時間在東壩是凝滯的，古老的鄉土中國散發出誘人的芬芳。那種田園的詩意與悠然，是屬於中國悠久的歷史傳統的。是夢境，也是鄉土中國的現實。魯敏通過書寫東壩，完成了一次精神還鄉。

在小說結尾，一心修橋的彭老人去世了，橋還沒有修成，彭老人的靈魂就不能渡河來到對岸，於是三爺用自己的小船載著彭老人的魂魄在河兩岸往返：

> 他在河岸邊坐著，等了好久，然後才上船，划得極慢——船，好像比平常略沉一些，卻又分外飄逸——到了自家的岸邊，他復又坐下，頭朝著那模糊而森嚴的半片山張望，仍像在等人。等了一會兒，再重新慢慢划過去。
>
> 往返兩岸，如是一夜。
>
> 水在夜色中黑亮黑亮，那樣澄明，像是通到無邊的深處。

對待死亡的平靜與超然、隆重與熱烈，對塵世間萬事萬物的留戀，都在這一首《離歌》裡了。

在寫鄉土的這些小說裡，魯敏刻意迴避以前對人性之惡的揭示，轉而採取溫和的調子來寫。這些作品，在時間上是滯後的，往往寫的是80年代或者更以前的生活，不像寫城鎮題材的作品，那些作品都是貼著時代寫就。魯敏的東壩，是回憶中的東壩，是想像中的東壩，而不是正在進行時的東壩。由於拉開了時間距離，魯敏得以在東壩建立自己對理想人生形式的追求。可見，對城市生活的批判、對城市人性污濁與城市生活的齷齪、虛偽的揭露，與對理想的東壩鄉村生活的迷戀以及對理想人生形式的追尋，構成了魯敏寫作的兩級。持一種截然分明的立場書寫城市與鄉村，反觀中國現代文學史，我們對這樣的寫作並不陌生，沈從文等作家的寫作，不就是在寫作如此嗎？只不過魯敏的寫作打上時代的烙印而已。

墮落抑或上升：城市的暗疾與面影

　　回到書寫東壩之後僅僅兩年，陸敏又轉向城市題材小說的創作。寫下了諸如《暗疾》、《企鵝》、《致郵差的情書》、《伴宴》、《鐵血信鴿》、《惹塵埃》等一系列作品，其中，《伴宴》還獲得了魯迅文學獎。最新的作品是《六人晚餐》。在這些作品裡，魯敏書寫東壩時的溫情已經蕩然無存，轉而以極為苛刻、犀利、甚至是異常殘酷的目光審視城市生活，尤其是小城市工業區普通人的生活，揭示城市化進程中的種種人性的「病象」。而目前流行的都市小說，已經形成了新的模式化、概念化的表達程序：充滿了對伴隨現代化而出現的物慾橫流、拜金主義以及道德墮落的批判，對新興中產階級生活的描繪，帶有很強的道德訓誡和靈魂救贖的意味。

　　而魯敏的城市題材寫作，則明顯地與流行的主題不符合，她不關注城市生活的奢靡、豪華，也沒有展示酒吧、摩天大樓這些城市符號，富豪、成功者、大款等新興富有階層也沒有成為她小說的主角，她始終關注的是普通人的日常生活，是城市日常生活所體現出來的「暗疾」。她這樣評說自己的這一類作品：

> 這一路徑的小說，是取自病體的堅硬切片，不論人物或故事，似無正負與成敗，也不需要「救贖家」去指明旗幟般的結局——我得忘掉原有的技藝，反抗既成的價值與道德，完全像一個生手，誠懇而冷靜地處理，尊重並

追隨它們的明暗規律，以及不可侵犯的歧義性。[3]

　　書寫城市，書寫現代性的負面意義，是百年來城市題材的作品一貫的主題。但是城市文學的主題遠遠不是這些。城市生活首先是一種日常生活，而不是先驗的需要我們去批判的隸屬於知識譜系的「偽生活」。因為對現代性的批判已經成為一個輝煌的傳統，帶有固定的程式，有一套既成的話語體系。

　　一個顯而易見的事實是，在日益龐大的城市面前，帶有農業文明背景的道德判斷是失語的。城市生活自有它的生活邏輯。雖然魯敏也是以批判、挑剔、審視的目光來打量城市生活，可貴的是她敏銳地意識到城市日常生活的「歧義性」、「多解性」。「病態」是他給這種生活下的斷語。她這樣寫道：

> 這一期間，我寫了「暗疾」系列。N種的狂人、病人、孤家寡人、心智失序之人、頭破血流之人、心灰意冷之人，進入了我的小說。我毫不迴避甚至細緻入微於他們的可憐可憎與可歎，而他們的病態每增加一分，我對他們的感情便濃烈一分。我深愛我的這些病人們，以致捨不得他們遭遇非議直至遭遇非命。因為我是他們當中的一個，我病得同樣的久、同樣的深。[4]

　　當代很少有一位作家這樣熱衷於書寫人性的病態。這種病態，魯敏稱之為「暗疾」，隱藏於我們每個人的體內，難以覺

---

[3]　魯敏《下一個路口》，見2010年10月25日《文藝報》。
[4]　魯敏《苦悶或驕傲》，見2013年10月28日《文藝報》。

察，羞於明言，卻又那麼真實地存在著，時間一長就成為了「宿疾」。

迄今為止，我認為，《暗疾》無疑是魯敏描寫城市生活的代表作。對家庭成員每個人的身體與靈魂疾患的令人震驚的揭示，令我想起了殘雪的《山上的小屋》和余華的《現實一種》。《山上的小屋》裡用一系列整理抽屜的動作、神經質的幻想，描繪了一個精神錯亂的世界。《現實一種》裡家庭成員之間殘酷的連環仇殺，隱喻了人性的冷酷和兇殘。經歷過文革的余華和殘雪，他們的作品裡隱含著那個充滿瘋癲、暴力的不正常年代的影子。而70年代出生的魯敏，更願意從自然人性的角度，書寫自己經歷的當下生活，揭示正常年代裡的日常生活中人類身上存在的那些與生俱來的「暗疾」。

小說裡的一家人，都是「暗疾」症患者：父親是「神經性嘔吐」症患者，總在最不該嘔吐的時候突然發作；母親是一個記賬癖，每日家裡花的每一毛錢，她都要記下來，非得如此才是「完美的一天」；女兒梅小梅患了「強迫購物症」，喜歡瘋狂地在大商場刷卡購物，而後又把它退掉，樂此不疲，欲罷不能；婆姨是一個便秘症患者，逢人都會和對方討論大便。家庭成員的怪癖，尤其是婆姨的大便討論，讓梅小梅的追求者望而卻步，30歲了還沒有找到結婚對象。最終，好不容易找到了一個能忍受他們一家人怪癖的如意郎君，在婚禮上，新郎漏了餡，他的表面隨和的個性底下，湧動著更強烈的報復和仇恨的火焰，原來他也是一個重症「暗疾」患者。每個人都有暗疾，都有病，這是一種整體性的荒誕。

下文是婆姨在和一個耳朵不好的鄰居老太說大便的情景：

每天一大早，衛生間前面就開始排隊……我起得早，我
五點半就起來蹲馬桶，大不下來也要蹲，有時得蹲一個
小時……然後，是小梅她媽，六點多，燒了稀飯後開始
蹲，我看她大便不錯，三下兩下就出來了……小梅她
爸就不行，不過，他比我強，好歹能大個幾塊下來……
小梅呢，她上夜班，她的大便，我倒不知道她在那裡
大……

令人作嘔的大便談論一再在小說中不分場合地出現。不合
生活常規的情景頻繁出場，人物符號化、隱喻化十分明顯。「噁
心」是這篇小說的基調。這種帶有存在主義色彩的生存追尋，在
當代作家那裡非常罕見。如果按照這個路數寫作下去，魯敏的深
刻性不可小覷。

日常生活不僅有墮落的一面，正如有黑暗就有光明，魯敏拷
問人性的渾濁的同時，也在托舉人性美好的一面。對於現代城市
生活而言，墮落抑或上升，答案不言自明。

可能性與未完成性

魯敏在一篇文章中說：

居於都市，即如同身在高山畫此山，幾乎沒有可能獲得
遠觀、冷靜、周全的視角，因此，我的筆觸與目光常常
便是局部的，帶著弧度，帶著變形和變態的……[5]

---

[5] 魯敏《苦悶或驕傲》，見2013年10月28日《文藝報》。

魯敏坦率地指出了自己面對城市時寫作的不適應。其實，這不僅是魯敏個人的問題，也是整個中國作家所面臨的問題。城市不僅僅是消費文化的滋生地，不僅僅是我們所一再指認的現代性話語產生之地，更為重要的是一種現代日常生活的發生地，是鄉村生活蛻變為城市生活的見證之地。如何面對城市，如何把握城市，如何把城市作為故鄉來體認，如何像表現鄉土一樣自由地表達城市，是擺在中國作家面前的一個巨大的難題。

　　不得不指出的是，魯敏的城市生活小說，與東壩系列相比，筆墨明顯地缺少了支撐，像在半空中漂浮的詞語。雖然汪洋恣肆，對人性的洞察亦可謂深刻，但是卻好像失去了應有的根基。她的筆墨太善於變化，流動性太強，以至於影響了風格的沉澱。她近年創作的長篇小說《六人晚餐》，出版後反響不錯。確實，在魯敏的長篇小說創作中，這是一部有突破性的作品。但是，她的小說總體給人的印象是長篇不如中短篇精彩。

　　當然，以魯敏的潛質，以上所說的不會成為她前行的障礙。她有探求的勇氣和毅力，也有出眾的天分和勤勞，有了這些，魯敏的可能性和未完成性，就有了一份令人滿意的答案。

2014年4月20日於北京富國里

輯三

存在與言說
——與寧肯的對話

對話時間：2010年1月22日中午1-3點

地點：北師大東門某酒吧

在精神向度上表現本質的西藏

王德領（以下簡稱王）：談談寫作《天・藏》的緣起吧，扎西達
　　娃說這是一部難以超越和複製的書，我更想知道你是怎樣想
　　到要寫這樣一部書？

寧肯（以下簡稱寧）：要說緣起，當然同我在西藏的生活有關。
　　你知道，許多年前我在西藏生活了幾年，在寫《蒙面之城》
　　前我寫了一批關於西藏的散文化的東西，我說散文化是說它
　　們不同於傳統的散文，運用一些小說的技巧，比較內傾，有
　　意識流的東西，但又不是小說。

王：就是後來被命名為的「新散文」吧？

寧：對，它們之中有一些用在了《蒙面之城》中，比如馬格在雪
　　中奔跑的那個場景，即緣自1992我寫的一篇散文《雪或太陽
　　風》。但是還有更多停留在「散文化」中，它們一直在發
　　酵，在催促我寫另一部關於西藏的長篇。很早時候我已設計
　　出男女主角，卻遲遲無法動筆。

王：為什麼？有什麼障礙嗎？

寧：一是內容，一是形式。內容上我覺得寫西藏必要涉及宗教，不寫宗教很難真正表現西藏。我對西藏宗教既熟悉又陌生，熟悉是天天見到寺院，幾乎就生活在寺院的氛圍裡，當時我在的學校就在哲蚌寺下。陌生是我永遠搞不懂寺院的種種形式即內容的東西。而且，最主要的是，從什麼角度切入宗教？正面切入根本不可能，那樣會消失在浩如煙海的卷帙裡，從側面切入又會變成皮毛，很難辦。

王：當然，後來問題解決了。

寧：是，應該是在2005年前後。一個朋友向我推薦了一本書，叫《和尚與哲學家》，這本書對我至關重要，它讓我找到了進入宗教又超越宗教的角度，即哲學的角度。《天‧藏》中的修行者馬丁格與懷疑論哲學家讓－法蘭西斯科‧格維爾的對話，便直接取材於這本書。

王：這樣說來，書中的幾個主要人物就全有了，王摩詰，維格拉姆，修行者馬丁格，懷疑論哲學家讓－法蘭西斯科‧格維爾老頭。

寧：但並非就完事大吉。怎樣把這四個完全不同的人扭結在一起？他們代表了頗為不同的內容，幾乎沒有故事，用傳統的方式講述故事幾乎是不可能的，也就是說，它必須有一個非常的形式。而就在這期間，又有人又向我推薦了一本書，即長達一千頁的《喬伊絲傳》，我看完了這本書，對閱讀《尤利西斯》產生了信心，又讀了這本書。

王：你讀了《尤利西斯》？

寧：是的。我讀了這部「天書」，並且不覺費力。這使我對要寫的《天‧藏》有了一種「情緒」上的信心，我感到無論是我

將要寫的這部小說的不同尋常的內容，還是喬伊絲，都提醒我必須（而且能夠）在形式上有所作為。

王：不是模仿了喬伊絲，而是喬伊絲給了你一種精神上的鼓勵？

寧：是，正是這樣。

王：我們過會再談形式創新。我記得，在沒有看這個稿子之前，你說在西藏精神背景下寫了一個變態者的形象。說實話我比較擔心。一個變態的人物和西藏背景是很難整合在一起的，這是一次冒險的寫作。但是我讀了小說之後，就比較放心了。你把二者結合的還比較好，比較自然。要知道，這樣的寫作是很有難度的。西藏代表著寧靜、宗教氣息、聖地、心靈純淨等這些未被現代文明充分擠壓的概念，是形而上的，哲思的，類似於人類的健康的童年時代，「人」本身是健康的，帶有「赤子」形象；而變態者的形象是在現代文明擠壓的結果，涉及到體制、文化、心理、家庭等方面，「人」是變異的，這樣的人的變形和異化是文明的痼疾。西藏和心靈的變態，二者的反差非常大，它們之間內在的矛盾和衝突幾乎是不可調和的。

寧：西藏離身體確實是比較遠的，離精神近，是一種精神性的存在。

王：可我讀了之後感覺你將二者融合了起來，你是怎樣做到的？

寧：首先，我覺得西藏在這個小說裡面並不是第一位的，第一位是王摩詰，寫這部小說不是為了表現西藏，而是讓西藏表現他，在小說中整個西藏的感覺是經過了他的處理，經過了這個人物的內心化，以及他的視野、他的關注，所以整個西藏，包括這裡面的哲學、歷史、宗教、自然，一草一木，實際上都是經過了他內心的過濾，打上了他的烙印，有了這樣

的基礎，融合便不再困難。

王：這樣看來，你是這樣設想的，王摩詰由兩大塊構成，一是思辨的精神的，一是變態的身體的？

寧：是的，首先王摩詰作為一個知識份子，一個搞哲學的人，他所擁有的那種形而上的感覺，他的那種散步、看到的一草一木，是把自己的生活和哲學融為一體了。這一點比較接近古代哲學理想。因為哲學這個東西，就像這本書裡所寫到的，在古代的時候和人們的生活是不分家的，只是到了啟蒙時代以後，哲學和哲學家本身分離了，生活和思想分離了，包括黑格爾也好，康德也好，他們的生活和他們的哲學應該說有一定的聯繫，但是不像古代聯繫那麼緊密了。我主張什麼我就按什麼行動，這是古代哲學家，包括孔子、老子、蘇格拉底、柏拉圖等所秉持的，在他們那裡，哲學和人生都是不分家的。

王：古代哲學從某種意義上說是一種人生哲學。帶有政治性、社會性的哲學。首先是從個體的人出發的。王摩詰可以說超越了現代哲學的侷限，在一定意義上回歸了古代。

寧：對，到了書裡的王摩詰這兒，他將哲學和他的生活又結合在一塊了。他認為，「我」甚至可以存在於一顆草裡面，「我」認為與世界可以保持一種陌生，保持相關的獨立，在距離感中才可以感知自己的存在、對方的存在。這一面的生活是哲學化的。

王：從某種意義上說，王摩詰是一個自覺的哲學家。對西藏來說，他是一個自覺的哲學存在。你看西藏那些牧民，他們一生好像都是為了宗教而活著，就為了他們自己的哲學而活著，財富對於他們只是身外之物，信仰構成了他們的人生基礎。

寧：而且這個哲學不是個人哲學，是宗教的哲學。

王：作為主人公王摩詰來講，它是一個主體性很強的人。它的主體統攝了整個西藏的感覺，包括他與馬丁格能夠成為好朋友，他們在某些方面有交叉點。馬丁格也是在探索生活和存在的關係，生活和哲學的關係。他是通過自身的追求，心靈的探索，找到宗教的道路。也就是說，他們在這樣一個交叉點上，找到了共同語言。這一部分是這個小說非常重要的基礎。這樣來表現的西藏，是一個內在的西藏，不是一個目前流行的奇觀化的西藏，也不是一個像馬原的小說那樣的一個作為佈景的西藏，而是一個精神的西藏，一個本體化的西藏。

寧：對，一個本體化的西藏。

王：這部小說的開頭十分精彩。馬丁格在雪中的描寫非常開闊。雪、寺院與喇嘛、上師的關係，一種精神的播撒與昇華，是小說的精神制高點。還有村落裡的陰影，那些兒童被太陽灼燒的眼睛，被灼燒而又戰勝了灼燒。這些都是非常內在的場景，沒有精微的觀察和深刻的體悟，是很難寫出來的。

寧：小說裡寫到了小孩用鞋子玩水，那種存在多好啊。這是我經歷的真實的故事。當年我在哲蚌寺下的中學教書，我一天中午出去，看到了一個三四歲的小孩在玩水，當時他拿自己的鞋玩，當時看著是很可憐的，但是又非常本質。因為我覺得從某種意義上就應該如此，使用太多的工具就把人給異化了，城裡小孩用水桶等一些工具玩水，過於工具的玩耍，雖然玩得十分開心，但是他的主體性就不是很強了。反而是這種什麼都沒有的，用自己穿的鞋子去玩耍，這多麼本質，可是又非常可憐。就是那種綜合的感覺你說不清楚。玩著玩著

小孩的鞋就飄走了，小孩很開心，又把另一隻鞋脫下來了，結果也飄走了。

王：第一次偶然失手漂走給予了他極大的興趣，所以第二次玩水他就是主動的了，他要模仿他那次漂走。這和他的偶然的失手是不一樣的，這裡面的哲學意味是非常大的。所以這都是帶有一種發現式的對西藏的人的存在的探索。那個玩水小孩不僅僅是一個藏族，甚至就是人類的童年。外人看西藏是神祕的，其實，西藏的內在實質到底是什麼？從宗教的角度如何進入西藏？我認為不從慣常的描述現象入手，而是試圖進入它，這個方式可能是最準確的。

寧：不解釋它，而是進入它，發現它。

王：不是圍繞奇觀編製一些情節來描述，不使用豐富的想像力來魔幻它，如《藏獒》那樣集中在一種動物上，圍繞草原的歸屬，描述兩派勢力之間的鬥爭、爭奪，對於歷史來說，那些刀光劍影可能是偶然的幾個點，但是真正的西藏不是那些。西藏還是非常平靜的，非常本質化的、質樸的。你在西藏的經歷和小說的關係是很大的。你當年在哲蚌寺下教書，小說裡的主人公也是在這裡教書。小說對寺院精神傳統的描述，對學生的家訪的敘述，還有許多生活的細節的描繪，這種對風土人情的準確描述，沒有西藏生活是寫不出的。

寧：比如小說中王摩詰與學生的接觸。他和學生母親的接觸。這是一個真實的事情。我剛到西藏不久，我的學生就告訴我，有個男生上學期已經被開除了，他還坐在這裡。我於是第二天上課的時候就對那個小夥子說：「你走吧，你不是上學期已經被開除了嗎？」幾天後，他媽就來了。一個老太太，就像小說裡寫的那樣，她兩眼都是白內障，當時的感覺就像月

光被雲彩蒙蔽之後又露出了一點那樣，實際上她根本看不清楚，完全是模模糊糊的，兩個白內障的眼睛看著你，稍微仰視，就像看著上天一樣，那種祈求的神情，讓我很受震撼，我覺得那是人類一種本質性的企望。

王：那是一種非常純樸慈悲的目光。

寧：而且她的欲求又那麼簡單：就是想要讓孩子上學。多麼可憐又高尚的願望啊。我的主人公就生活在這樣一個環境中。這些是西藏最本質的東西，人類最原初的東西，童年的東西。我覺得我寫這些東西都是基於人類最本質的意願去寫，並不僅僅是因為他是藏族。只不過在西藏能夠解讀人類最初的東西，人類的童年時代最初的品質、最初的感動人心靈的東西。我覺得，在西藏，這些我都找到了。

王：你所表達的既是西藏的又是全人類的。有一種超越地域的東西。扎西達娃這樣評價這部小說：描寫西藏又超越西藏，是很準確的。你所表述的不僅是西藏的，還拓展了一個更加形而上的精神空間。

寧：這是我在這部作品裡面有意無意追求的東西。

王：不是為哲學而哲學，而是把自然、人生、宗教與哲思融合在一起。說白了，哲學也是一種人生觀、生命觀。是對生存狀態的沉思。比如，一隻鷹在天空飛翔也有它的哲學。人和自然，自然和自然之間都存在著一種神祕的對話關係。鷹對死去的人賦予它的責任，也變成了它自身的命題。人死後被鷹拒絕，就意味著一種恐懼，一種個體的人傾其一生構築的精神屋宇的坍塌。

寧：一種秩序的打破。本來人交給鷹，鷹把人交給上天，是規律，但鷹拒絕了，鏈條斷裂了。當然這是非常少見的。但是

這種少見確實發生過。小說中就寫了這樣一個被鷹拒絕的場景。

王：黑格爾的哲學太龐大了，太理性了。生命還有許多非理性的東西，有偶然性，因為生存本身是有許多祕密的。

寧：就是說，你的哲學體系是無法概括整個生命的。無論建立多麼龐大的體系，也無法概括生命。如果無法概括生命，那你的哲學就是形而上學。越囊括整個世界就越不真實。現代哲學不就是批判黑格爾這一點嗎？

王：現代哲學是要打破邏輯、規律、體系等等，打破邏各斯中心主義。相對生命而言，這些都是反自然的，不真實的，生命是拒絕簡約化的。

複雜化的現實需要更複雜的表現方式

王：我認為你的這部小說內容很複雜，不太好把握。像一口井，很有深度。說它複雜，並不是說它難解，而是因為它是多解的，多元的，顛覆了我們對於傳統小說的「期待視野」。其中給我比較印象深的是對從八十年代走來的一代知識份子的隱喻式表達，那種身體受到擠壓之後的變異，還有少數民族對於自己的心靈和信仰的頑強維護。

維格的母親經歷多麼豐富，她的心靈被強行關閉，後來又怎樣一步步試探著主動打開，終於重新回到了自我，退休之後從北京回到了西藏，回到對自己信仰的堅守。包括維格也是。她在北京和巴黎接受了教育，但是還是認為在西藏她才找到自己的根，作為漢族和藏族的後代，她對自己身上另一半血液的甦醒十分敏銳，她將馬丁格上師作為自己的精神

導師。我覺得你實際上在勾勒一個民族的心靈史，通過描述這一對母女的經歷，從另一個角度講述我們這個劇烈變化的時代。

寧：這實際上說來是兩個話題。維格這個形象也很特別，所占的分量也很大。她的背後是藏族漫長的歷史，以及她後來為什麼選擇了在博物館工作。實際上維格也在尋找自己的位置。這個人物非常重要，她連接著三方，漢族的、藏族的，世界的，她是一個扭結性的存在。

王：裡面有一段描寫很精彩。他們同居而不做愛，不是不想做，而是太奇妙了。在窗外透出的藍色的月光下，王摩詰的手試探著伸向躺在身旁的維格。

寧：對。藍色的月光下，帶著密宗雙修的味道，王摩詰的手伸過去了，而維格則靜如一尊雕塑。這是很好玩的。

王：好玩。但是又是在治療，治療王摩詰的內心疾患。我覺得文學裡面從來沒有表現過那樣的兩個肉體之間的關係。這完全創造了一個新的愛情模式，又契合人物之間的關係，又完全是可以理解的。

寧：是的，是治療，是一種欣賞，是一種欲求，又是一種拯救。

王：這樣就產生了一種混合的意味，根源又在於王摩詰變形的情慾。王摩詰試圖借此喚起自己正常的情慾以壓制住自己的受虐的痼疾，維格則在保持女性自尊的前提下試圖用自己正常的情慾拯救王摩詰，結果兩方面都失敗了。同居的過程十分微妙，涉及的情感關係十分複雜。其實這個小說的複雜不僅表現在主題上，在小說的許多細部也很複雜。可以舉出許多例子：馬丁格父子關於佛教和現代哲學的複雜的對話，維格和幾個男人複雜的情愛關係，維格對自己角色的複雜認知，

馬丁格對佛教的複雜參悟，王摩詰內心無休無止、無固定主旨的複雜對話……一句話，是拒絕明晰的。

寧：你說的很對。情感關係很複雜。就拿維格來說，她把她的歷史，和每個人的特點都扭結在一起，每一個動作都不是單純的。

王：我讀起來就感覺到，這樣寫起來肯定很累。在某種意義上說，你既是在建構又是在解構，既是在顛覆又是在重構，是一個雙重的工作。就表現方式而言，這裡面有現實主義、現代主義、後現代主義，是一個大融合。有的地方寫實，是非常的寫實，一些描寫、細節的刻畫，用的是典型的現實主義寫法。有些地方又是現代主義的，淡化情節，不講邏輯，對偶然性的強調，追求潛意識、內心的流動、專注於人物內心世界的敘述。運用了暗示、隱喻、象徵等表現方式。有的地方是後現代主義的，拆解的，戲仿的，解構的，一些地方使用了元小說的敘述方式。更值得稱道的是，許多地方很難分清到底是用的什麼創作方法，往往是同時在進行。陳曉明曾用「多重詭異的時代敘事」形容你的第二部長篇《沉默之門》，認為存在著四種敘述方式，我看這部小說更甚，技巧更純熟。

寧：我從來不願意追求一種單一的敘述方式，因為我們現在的世界技術這麼發達，每一樣技術都是我們認識生活的一個角度，你用現代主義的方式可以把握世界，用現實主義的方式仍然可以把握，用後現代主義又還可以看到世界的另一面。王摩詰請求維格強暴自己，確乎有點後現代的味道了。實際就是上位與下位的不同，但是這種上位與下位變成了一種隱喻。

王：說到表現方式，小說有一些地方運用了一些隱喻。比如為了曲折地表現歷史的暴力，小說反覆描寫王摩詰的菜園被毀滅，這裡面是有深意的。反覆描寫就會產生意味。通過菜園，王摩詰去思考歷史的暴力。暴力不僅僅存在於宏大的歷史中，還存在於每一個個體的人當中，一旦釋放出來，就會產生毀滅性的後果。

寧：菜園是一個非常重要的思想基礎。菜園雖是小事卻讓王摩詰想到了歷史，所以他才特別感到菜園所包含的隱喻。菜園的暴力和那個歷史上的暴力本質上是帶有相似性的，儘管非常不同。挖掘出這種相似的感覺，進而思考甘地面對這種情形時的表現、不同文化中對暴力的態度。甘地可以讓統治者感到慚愧，最後取得成功。可甘地也就是面對英國人，如果面對納粹或隆隆而來的坦克呢？這是一種對比思考。王摩詰由菜園被毀思考了許多東西，如果他不是一個經歷過歷史的人他怎麼能想到甘地呢？

王：王摩詰的歷史經歷和他的變態是直接相關的。張賢亮的《男人的一半是女人》，寫到「文革」使一個右派男人變得性無能，但是這種由於政治的壓抑變得性無能還是比較牽強的，《天•藏》裡面的王摩詰由於歷史的暴力而產生的變態要自然一些。他不是性無能，而是性變態，用變態的方式比無能的方式要強得多。其中的那種扭曲、變形，包含了更豐富的內容，更有張力。扭曲的力量更大，是一種狂風把樹扭彎了的感覺，還沒有折，在那裡硬硬地撐著。

寧：事物的複雜和簡單，區別可能就在這裡。折斷和撐彎的感覺是不一樣的，折斷看起來徹底，但是還是失之於簡單。

王：現代社會對人的控制更加細微化了。福柯在《訓誡與懲罰》裡，揭示了歐洲古代注重懲罰的廣場效果，在廣場上處決罪犯，可以對圍觀的民眾以巨大的震懾效果，從而達到訓誡的目的。而現代圓形敞式監獄則追求監視效果，有一套特別嚴格的規訓制度。《瘋癲與文明》中探討瘋人院和文明的關係。福柯通過鉤沉一些對現代文明息息相關的「知識」，以考古學的方式剖析那些束縛、控制現代人的權力是如何在歷史中形成的，如何體制化甚至無意識化的。他做的是一種去蔽的工作，是把各種隱形的權力的眼睛暴露在陽光下的工作。

寧：福柯對我們最大的啟示是，我們確實是處在不同的文明的層次，福柯其實不再面對政體或者是制度層面上的壓抑了，這一點他們已經解決了，但是人仍然有壓抑，在知識上在工具理性上，在現代社會生活方式等方面。而我們比他們要豐富，既有他們說的那些最前沿的東西，身體的，工具理性的，又有前現代的東西。

王：所以要表現我們這樣的現實，富有表現力的文本應該是混合的，有現實主義、現代主義、後現代主義，用這樣一個融合體來透視時代。我們的現實就是這樣，現實與超現實雜糅在一起，有啟蒙主義的東西，需要批判現實主義，有荒誕派的東西，卡夫卡式的現實，有黑色幽默，有神祕主義，需要現代主義，更有後現代主義諸種現實的真實存在。

寧：我覺得我們現在既要站在最前沿上，同時又要腳踏實地。把現實主義的視角、現代主義的視角、後現代主義的視角有機地結合起來，三者是一個立體的，可以從各個側面將現實的複雜性表現出來。

關於小說人物

王：我們聊聊小說人物吧。你為什麼要把王摩詰處理成一個帶有
虐戀傾向的人物呢？是偶然的嗎？你的真實的想法是什麼？

寧：不是一個偶然的想法，而是一個非常自覺的設想。它是一個
很真實的存在。這個存在首先確實和我們、和我們時代的生
活、和歷史背景、和我們的精神走向緊密相關。舉例來說，
按照常態來講，鷹應該把死去的人交給上天，但是突然因為
某種原因，鷹拒絕從天上下來，這給家人造成多大的痛苦：
我這一輩子都想把自己交給你升天，結果……這對活著的人
是一種毀滅性的打擊。小說中有這樣一個場景。換句話說，
從改革開放的歷史看，我們一直在啟蒙，從粉碎四人幫到撥
亂反正，「文革」被認為是一種沒有任何人權的、黑暗的、
壓抑的、中世紀的生活，改革開放，人的解放，產生了啟蒙
的理想，人應該是怎麼樣，整個改革開放實際上一直在追求
人應該是怎麼樣。

王：回到五四。

寧：回到科學、民主、人權。當年戴厚英的小說《人啊人！》多
讓人激動，不就是發現了人嘛。80年代整個就是對人的理想
的追求。啟蒙就是對理想的追求，這個理想後來被歷史以暴
力的形式斷開。這個斷開對人來說是什麼感覺？怎樣的感
覺？斷開又不讓說，不許討論，就悶著頭發展經濟，發展物
質，什麼都不管。後來，我記得到1993年有了人文精神大討
論，因為人們實在是忍不住了；人們討論物慾橫流，討論人
不能沒有思想，不能沒有靈魂，但最後這場討論不了了之，

因為最後都歸結到一點，就是：欲言又止，不能深說下去。這之後人們便徹底放棄了言說，於是該去讀書的讀書，該去發財的發財，該仕途的仕途，物質社會向前迅猛發展，人們集體無意識地跟著向前走，但是這裡有一個結，這結並沒消失，而是人們帶著這樣一個結往前走。就是說，這個東西沒有解決，只不過是一直懸置著。這個東西就是王摩詰那種變態的東西。王摩詰其實除了這個東西其他都很正常，甚至很優秀，從知識工具來說，他非常健全，就像現在的許多精英在各個角落都很健全，但是一談到最內在的這個問題時，就攜帶了這個東西，每個人身上都有揮之不去。

王：我覺得你的行文雖然是比較隱晦的，但是我能感覺到，王摩詰變異的身上積澱著歷史。你好幾次提到王摩詰始終揮之不去的對歷史暴力的記憶，時代強行壓抑，打入到意識的深層，打入到無意識。非常可悲的是，在和女性相處的時候，他想要對方強暴自己，渴望被蹂躪、踐踏、摧殘，恥辱感已經把他的內心異化了，這隱喻的是知識份子的心理變形的釋放。

寧：王摩詰已經不能正常地表達自己內心的焦慮、恥辱、困境，他只能通過變形的方式，通過戲仿。受虐本身就是一種戲仿。後現代不是有一種修辭叫做戲仿嘛，七個小矮人通過戲仿把白雪公主顛覆了一下。王摩詰也是通過戲仿來釋放內心的這種壓抑，這種歷史性的情結。

王：王摩詰是我們這個時代的身體政治學。

寧：雖然如此，王摩詰仍然有非常可敬的一面，他代表了中國現在知識發展的水平，以及和世界接軌的水平。從王摩詰所佔有的文化來講，他在世界上已經不是一個像八十年代那樣還

處在學步的階段——對西方文化只是去擁抱，他已經有判別了，它代表了目前的中國知識份子趨向世界前沿的視野和位置。

王：他是一個帶著精神遺產繼續向前走的知識份子形象。雖然他的意識的深層已經受過歷史的暴力了，殘留著歷史的暴力的影響，但是他仍然繼續往前走。

寧：對。這就像我們的歷史一樣，儘管我們存在著歷史性的悲劇的問題，但是這個社會仍然在向前發展，經濟進步，我覺得他是合乎這個邏輯的。

王：王摩詰是一個時代的隱喻。他去法國，還是擁抱世界的，持一種開放的心態。我們談談維格這個人物形象吧，她與王摩詰不同，但同樣複雜。

寧：維格這個人物，一個是我們剛才談到的歷史性的一面，再一個就是她心靈的再一次定位。她在尋找自己，她是特別開放的，她站在三種文化的交接點上，哪個方向都可以去，同時她始終在尋找確認自己的身分，藏族、漢族、西方，始終在接納、開放中。她的身分一度出現過迷失，她感到很困惑。好在她不停地尋找，最後在王摩詰的影響塑造之下找到了自己，她去博物館做解說員實際上是一個隱喻，博物館顯然是一個民族文化的象徵。

王：如果說維格的母親在守護心靈的話，維格已經超越了這種守護心靈了，她認為心靈只是針對內心的，而只專注於內心還是不夠的，因為她周圍的變化太大了，不能只是侷限在自己的內心，還要針對整個民族的文化。在全球化的趨同時代，怎麼以自己民族的文化面對世界，怎麼讓自己民族的文化延續發展下去，這是一個關鍵的命題。

寧：所以，維格到了博物館之後變得非常強大，她對王摩詰的拒
絕也是意味深長的，一方面她發現了王摩詰的身體黑洞，那
內在的扭曲簡直太可怕了，連愛情都不能將它修復；另一方
面她也十分厭惡這種東西，這僅因為它存在於王摩詰身上，
而且它代表了一種專橫的腐朽的東西。

王：代表了一種爛熟的、非常智性的、又陽痿的文化。一個爛熟
的文明，但是骨子裡又斷了脊樑骨的，沒出息的，一個失去
了身體的正常的本能的文明。

寧：當我寫到了在博物館裡維格對王摩詰的拒絕的時候，我一下
子找到了這個小說最後的定位，王摩詰無論再怎麼優秀，智
商再怎麼高，但是骨子裡攜帶的東西遠遠沒有解決。這個東
西的背後仍然是一個巨大的現實，維格通過拒絕王摩詰也拒
絕了這個現實，這是意味深長的。

王：拒絕不僅是感情上的，還是文化上的。小說裡寫到了身分的
覺醒，也就是文化的覺醒，這是小說十分深刻的地方之一。

寧：維格認同了自己身上另一部分血液，並找到這部分血液的源
頭和文化的基礎，這是非常不容易的，這也是人的一個本質
性的要求。人總要定位自己到底是怎麼樣的一個人。

王：關於王摩詰這個人物，你在書中寫到了他的受虐傾向，一些
施虐的細節十分逼真。對施虐與受虐的描寫，這些另類的體
驗是來自書本還是你的想像？

寧：我讀過李銀河的《虐戀亞文化》。為了寫作《天‧藏》，我
做了許多知識上的準備，這其中包括我上面說的研讀西方現
代哲學，還有佛教的教義。另外，考慮到虐戀的經驗的特殊
性，常人很難獲得直接的經驗，為此，我下了最實的功夫，
在北京潘家園的女王村作了實地調查。我看了她們的房間，

她們的工具、繩索、服飾等各種各樣的道具，同她們聊她們的經歷，為此我付了費。

王：你是個認真的作家，所以才寫得如此內行逼真。有趣的是王摩詰對制服的屈服，是很有意味的，令人會心一笑。

寧：所以王摩詰不是和一般人玩這種受虐的遊戲。

王：這是和暴力聯繫在一起的。當然，往深處寫可能比較難，只能點到為止。受虐本身也是一個隱喻，其引申意義是很豐富的。我記得2005年夏天的時候見到賈平凹，我說你的作品我最看重《廢都》，《廢都》會留傳下去的。他深以為然。《廢都》裡面對知識份子的心靈的隱喻意味很強烈，那種頹廢氣息，折射著歷史和現實雙重的投影。

寧：對於這些從歷史深處走來的知識份子，不能說他徹底完蛋了，也不能說他活得特別好，一方面他在建構，在做出貢獻，履行自己知識份子的身分，另一方面他身上確實存在著知識份子的毛病，變態，恐懼，頹廢，諸如此類吧。

敘述方式的獨特探索

王：我注意到《天・藏》這部小說用了大量的注釋，你把注釋從通常意義上的文本的附屬位置提升到第二文本，甚至在一些章節裡，本身就是正文的不可分割的一部分，這是你這部小說在形式上的獨創，還沒有中國哪一個作家這麼用注釋的方式進行寫作。我注意到，注釋部分有幾萬字之長。記得你說是受到一部外國小說的啟發？你怎樣看待自己的這種寫作方式？

寧：就像任何創新都不是憑空而來，哪怕意識流這樣的手法說起來也是源遠流長，我將注釋上升為第二文體也是受到啟發而

來。美國有個偵探小說家叫保羅‧奧斯特的一部作品，他的偵探小說和通常意義上的不一樣，是純文學意義上的偵探小說，我偶然讀了他的《神諭之夜》，裡面有對注釋的別用，比如將某段情節放到了注釋裡，儘管量不大，內容也較單一，但當時我的腦海驟然一亮，就像發現了新大陸一樣，我覺得我可以在這方面大有作為、大幹一通。

王：也就是說，上升為第二文本？

寧：當時倒沒考慮第二文本，主要是我這部小說的寫法本來就和通常的小說不一樣，它有兩個敘述者，兩個人稱，是一個由轉述、自述和敘述構成的文本。多種敘述方式的轉換，與人稱視角的轉換，騰挪起來有著相當的困難，而注釋的挪用幫我輕而易舉克服了這個困難。注釋使兩個敘述者變得既自然，又清晰，小說因此有了立體感，就像佛教的壇城一樣。我在魯迅文學院講課時講了注釋在這部小說中有六種功能，除了轉換視角，我在注釋裡還植入了大量的情節、某些過於理論化的對話、以及關於這部小說的寫法、人物來源、小說與生活之間關係的議論等元小說的因素。注釋在這部小說裡不是單一的功能，事實上它成了這部小說的後臺和客廳，成為一個連通小說內外的話語空間。最後非常重要的是，它還起到了調節閱讀節奏的作用。

王：這本小說很明顯有一個壇城結構，注釋對此起了重要作用。我注意到注釋有對正文的補充，有對正文的延續，有對正文敘述的再敘述，還有對正文意義的消解。最後，這部小說竟神奇地結束在了注釋上。你把注釋這種次文本發揮到了極致，難怪扎西達娃說這是一部難以超越和複製的小說。另外我注意到這部小說結束於注釋，真是創舉，在這裡你消解了

某種現實主義的東西，不過讀者可能不一定適應，你是否走得太遠了？

寧：我覺得它雖然消解了前文，但在消解的同時事實上又重構了，它否定了王摩詰和維格最後的出行以及博物館見面，但是有幾點沒有否定，比如維格到博物館做了講解員就沒有否定，而王摩詰仍有可能像小說設想的那樣去博物館聽維格講解。也就是說，這仍然是一個向時間敞開的結尾。我發現，現在有些小說在簡單使用解構的概念，往往解構之後，顛覆之後，達到了快感，就萬事大吉了。其實解構之後還應有建構，不能僅僅是為了解構。否定之否定其實是最基本的思維方式，可我們的文學常常連這點也做不到。

王：《天‧藏》的思維方式讓人產生了對中國小說的信心。這部小說顯然是一部智性或知性的小說，這種小說不像錢鍾書的《圍城》那樣建立在掉書袋的基礎上，而是正面強攻型的，需要豐富的知識的儲備。裡面涉及到對整個西方現代哲學知識譜系的把握，對結構主義、解構主義、語言哲學等都有評述，還說得很到位，如果沒有對相關哲學著作的深入研讀並頗有心得，是很難寫出來的。最後我想問，你認為自己的設想都在作品中呈現了嗎？

寧：我努力做了，至於是否達到了預想，真的把它經營好了，這我心裡還是沒有特別大的把握，一切還需要讀者判別。

馬克斯・布羅德筆下的卡夫卡

在諸多卡夫卡的傳記裡，馬克斯・布羅德撰寫的卡夫卡傳記最為獨特。這是因為，馬克斯・布羅德不僅是卡夫卡最密切的朋友，兩人自中學時代即認識，而且布羅德本人是著名作家，在批評領域也頗有建樹，文字水準很高。最為重要的是，可以毫不誇張地說，沒有馬克斯・布羅德，很難說有卡夫卡的盛名。卡夫卡的作品在生前只發表了寥寥的幾篇，幾無反響。正是布羅德「發現」了卡夫卡，一手推動了「卡夫卡熱」。卡夫卡在臨終前將自己的作品交給布羅德，這樣說：

> 我最後的請求是：我遺物裡（就是書箱裡、衣櫃裡、寫字臺裡、家裡和辦公室裡，或者可能放東西的以及你想的起來的任何地方），凡屬日記本、手稿、來往信件、各種草稿等等，請勿閱讀，並一點不剩地全部予以焚毀。同樣，凡在你或別人手裡的所有我寫的東西和我的草稿，要求你，也請你以我的名義要求他們交給你焚毀。至於別人不願意交給你的那些信件，他們至少應該自行負責焚毀。

布羅德並沒有執行這個遺囑，而是把卡夫卡的作品整理發表，轟動了整個世界。

馬克斯‧布羅德引用了大量的第一手材料，包括書信、手稿、日記、實物圖片等，通過回憶和卡夫卡以及家人的交往細節，豐富、立體地展現了卡夫卡鮮為人知的一生。布羅德作為卡夫卡的好友，他筆下的卡夫卡應該具有高度的真實性。在布羅德的筆下，卡夫卡的形象逐步清晰起來。我們可以看到，如果只從作品中瞭解卡夫卡，和真實的卡夫卡的距離會有多麼大。

內向、憂傷而絕望的卡夫卡？

人們對於卡夫卡的理解，一般都從作品出發。讀到《變形記》、《地洞》、《城堡》等小說中壓抑、絕望、扭曲的敘述，會認為卡夫卡在生活中也是滿懷憂傷而絕望的。而在馬克斯‧布羅德的印象裡，卡夫卡的人生是豐富多彩的，心靈是敏感、博大的。卡夫卡是「騎馬、游泳、划船的一把好手」，他的「精神志向不是有趣味而帶有病態、怪癖、怪誕的東西，而是自然的偉大、向上、強健、健康、可靠、簡樸」：

> 他通常用輕鬆愉快的語氣表達豐富的思想，至少，他是我曾遇到過的最逗人快樂的人之一。──儘管他謙遜，儘管他沉靜。他說話不多，但是一旦開口說話，在場的人就會側耳傾聽。因為他的話總是內容豐富，說到點子上。在與知己朋友交談時他有時滔滔不絕，著實令人驚訝，他會歡欣鼓舞、興高采烈起來，於是歡語和笑聲就不絕於耳。

馬克斯‧布羅德談到了卡夫卡的自信，談到了「他對一切健康的、成長中的事物的喜愛」；「他在內心深處感到自信，雖然他喜歡把自己和別人寫成極其缺乏自信的樣子」；「他身上散發出的某種完全異乎尋常的堅定的氣息，這是我從未遇到過的，在與很重要很著名的人物相會時也沒遇到過。」

　　卡夫卡很有女人緣。馬克斯‧布羅德回憶道：

　　在貝爾塔‧凡塔夫人的圈子裡和好客的府第，在這位主婦的積極參與下精確地探討哲學的府第，卡夫卡享有崇高的聲譽──根本就是通過他的氣質，他偶爾發表的言論，他的談話，因為他的文學作品當時除了我之外沒有人知道。不需要作品，人本身就在產生影響，儘管他舉止靦腆，卻還是很快使有身分的人認出他的不同凡響之處。在他一生的各個時期裡，婦女們都覺得自己受到卡夫卡的吸引，──儘管他自己懷疑這種影響力，但這卻是不爭的事實。

　　卡夫卡的敏感、幽默、風趣是天生的。「在社交場合他開朗風趣，作為批評家發表聰明的簡介，或者與人交談，都無與倫比的談吐風趣。」馬克斯‧布羅德引用了卡夫卡日記的許多片段，又根據回憶，以及自己隨手記下的許多天才的片段，生動地再現了卡夫卡的這一形象。諸如：「我有一個職位，新的一年已經開始，而我的煩惱，如果說它們迄今一直直立著行走的話，它們現在卻相應地在倒立著行走。」卡夫卡星期天長作孤獨的散步，沒有目標，不作思索。他說：「我天天盼著離開地球。」「我什麼也不缺，只缺我自己。」

馬克斯·布羅德寫道：

> 卡夫卡的鮮明生動且堅定有力的形象性話語始終不斷地
> 在顯示出來——這恰恰正是他的獨特之處。他的言語中
> 令我們感到的獨特之處，無非就是他那種天生的，捨此
> 不可能有另樣的生活和思維方式。他捨此不可能以別樣
> 的方式講話和寫作。這種方式是天生的，它部分地甚至
> 有時在他的妹妹們的表達方式中也有所反映。極具個性
> 特徵的是他那種夢幻般詩意濃郁的、悖謬性風趣橫生的
> 詞語。

卡夫卡把凌晨甦醒的城市出現的最早的響聲說成「大城市
的蟋蟀」。當給他治療的克洛普斯托克大夫不願意給他注射嗎啡
時，他對大夫說：「您殺死我吧，否則您就是殺人犯。」當他被
宣告得了肺結核的第一次咳血，他說道（並從而把這病說成是一
種簡直是求之不得的出路，可以擺脫他當時的困境——計畫中的
婚姻）：「我的腦袋背著我和我的肺商量好了。」

「寫作是祈禱的形式」

卡夫卡把寫作的地位提到至高的地位，認為「寫作是祈禱的
形式」。當他1906年6月獲得了法學博士學位以後，就想找到一
種謀生的職業。他為自己提出了一個要求：「這個職業不得與文
學有任何關聯。他覺得文學與謀生的職業掛鉤，便是對文學創作
的一種貶抑。」為了能有時間寫作，他和布羅德兩人商定，要找
到一個從早晨到下午兩三點上班的工作，下午和晚上可以自由

支配自己的時間。1908年7月，卡夫卡進入了「布拉格波西米亞工傷事故保險局」，這是一個半國立的機構，下午的時間是自由的。

為職業所累，幾乎是每一個優秀的作家所面臨的普遍困境，卡夫卡尤甚。卡夫卡利用下班後短暫的下午睡覺，晚上寫作，為此他犧牲掉了寶貴的睡眠。卡夫卡是極端認真的人，他把工作做得很完美。馬克斯‧布羅德走訪過卡夫卡的同事，同事說，「卡夫卡受到普遍的喜愛，他根本就沒有敵人，他的克盡職守堪稱典範，他的工作受到高度評價。他還特別指出卡夫卡性格中的某種率真，他是『我們辦公室裡的孩子』。」卡夫卡的本職工作是事故預防和撰寫將企業劃入各種不安全等級的上訴書。這是一份枯燥的工作，但是借助這份工作，他接觸到了現代生產線對工人造成的非人的苦難，這也是他的作品在表面的冷靜和不動聲色之下隱含著那麼熾烈的對人類的愛的緣由。卡夫卡沒有把自己打扮成救世主，也沒有要反抗什麼，卻在日復一日處理工傷訴訟中，體察到了大工業時代作為個體的人的悲劇處境，他在為這個時代畫像，為人類的靈魂畫像。

對於一個視寫作為祈禱的形式的作家來說，為職業所累是多麼令人苦惱啊。在卡夫卡的日記中，有大量的片段描述這種靈魂的吶喊。噴薄的創造力和強大的阻撓之間的較量，讓我們看到了一個天才的無奈的掙扎！為了謀生，我們不得不犧牲自己，對於一個天才來說，這是大不幸的。卡夫卡在日記裡這樣說：

> 我內心的一切都準備好了，要從事文學寫作，這樣一種寫作對於我而言將會是一種渙然冰釋，一種真正的生機勃發，可是我卻不得不在這兒，在辦公室裡，為了

一篇可憐巴巴的文牘,就從一個有能力享受這種幸福的軀體上割下一塊肉來⋯⋯

　　我昨天失去了多少呀,一腔熱血如何擠縮在窄小的腦袋裡。我有能力做一切事,只是受到對我單純生活而言不可缺少的並在這裡被浪費掉的力量的阻抑。

　　我頭腦裡裝著龐大的世界。可是如何解放我和解放它,而不將其撕裂。我千百次地寧可撕裂它,也不願將它抑制或埋葬在心底。我是為此而存在的,這一點我十分清楚。

「我頭腦裡裝著龐大的世界。」可是卡夫卡時常感到極度無力。在現實面前,在日復一日的勞作面前,他是無奈的。在辦公室寫就一篇公文就像從自己身上撕下一片肉,而這個敏感的身軀,有著多麼輝煌的想法啊,而他只能讓頭腦中嘶叫呼喊的萬千種聲音歸於沉寂,因為他要謀生。他的家庭很優越,父親作為一個小工廠主,能夠給他提供優裕的生活,可他為了自尊,他要獨立謀生以養活自己。養活自己既是自尊的需要,是從父親龐大的遮蔽性陰影中逃脫的需要,也是保持自己人格獨立的前提,這一點卡夫卡是十分清醒的。父親在他的生活中,一直是嚴密地籠罩著他。他內心的恐懼感與敬畏之心,一直揮之不去。有一段時間,父親讓他代替他管理工廠,他為此幾近精神崩潰,甚至差一點自殺。他的作品裡,充滿了弑父與絕對遵從父命這兩種相互矛盾的衝動。他的小說《判決》裡,兒子善良、溫順,父親卻認為是倔強和卑下,判處兒子溺死。兒子呼喊著「親愛的父母親,我一直是愛你們的呀」自行墜入河裡。卡夫卡曾經對布羅德講評過這部作品,他說:「你知道嗎?結尾那句話意味著什麼?——我

這時想到了一次強烈的射精。」從這句話裡,卡夫卡體驗到了一種強烈的快感,如同生理宣洩一樣。出於對父親的逃離,他太需要經濟獨立了。因此,他牢牢地抓住了這份工作,儘管他的日記裡充斥著對工作妨礙寫作的抱怨和不滿,他還是在工傷事故保險局工作了十四年,直到離他去世兩年前的1922年,他才離開。他是一個標準的業餘作家。業餘作家卡夫卡,法學博士卡夫卡,忙於處理工傷事故保險的法律問題,起草公文,下班以後開始創作。這是一種苦行僧式的寫作,是純粹的寫作,不是為了發表,不求名與利,只是出於強大的內心的驅策,這是一種來自生命本能力量驅策的表達慾望,是個人對人生、世界的獨特感知。卡夫卡傾聽自己的內心的聲音,把最純淨的部分,獻給了人類。人類在文字中往往是自大的,中外不乏自大狂型的藝術家,而卡夫卡始終是謙遜的,他把寫作的使命看得很高:「寫作是祈禱的形式」,這使他的寫作具有了聖徒的氣質。荷爾德林曾經把詩人比作酒神的神聖祭司,卡夫卡對寫作也有這樣的敬畏。正是從這個意義上說,卡夫卡內心裡始終有一種不自信,擔心自己寫下的文字是否足夠稱得上偉大。正是由於這樣,他對發表和出版,才那樣淡定。在他病重的時刻,他還讓陪伴他的女友朵拉燒毀了一些手稿。在他給馬克斯·布羅德的遺囑裡,還讓布羅德焚毀自己寫下的全部文字。

馬克斯·布羅德並沒有把卡夫卡塑造成一個完人,在他向卡夫卡描述一個文學的聖徒的同時,也寫出了卡夫卡生活中的另一面。對噪音有著異乎尋常的敏感。飽受失眠的困擾。卡夫卡崇信自然療法,「總是穿著單薄的衣服,冬天也這樣,長時期不吃肉,不喝酒。患病了,寧可接受鄉村簡陋環境中的家庭式護理也不願去療養院。」對卡夫卡缺乏音樂天賦,不會演奏樂器。卡夫

卡與朋友約會時不準時，常常遲到。對情感的要求過於盡善盡
美，這使他的情感生活總是不盡如意，他先後有三個親密的女
友，可是缺乏走進婚姻的勇氣。因為他的孤獨感——致命的寒冷
的孤獨感，愛情的火焰也不能將它融化。而他所有的作品，都是
在表達這種要命的孤獨。而他是多麼渴望完美的婚姻啊，他在
1915年的日記裡這樣寫道：

> 這裡沒有一個在總體上理解我的人。如果有一個具有這
> 種理解力的人，比如一個女人，我就會在各方面有了支
> 撐，有了上帝。

　　在卡夫卡的眼裡，人世間並沒有一個人能夠真正理解他，這
是一種徹骨的孤獨，也正是這種孤獨，使得他退居自己的內心，
用寫作與自己對話，用寫作紓解自己的孤獨，從而創造了一個遺
世獨立的文學世界，一座迥異於常人世界的文學殿堂。
　　在馬克斯·布羅德筆下，卡夫卡內心中存在著一種「不可摧
毀的東西」，一種高度的真善美，超越了道德層面。卡夫卡在早
期的一封致友人信中這樣說：「你已經覺察到了嗎，大地如何向
著吃草的母牛升起，它多麼親切地升起？你已經覺察到了嗎，厚
實、肥沃的農田泥土如何在被無比精細的手指捏碎，它多麼莊嚴
地碎裂？」晚年他又在日記中寫道：「對農民的一般印象：高尚
的人，他們躲進農業中逃生，他們如此賢明和謙恭地操持家務，
以致與整體嚴密融合，他們不會受到顛簸和暈船病直至壽終正
寝。真正的塵世之人。」卡夫卡的心靈中，保持了一種孩童時代
的天真。正是這種真誠和天真，構成了他所描述的高度變異、荒
誕的寓言化的世界的底色。正如馬克斯·布羅德所說：「誰仔細

閱讀卡夫卡的作品，也就一定會一再透過昏暗的外殼，看到這個
閃亮的或者更確切地說射出柔和光芒的內核。」

2011年10月6日於北京

《鋼琴教師》
──女性生存的寓言

　　《鋼琴教師》是耶利內克的最重要的作品之一，是一本需要
細心閱讀、思考的書，是一本經典的女性主義文本。

　　《鋼琴教師》帶有明顯的自傳成分。在耶利內克的幼年時
代，父親患有嚴重的精神分裂症，被送了精神病醫院，從小在母
親威嚴的目光下學習彈奏鋼琴。在《鋼琴教師》中，同樣有一個
患有精神病的癡傻的父親，後來也被送進了瘋人院，而母親更是
一個對女兒從肉體到精神進行全方位的控制的暴君型人物。耶利
內克在寫作《鋼琴教師》時是37歲，而小說中的女主人公的年齡
也是36、7歲。還有，小說女主人公的憂鬱內向封閉的個性，對
音樂的獨特感受，以及她那高蹈於庸眾之上的優越感與獨特性，
也與曾獲得過管風琴碩士的耶利內克有著驚人的一致。毫無疑
問，耶利內克在《鋼琴教師》中傾注了自己的最熱烈的情感，融
進了自己的生命。

　　生活中的耶利內克從小就對女性的弱者身分有著強烈的體
驗，在家裡每次進餐時，作為家長的外祖父高高在上，女人只能
屈居於他腳下的矮凳上，吃他剩下的飯菜。許多童年生活中刻骨
的烙印致使她後來回憶說：「這可怕的童年顯然在我的心中種下
了如此深刻的仇恨，以致在我的一生中它都像一枚火箭一樣，貫
穿於我的文學創作中。」在近年來的多次訪談中，耶利內克常常

提到女性在男權社會中的附屬地位，對男性話語控制下女性命運作了深刻的洞察與剖析。[1]這是一根紅線，是理解她的大部分小說的一把鑰匙。小說中的女主人公埃里卡對男權社會的嘲諷，對女性悲劇地位的無可奈何的悲哀，以及對現實人生諸多蒙上美麗的偽裝的現象所進行的無情戳穿，都讓我們體會到了那來自耶利內克意識最深處的憤懣之火的炙烤。最近，曾經有研究德語文學的學者指出，耶利內克給我們揭示了一個「有性，有太多的性」、「有惡，有太多的惡」，但是「沒有愛，沒有美」的世界，沒有「人性的光明」，甚至是一個絕望的冰窖。[2]這位學者的說法有待商榷，其實，在耶利內克冷冰冰的文字下，其實是潛藏著灼人的體溫的。

耶利內克曾說：「我的文學是憤怒、反抗的文學。」《鋼琴教師》有著濃郁的現實關懷，不過它採取了一個極端的幾近冷酷敘述方式，撕毀了一個文明高度發達的西方現代社會的虛假的表像，展示給我們一個冷漠、無情、無愛的世界，在這個世界裡，有的只是無所不在的權力與控制。作者在小說的開端中說：「母親被人一致公認為是在國家生活和家庭生活中繼中世紀異端裁判所的審訊官和下槍決命令者於一身的人物。」[3]耶利內克不像許多女性主義作家那樣著重展示男權制社會對女性直接的壓制與束縛，在她筆下，父親——父權制的原型——是缺席的，父親出乎意料地癡傻了，沒有處在一個被拷問被顛覆的強勢位置上。母親

---

[1] 見耶利內克所著長篇小說《逐愛的女人們》中譯本序言，譯林出版社，2005年5月出版。
[2] 見葉雋《誇張的性與惡？三問耶利內克作品》，《中華讀書報》，2005年1月28日。
[3] 《鋼琴教師》，耶利內克著，寗瑛、鄭華漢譯，北京十月文藝出版社，2005年1月版，第3頁。

扮演了父親的角色，代表父親對女兒實行嚴厲的管教。來自同性的管束更對女性造成了無疑估量的傷害，這是經過強化和改造、通過同性來實施的對女性最為嚴苛的約束，這種權力的實施通過家庭加以微觀化，以達到對女性的全方位控制。在《鋼琴教師》中，媒體控制著庸眾，母親控制著女兒，女兒控制著學生，女兒與情人之間相互控制，窺視的眼睛無處不在……這正如福柯所揭示的，現代西方世界宛如一個巨大的圓形敞視監獄，每個人都受到無所不在的權力的控制，權力的眼睛無處不在，規訓機制微觀化到了極致，這樣的結果便是產生了現代社會所需要的馴服而有用的肉體，產生了一具具行屍走肉般毫無自由意志的符號。典型的現代人產生了，這是工業社會給人類最好的饋贈。[4]

小說中有許多精彩的工業比喻，形象地揭示了這種權力與控制：「在母親的雷達系統中埃里卡已經作為一個伶俐的光點冒出來閃動著，像被大頭針釘在結實的物體上的一隻蝴蝶、一個昆蟲。」[5]這是母親對女兒的控制。「埃里卡開始還輕聲叫喊，但不久就會快活得大叫！快感將是他，克雷默爾完全單獨製造出來的。這具軀體還在忙著各種不同的程式，而克雷默爾才將接通『沸騰』這道洗滌程式。」[6]這是男人對女人情慾的控制。「微小的電視生活與大的，真正的生活相對峙……生活完全按電視那樣安排，電視模仿生活。」這是媒體對生活的控制。

---

[4]　《規訓與懲罰》，蜜雪兒‧福柯著，劉北成、楊遠嬰譯，生活‧讀書‧新知三聯書店，2003年1月出版。

[5]　《鋼琴教師》，耶利內克著，甯瑛、鄭華漢譯，北京十月文藝出版社，2005年1月版，第170頁。

[6]　《鋼琴教師》，耶利內克著，甯瑛、鄭華漢譯，北京十月文藝出版社，2005年1月版，第171頁。

《鋼琴教師》中的人物與情節極其簡單，人物高度符號
化，具有深刻的象徵性，可以作為寓言來解讀。耶利內克的寫作
顯然受到奧地利另一位文學大師卡夫卡的影響。高度符號化的人
物，夢魘般的人生，冷酷而無情的現實世界、令人震驚的全方位
異化，現代人絕望而荒誕的生存處境，等等，這些都在提示這種
關聯。但是耶利內克的寫作更是向著當代敞開的，她以精微的生
活細節豐富、拓展了卡夫卡所表現的主題，從而對當代文明的批
判達到了一個前所未有的高度。在《鋼琴教師》裡，對男權社會
中女性悲劇命運的關注、對媒體對人的意識的塑造、對當代音樂
等藝術樣式對人的意識的嚴格控制、對無所不在的權力的控制甚
至深入了男女性愛這一生命的原動力之源的發現，等等，她都有
令人驚訝的發現，甚至，耶利內克還指出，親人之愛也變成了一
種可以量化和計算的經濟學公式，母女關係變成了控制與反控制
的關係；愛情成為兩性的戰場，性愛沒有愉悅和快感，做愛的雙
方都在想著許多做愛之外的因素：男人只是受利比多的驅使而急
於排空那些液體，與愚蠢的公牛無異；女人只是被動的容器，稍
有反抗便會遭受悲劇性命運。

　　許多人很難理解為什麼耶利內克這麼熱衷於寫性愛，她將
性提升到政治、文化的高度，她的小說從沒有離開過性，性在她
的小說中幾乎佔據了中心地位，甚至有的就以性慾為主題，例如
《情慾》。這是她的作品在奧地利乃至德語文學界引起廣泛爭議
的一個重要原因，因為很少有作家在自己作品中這麼濃墨重彩地
描繪性。究其原因，耶利內克受到奧地利精神分析學奠基人佛洛
德的影響，將性慾置於重要地位。她那熱衷於對於病態的性愛的
描繪，對於施虐與受虐的分析，顯然有著弗氏的影響。另外，另
一位精神分析學派大師榮格也對她具有重要的影響。性愛本身積

澱著社會的集體無意識。性愛實際上是男女兩性之間最為激烈的戰場，而男性無一例外地成為勝利者。在《鋼琴教師》中，埃里卡曾數度阻止了男主人公克雷默爾的情慾，在性愛方面拒絕成為男性被動的附庸，企圖在性愛活動中自己佔有主動地位，用通過寫信件來發命令的方式來控制克雷默爾的行動，但是這種顛覆男權話語的方式失敗了，埃里卡最終被情人強暴，遭受了一頓毒打。耶利內克在小說中，一反傳統的性愛的寫法，著重寫性扭曲、性變態、不和諧，甚至讓讀者產生噁心的感覺，這是一種反情慾的寫法，是一種解構式的後現代寫法，目的就是要揭示在西方現代社會裡，男女之間不可真正地溝通，靈與肉呈現分離狀態。在男性話語占統治地位的情形下，女性不可避免地呈現失語狀態。這是一種悲劇性的命運。

在《鋼琴教師》後半部分，耶利內克以濃墨重彩的寓言的方式寫到了埃里卡寫給情人的信件一事。這封信是典型地體現了埃里卡內心深處最隱秘的願望，是她的潛意識的一次集中亮相，也是女性對自身意識的一次深刻反省與深思。這是母親教育的「勝利」，卻是女性整體生存的悲哀的失敗。

這是一封埃里卡經過千百次思索寫就的信：「信中寫到一種可靠的愛情應該如何進行。」而克雷默爾對這封信的預期是認為裡面肯定寫滿了對他的甜言蜜語。但是，這個男子在埃里卡的命令下讀信時完全不敢相信自己的眼睛。信是有關要求克雷默爾用鞭子、枷鎖、拳頭折磨自己的：「（克雷默爾）用她收集來的繩子，用皮帶，甚至用鏈子結結實實、完全、徹底、熟練、殘酷、極其痛苦地把她捆住，紮緊，扣在一起……」，「請把尼龍布和連褲襪及類似的東西當成堵口物津津有味地塞到我嘴裡。用橡皮筋（在專業商店裡可以買到）和更寬的尼龍布巧妙地給我把嘴封

住，使我不能把那團東西吐出來。此外再穿一條露著比遮住的地方多的黑色小三角褲……」，「你讓我幾個小時躺在裡邊，並且在保持各種可能的姿態的情況下打我，踢我，甚至用鞭子！」「他應該懷著極大的快樂使勁扇她耳光」。[7]埃里卡用乞求的語氣詳細地規定情人應該實施對自己的懲罰，但是又擔心克雷默爾真的實施上述懲罰。她不是渴求情慾，而是向男性索取「繩索」和「枷鎖」，這說明在她的潛意識深處，存在著一種受虐的情結，極端渴望男性對她進行折磨甚至摧殘。這既反映了女性潛意識中存在的受虐心理，也以極端的方式展示了男性對女性的施虐場景，這些充滿暴力的施虐場景並非出於虛構，而是來自活生生的現實生活。從更深的層面上來說，正是埃里卡以極端的方式揭示了男女兩性的真實狀況，女性竟然命令男性這一具有顛覆性的搶奪話語權的挑戰舉動，才激起了克雷默爾的怒火，最終以埃里卡信中要求的方式對埃里卡瘋狂地實施了暴力。

小說中「刀子」這個意象出現了許多次，這是埃里卡的一個復仇工具，但每一次的復仇都是砍向自身，並且是一種麻木的沒有疼痛感的對肉體的切割，這是女性的懦弱，也象徵著女性的宿命處境。「在身體上切割是她的癖好……通常並不疼痛。」看情色電影、窺伺作愛的男女，以及在肉體上切割成了她解脫情慾糾纏的最佳方式。麻木的肉體和意志只有在刀子的切割下才有知覺，這是多麼的壓抑而悲哀的老處女生活。當埃里卡將刀鋒不無快意、報復性地切向女性性器官時，我們讀到了如下觸目驚心的文字：「一瞬間，被切開的兩半肉，因突然出現了原來並不存在的距離而震驚地目不轉睛地互相注視著對方。多少年來，他們同

7 　《鋼琴教師》，耶利內克著，甯瑛、鄭華漢譯，北京十月文藝出版社，2005年1月版，第183-194頁。

甘共苦，而現在人們卻把他們互相分離開來！被切開的兩半肉看到自己在鏡子裡的方向是反的，他們誰也不知道，哪一半是自己……」[8]在小說末尾，遭到情人毒打和凌辱後，她懷揣刀子走出家門去復仇，一把刀子走上路途，但沒有刺向情人的心臟，而是捅進了自己的肩膀。她捂住傷口，走回家去。小說雖然寫的是一個生活中有關女性生存的帶有病態的極端例子，卻有著發人深省的普遍意義。

　　耶利內克的文字流動人多數情形下是緩慢的，情節進展儘管遲緩，但有著音樂優美的旋律，有維也納輝煌的音樂文化所特有的一種高貴的氣度。而作者那如解剖刀般鋒利的心理分析，警譬而新奇的比喻，又產生了一種加速度向前推進，使舒緩的文字靈動飛翔起來。儘管在耶利內克譏諷的筆鋒所到之處，愛和美消失了，泥沙俱下的生活露出了它那狰獰、醜惡的真實面目，黑夜意識籠罩著女性的悲劇性生存處境，但是，她讓我們感受到了真實的生活，真實的人生，從而讓我們珍惜現存的愛和美，呼喚真正的愛和美，從耶利內克那冰冷的文字間，我們能感受到有一束強大的激情的火焰搖曳著上升，洞穿了黑暗……

---

[8]　《鋼琴教師》，耶利內克著，甯瑛、鄭華漢譯，北京十月文藝出版社，2005年1月版，第76頁。

語言文學類　PG1255　文學視界79

存在與言說
——中國當代小說散論

作　　者 / 王德領
主　　編 / 蔡登山
責任編輯 / 劉　璞
圖文排版 / 連婕妘
封面設計 / 楊廣榕

發 行 人 / 宋政坤
法律顧問 / 毛國樑　律師
出版發行 / 秀威資訊科技股份有限公司
　　　　　114台北市內湖區瑞光路76巷65號1樓
　　　　　電話：+886-2-2796-3638　傳真：+886-2-2796-1377
　　　　　http://www.showwe.com.tw
劃撥帳號 / 19563868　戶名：秀威資訊科技股份有限公司
　　　　　讀者服務信箱：service@showwe.com.tw
展售門市 / 國家書店（松江門市）
　　　　　104台北市中山區松江路209號1樓
　　　　　電話：+886-2-2518-0207　傳真：+886-2-2518-0778
網路訂購 / 秀威網路書店：http://www.bodbooks.com.tw
　　　　　國家網路書店：http://www.govbooks.com.tw

2015年8月　BOD一版
定價：300元

國家圖書館出版品預行編目

存在與言說：中國當代小說散論 / 王德領作. -- 一版. --
　臺北市：秀威資訊科技, 2015.08
　　　面；　公分. -- (語言文學類；PG1255)(文學視界；
79)
　BOD版
　ISBN 978-986-326-331-9(平裝)

　1. 中國小說　2. 現代小說　3. 文學評論

820.9708　　　　　　　　　　　　　　104003053

讀者回函卡

感謝您購買本書，為提升服務品質，請填妥以下資料，將讀者回函卡直接寄回或傳真本公司，收到您的寶貴意見後，我們會收藏記錄及檢討，謝謝！
如您需要了解本公司最新出版書目、購書優惠或企劃活動，歡迎您上網查詢或下載相關資料：http:// www.showwe.com.tw

您購買的書名：_____

出生日期：_____年_____月_____日

學歷：□高中 (含) 以下　　□大專　　□研究所 (含) 以上

職業：□製造業　□金融業　□資訊業　□軍警　□傳播業　□自由業
　　　□服務業　□公務員　□教職　　□學生　□家管　□其它_____

購書地點：□網路書店　□實體書店　□書展　□郵購　□贈閱　□其他

您從何得知本書的消息？

□網路書店　□實體書店　□網路搜尋　□電子報　□書訊　□雜誌
□傳播媒體　□親友推薦　□網站推薦　□部落格　□其他_____

您對本書的評價：（請填代號　1.非常滿意　2.滿意　3.尚可　4.再改進）

　封面設計____　版面編排____　內容____　文／譯筆____　價格____

讀完書後您覺得：

□很有收穫　□有收穫　□收穫不多　□沒收穫

對我們的建議：_____

_____

_____

_____

11466
台北市內湖區瑞光路 76 巷 65 號 1 樓

秀威資訊科技股份有限公司 收

BOD 數位出版事業部

....

（請沿線對折寄回，謝謝！）

姓　　名：＿＿＿＿＿＿＿＿＿　年齡：＿＿＿＿　性別：□女　□男

郵遞區號：□□□□□

地　　址：＿＿＿＿＿＿＿＿＿＿＿＿＿＿＿＿＿＿＿＿＿＿＿

聯絡電話：(日) ＿＿＿＿＿＿＿＿＿＿　(夜) ＿＿＿＿＿＿＿＿＿＿

E-mail：＿＿＿＿＿＿＿＿＿＿＿＿＿＿＿＿＿＿＿＿＿＿＿